# The Alphas Mate

FSC
www.fsc.org
MIX
Papier aus verantwortungsvollen Quellen
Paper from responsible sources
FSC® C105338

Herstellung und Verlag:
BoD - Books on Demand, Norderstedt
ISBN 978-3-7460-3125-5

Written by: Eileen Bonoch
Coverbild: Markus Bonoch

„Wir leben auf einem blauen Planeten, der
sich um einen Feuerball dreht,
mit ‘nem Mond, der die Meere bewegt
& du glaubst nicht an Wunder?“

~Unbekannt

# Kapitel 1:

Müde öffnete ich meine Augen, als mein großer Bruder die Türe des Autos aufriss und an meinen Schultern rüttelte. "Mara, wach auf! Wir sind da!", sagte er leise, um mich nicht zu erschrecken. "Lass mich schlafen", murmelte ich vor mich hin und drehte mich von der Sonne weg, doch mein Bruder hob mich einfach aus dem Auto und setzte mich auf den harten, kalten Boden.

"Hey! Das ist unbequem!", rief ich ihm nach, bevor ich mich doch dazu entschloss aufzustehen, denn der Boden war wirklich nicht sonderlich gemütlich. Seufzend klopfte ich mir den Schmutz von den Klamotten und sah dabei meinem Bruder zu, wie er begann das Auto leer zu räumen. Wir wohnten jetzt zusammen in einem kleinen Haus, das früher unseren Eltern gehört hatte, aber sie wohnten jetzt in dieser riesen Villa irgendwo in New York City. Woher sie das Geld haben? Ganz einfach: Je mehr sie arbeiteten, desto mehr „Liebe“ konnten sie ihren Kindern auszahlen. Also hatte ich nie wirklich eine intakte „Familie“ gehabt, dafür aber viele verschiedene Kindermädchen.

Ich war gerade mal 17 Jahre alt, aber mein Bruder Samuel, oder kurz Sam, war bereits 21 und ich hatte beschlossen mit ihm hier her zu ziehen, nach Perlhood in New Jersey, um dort unser eigenes Leben zu leben. Das Zugeständnis meiner Eltern zu bekommen war ganz einfach. Immerhin mussten sie sich dann nicht mehr um ein Kindermädchen bemühen und das Haus stand sowieso leer.

Ich seufzte leise auf und machte mich auf den Weg ins Haus. Ich war schon ganz gespannt auf mein neues Zimmer, denn es hatte sich viel verändert, seit ich das das letzte Mal hier war. Sammy hatte den ganzen Sommer mit seinen Freunden aus New York hier verbracht und sie hatten alles renoviert und möbliert. Ich war schon ganz gespannt auf mein neues Zimmer.

Das Bad war im ersten Stock, direkt gegen über von meinem und Sammys Zimmer. Mein Zimmer war ganz schlicht weiß gestrichen. Es standen dort nur mein schwarzes Bett, mein weißer Schreibtisch, mein Fernseher, mein Kleiderschrank und das Nachtkästchen, neben meinem Bett. Ansonsten lagen noch hier und da Kabel für den Fernseher oder DVDs und vor allem standen überall Umzugskartons. Ich seufzte laut auf und überlegte mir, wo ich anfangen sollte, schließlich hatte ich jetzt ein etwas kleineres Zimmer und somit auch weniger Staufläche. Aber ich würde eh noch ausmisten müssen, also wieso es noch unnötig vor mir herschieben?

Ich seufzte erneut auf vor lauter Frust und Demotivation und warf die Hände in die Luft, bevor ich den ersten Karton öffnete und anfing, meine Klamotten in den Schrank zu räumen. Die Hälfte der Kiste würde ich eh nicht mehr tragen, also ließ ich den Inhalt gleich in der Kiste und beschloss darin alles zu sammeln, was ich an das städtische Kinderheim oder sonst wohin spenden konnte. Es dauerte eine gefühlte Ewigkeit und Sam trug, während ich alles einsortierte, noch weitere Kartons nach oben und stapelte sie inzwischen. *„Seit wann habe ich so viele Sachen und wie haben die alle in das Auto gepasst?“*, dachte ich frustriert.

Als mein Nacken zu schmerzen begann, beschloss ich, eine kleine Pause zu machen. Gerade in diesem Moment kam Sam herein und fragte, ob ich auch eine Pizza wollte. Ich sagte sofort ja, was von einem lauten Magenknurren begleitet wurde. Ich lachte leise auf, während Sammy sich vor Lachen kaum mehr halten konnte, und lief ihm erschöpft hinter her, nach unten. Mein Magen schrie mich jetzt bestimmt schon eine halbe Stunde an, während ich auf Sam wartete. Er holte die Pizza in der Stadt ab, allerdings musste er dazu in die Stadt und wieder zurückfahren. Als es klingelte sprang ich auf und rannte zur Tür. "Na endlich!", rief ich theatralisch aus und merkte erst dann zu spät, dass jemand fremdes vor der Tür steht. "Sorry- Äh ich hatte hätte jemand anderen erwartet", murmelte ich und wurde rot. Wieso musste sowas auch immer mir passieren? Vor mir stand ein Mädchen, etwa so groß wie ich mit strahlend blauen Augen, einem sanften Lächeln und rotblonden Haaren, die ihr in leichten Locken über die Schultern fielen.

"Hi! Ich bin Charly, ich wohne hier in der Gegend und habe erfahren, dass hier jemand neu zugezogen ist. Ich wollte mich nur kurz vorstellen." Sie lächelte mich an und ich konnte leichte Grübchen auf ihren Wangen erkennen. "Ähm. Hi. Ich bin Mara. Ich bin mit meinem Bruder hierhergezogen. Heute Morgen.", sagte ich und war leicht überrumpelt, "Möchtest du vielleicht reinkommen?" "Gerne", sagte sie und strahlte mich an, als hätte sie noch nie etwas Besseres gehört. *"Okay? Irgendwie ist sie komisch, aber egal",* dachte ich und schloss die Tür hinter ihr. Ich bot ihr etwas zu trinken an und entschuldigte mich für das Chaos, das im ganzen Haus herrschte.

Wir setzten uns ins Wohnzimmer und ich wusste nicht genau, was ich mit ihr reden sollte. "Und? Auf welche Schule wirst du gehen?", fragte sie vorsichtig und ich war dankbar dafür, dass sie das Schweigen gebrochen hatte. "Perlhood High. Und du?" "Auch", quietschte sie fröhlich und ich grinste sie schräg an. "In welche Klasse kommst du?", fragte sie euphorisch, was mich erneut zum Grinsen brachte. "Weiß ich noch nicht, aber die Stufe 10 wird es auf jeden Fall sein." "Super! Dann sind wir ja vielleicht in einer Klasse", jubelte sie und langsam gewöhnte ich mich an die Lautstärke. Sie schien wohl wirklich in Ordnung zu sein.

Wir redeten noch eine Weile bis Sam nach Hause kam und wir unterhielten uns über Gott und die Welt. Wir waren gerade dabei uns für den nächsten Schultag zu verabreden, als die Tür aufging.

"Hey Mara. Und du bist?", fragte er sichtlich verwirrt. "Charly", stellte sie sich vor und bedankte sich dann bei mir, dass sie da sein durfte. Ich sagte ihr, dass sie jeder Zeit wiederkommen könne, als sie auch schon wieder weg war. Sam und ich aßen unsere Pizza und er fragte mich, warum Charly dagewesen sei. "Sie wollte uns begrüßen, weil wir ja neu hergezogen sind. Sie wird vielleicht in meine Klasse gehen, auf der Perlhood High. Ich glaube sie ist ganz okay, auch wenn sie ein wenig aufgedreht ist. Aber eigentlich ist sie wirklich nett.", erklärte ich ihm und er nickt nur. Vielleicht konnten Charly und ich ja Freundinnen werden.

Nach dem Essen lief ich nach oben in mein Zimmer und öffnete die Tür, die zu meinem kleinen Balkon führte. Von hier aus konnte ich zusehen, wie die Sonne hinter dem Wald unterging. Ich sog die frische Abendluft ein und schaute mir den Garten an, in dem ich vor ein paar Jahren einmal gespielt hatte. Ich konnte mich an viele schöne Momente mit Sam erinnern, doch nur an wenige Dinge, die ich mit meinen Eltern hier erlebt hatte. Es war schön, endlich wieder hier zu sein, außerhalb der Großstädte und weg von dem ganzen Stadtleben. Hier war es schön leise und nirgendwo sah ich ein Neonschild, das auf irgendeine Bar hinwies. Seufzend ließ ich meinen Blick in Richtung Wald gleiten und schaute zu, wie die Bäume in dem sanften Licht des Sonnenuntergangs erstrahlten. Ich hatte solche Dinge in der Großstadt immer vermisst, schließlich war die Stadt so hell durch Schilder und Straßen, dass sogar der Sonnenuntergang kaum auffiel.

Ich gähnte und wendete mich ab. Doch plötzlich sah ich etwas am Waldrand auftauchen. Ich sah es nur aus dem Augenwinkel, aber sofort drehte ich mich um. Am Waldrand stand ein großer, schwarzer Wolf, mit hellen leuchtenden Augen. Die Farbe konnte ich nicht erkennen, doch ich war wie gefesselt von seinem Blick. Ein ängstliches Kribbeln durchfuhr meinen Körper und ich musste mich am Geländer festhalten, um nicht umzukippen. Es war ein unbekanntes Gefühl, etwas vollkommen Fremdes schien Besitz von mir zu ergreifen und doch fühlte ich mich so geborgen und beschützt. "Mara?", riss mein Bruder mich zurück in die Realität. Was auch immer das war, ich hatte Mühe mich davon loszureißen und nicht einfach davonzustürmen und es zu suchen. "Ja?", fragte ich und ließ meinen Blick noch einmal über den Waldrand gleiten. Der Wolf war weg. "Ist alles in Ordnung bei dir?", fragte Sam und legte mir vorsichtig die Hände auf die Schultern. "Klar, alles gut", versicherte ich ihm und lehnte mich dann an ihn. Sofort schloss er seine Arme um mich und küsste mich auf den Kopf. "Du solltest früh schlafen gehen, morgen ist dein erster Schultag.", murmelte er in meine Haare und ich seufzte leise auf. Das war eine der wenigen Sachen, die mich an unserem Umzug störten. Ich war jetzt „die Neue“.

Als ich mich von ihm löste, lächelte ich ihm kurz zu und er erwiderte es, bevor ich zu meinem Schrank ging und mir eine kurze Hose und ein Top herausnahm. Während ich mich im Bad umzog und zum Schlafen richtete, hörte ich Sam in seinem Zimmer telefonieren. "Ja, wir sind gut angekommen." Stille. "Nein, sie ist gerade im Bad, sie ruft euch sicherlich morgen an, wenn sie aus der Schule kommt." Pause. "Mom, ich passe natürlich auf sie auf! Du kennst mich!" Ein genervtes Aufstöhnen. "Nein, sie wird hier nicht gleich den erst besten Typ ranlassen. Das würde ich nicht zulassen!" Pause. "Ja, ist gut. Bis dann!" Ich hörte ihn frustriert aufseufzen, als ich an seiner Tür vorbeilief, die nur angelehnt war. Ich ging hinein und nahm ihn in den Arm. "Macht Mom wieder Stress?", fragte ich ganz vorsichtig. "Ja, ihre einzige Sorge ist, dass sie zu früh Oma wird." Während Sam sich genervt durch die Haare fuhr, lachte ich leise auf. "Was ist so witzig?", fragte Sammy irritiert. "Ach weißt du, andere Mütter haben Angst, dass man allein ist und verschleppt wird. Meine Mutter will nur nicht Oma werden." Auch er schmunzelte leicht. Ja, dieser Humor ist etwas seltsam, aber bei unseren Eltern war das nun mal schon immer so. Das war auch der einzige Weg auf dem wir ihre Liebe jemals richtig zu spüren bekommen hatten.

"Gute Nacht, Sammy", verabschiedete ich mich wenig später von ihm und ging zurück in mein Zimmer. Dort steckte ich mein Handy an das Ladekabel und kuschelte mich dann in meine Decke. Ich fiel sofort in einen tiefen Schlaf und die ganze Nacht über beobachtete mich dieser Wolf mit den gelben Augen und dem schwarzen Fell. Es schien, als wäre er immer präsent und würde mich beschützen. Ich fühlte mich zu ihm hingezogen, aber das war wohl eines meiner Hirngespinste, denn man konnte sich doch nicht zu einen Wolf hingezogen fühlen, oder? Ich erschauderte und es wurde mir von einer Sekunde auf die andere eisig kalt.

"Mate", knurrte es in meinem Traum, doch ich achtete nicht darauf. Es war ja alles nur ein Traum.

# Kapitel 2:

Als ich die Augen aufschlug, kam mir der Geruch von frischem Kaffee in die Nase. Müde rieb ich mir den Schlaf aus den Augen und griff dann nach meinem Handy. Wie auf Kommando fing es an zu klingeln und vor Schreck ließ ich es fast fallen. Ich war sonst nie vor meinem Wecker wach, aber irgendetwas war heute anders. Vermutlich war ich nur nervös wegen der neuen Schule.

Schnell stand ich auf. Gähnend lief ich zu meinem Kleiderschrank und holte die löchrige schwarze Jeans, das weiße Top und meine Lederjacke heraus. Die Lederjacke schmiss ich auf das Bett und nahm den Rest mit ins Bad. Nachdem ich Zähne geputzt und mich angezogen hatte, kämmte ich meine braunen Haare und ließ sie mir lockig über die Schultern fallen. Meine blauen Augen betonte ich nur mit einem Lidstrich und leichtem Make-up. Dann lief ich nach unten und nahm mir eine Tasse aus dem Schrank. Sam stand an den Herd gelehnt und schaute auf sein Handy.

"Morgen", grummelte er. Er war überhaupt kein Morgenmensch. Ich eigentlich auch nicht, aber heute Morgen hatte ich überhaupt keine Probleme gehabt, früh aufzustehen, was für meine Verhältnisse wirklich schon fast beängstigend war. "Morgen", sagte ich, während ich mir den Kaffee einschenkte. Normaler Weise würde ich etwas frühstücken, aber ich war viel zu nervös, also würde ich heute noch ohne Frühstück aus dem Haus gehen.

Nachdem ich fertig war, ging ich nach oben und holte meine Tasche, bepackt mit Mäppchen, Block und einer Flasche Wasser. Ich schnappte mir noch meine Lederjacke und zog sie auf dem Weg nach Unten an. Dort zog ich meine schwarzen Chucks an und lief nach draußen, wo Sam bereits im Auto wartete. Er fuhr einen einfachen schwarzen Mustang, keine Ahnung was für einen. Ich hatte mich nie für Autos interessiert. Ich wusste nur, dass er damit schnell fahren konnte. Der Rest war mir egal.

Ich stieg schnell ein und schnallte mich an, als Sam auch schon aus der Ausfahrt raste.

An der Schule angekommen starrten alle unser Auto an, denn ersten, war es bereits kurz vor acht, also waren wir schon sehr spät dran und zweitens waren wir die "Neuen". Sam lächelte mich noch einmal kurz an, bevor er aus dem Wagen stieg. Auch ich stieg aus, nachdem ich noch einmal tief durchgeatmet hatte. Ich musste noch im Sekretariat meine Unterlagen holen, während Sam seine Sachen schon vor dem Sommer bekommen hatte.

Von weitem sah ich schon Charly auf mich zukommen, denn sie winkte mir quer über den Schulhof zu. Ich lief zu ihr und sie fiel mir um den Hals, als wären wir beste Freunde. Lächelnd fragte sie, ob sie mir das Sekretariat zeigen sollte und ich nahm ihr Angebot dankend an. Ohne sie wäre ich vermutlich nie angekommen, denn diese Schule war ein einziges Labyrinth. Ich hätte wahrscheinlich nicht mal mehr allein nach draußen gefunden.

Vor dem Sekretariat angekommen, klopfte ich und trat ein, als eine weibliche Stimme mich freundlich hereinrief. "Hallo", sagte ich zu der blonden, älteren Frau, die hinter dem Schreibtisch saß, "Ich bin Mara McCartney und ich soll meinen Stundenplan hier abholen kommen." "Natürlich, Herzchen.", sagte sie erfreut und zog sofort ein Blatt aus einer der Ablagen. "Hier sind dein Stundenplan, deine Spind-Nummer und der Code dazu und du hast jetzt als erstes Unterricht in Raum 201." "Danke", sagte ich und lächelte sie freundlich an. „Viel Spaß und viel Erfolg. Bei Fragen kannst du jederzeit hierherkommen“, sagte sie noch und ich bedankte mich, während ich die Tür öffnete.

Draußen stand Charly und strahlte mich an. "In welchen Raum musst du?", fragte sie und ich beantwortete ihre Frage mit 201. "Super!", quietschte sie drei Oktaven zu hoch und umarmte mich erneut stürmisch. Ich lachte leise auf und lief mit ihr in den zweiten Stock. Plötzlich hörte ich hinter mir ein Knurren und ich blieb stehen. Sofort erfasste mich wieder das Gefühl von gestern Abend, als ich den Wolf gesehen hatte. Ich schloss die Augen und öffnete sie wieder, als Charly an meiner Schulter rüttelte und meinte, ich solle so schnell wie möglich in den Raum kommen. "Die zweite Tür links im Gang.", sagte sie noch, bevor sie sich umdrehte und die Treppen nach unten rannte. Völlig verwirrt blieb ich erst stehen, denn trotz der Angst, was dort kommen würde und wer oder was geknurrt hatte, fühlte ich mich zu diesem Etwas hingezogen. Was war nur los mit mir? Ich traute mich jedoch nicht, mich umzudrehen und so tat ich, was Charly gesagt hatte. Von Panik ergriffen rannte ich die Treppen hinauf. Vor mir tauchte bereits die Spind-Reihe auf und ich wog mich bereits in Sicherheit vor- Ja, vor was denn überhaupt?

Aber dann packte mich jemand am Arm und zog mich mit. Ich wurde herumgewirbelt und mir entwich ein leises "Huch", als ich mit dem Rücken gegen die Spinde knallte.

"Meins", knurrt er leise und drückte mich mit seinem stählernen Körper gegen die Spind-Reihe. Dann strich er mir die Haare hinter das Ohr und begann an meinem Hals zu schnuppern. Erst fühlte ich mich wirklich unwohl, versuchte ihn von mir weg zu schieben, aber dann erfasste mich diese mollige Wärme und ich fing an zu genießen. Es war, als würde man nach einer Monate langen Reise endlich Zuhause ankommen. Als wäre mir nur nicht klar, dass er alles war, was ich brauchte um glücklich zu sein. Als sei er einfach alles für mich. Ein Seelenverwandter oder so etwas.

"Mate! Meins!", knurrte er erneut und ich versuchte ruhig zu bleiben, als mich die Angst ergriff. MOMENT MAL!!, rief mich meine innere Stimme zur Vernunft. Das ist ein wildfremder Kerl, mit dem du da kuschelst! Im nächsten Moment schaffte ich es endlich ihn von mir weg zu schieben, was er mit einem dunklen Knurren quittierte. Zum ersten Mal hatte ich die Chance, meinen "Angreifer" zu mustern. Er hatte dunkelbraune kurze Haare und seine Augen waren eben noch mit einem Hauch von Gelb gewesen, hatten sich aber jetzt zu einem dunklen Schwarz entwickelt. "Mate!", knurrte er wieder. *„Oh Gott, wie kann ein Mensch knurren? Und wie kann ein Mensch so verboten gut aussehen?“,* fragte ich mich. Ich wusste selbst nicht, warum ich so etwas denken konnte, während ein wildfremder versuchte mich als 'seins' zu betiteln. Was fiel diesem Kerl denn ein? Ich war zwar die „Neue" und ich suchte auch nach Freunden, aber ich ließ mich doch nicht einfach von dem erst besten Typ herumkommandieren und als seins bezeichnen. Nur weil er die Ausstrahlung eines Badboys hatte, hatte nicht gleich die Macht über mich, das konnte er gleich wieder vergessen! Na gut, seine Kleidung sah nun mal sehr nach Badboy aus, aber irgendetwas sagte mir, dass er ein Herzensguter Mensch war, woher auch immer dieser Gedanke kam.

*„Hallo*", meldete sich eine fremde, weibliche Stimme in meinem Kopf, *„Ich bin Leyla. Ich bin dein innerer Wolf. Ich bin so etwas wie die zweite Hälfte deiner Seele. Ich bin du."*

Bitte was? Jetzt war ich vollends irritiert. Was zur Hölle war hier los?!

*„Lass es zu, Mara, er ist für dich bestimmt. Ich erkläre dir alles später. Oder er erklär' es dir, aber lass es zu. Es wird alles gut.*

*Kämpf' nicht dagegen! Vertrau' mir! Du willst es doch, ich kann es spüren.“*

Okay. Jetzt redete ich schon mit meinem Kopf. Das konnte doch alles gar nicht wahr sein. Ich würde bestimmt gleich in meinem Bett aufwachen und das alles würde nur ein böser Traum gewesen sein.

Schließlich fasste ich mir an den Kopf, schüttelte ihn ein paar Mal und schaute mich nach dem Kerl um. Er stand ein paar Meter weiter und zwei weitere Jungs hielten ihn fest. Es schien ihm nichts auszumachen, solange er mich im Blick hatte, doch er hatte etwas in seinen Augen, dass mir Angst machte. Also seufzte ich und redete noch mal mit "Leyla".

*„Bist du sicher?“*, fragte ich.

*„Ja, natürlich. Ich will nur dein Bestes, also geh einfach zu ihm und lass dich von deinem Herzen leiten.“,* versuchte Leyla mich zu überreden.

*„Okay“*, gab ich nach und beschloss es zu versuchen.

Ich atmete noch einmal tief durch und öffnete dann meine Augen, die ich wohl irgendwann geschlossen hatte. Langsam näherte ich mich ihm und die zwei Jungs umfassten die Arme meines "Bestimmten" noch fester. Mit jedem Schritt, denn ich ihm näherkam, wurden seine Augen dunkler und er schien sich sehr zusammenreißen zu müssen, um sich nicht los zu reißen. Er wusste, dass ich Angst hatte und ich wusste, dass er mich nur schützen wollte und trotzdem war ich froh, dass seine Freunde ihn noch festhielten. Ich spürte, dass er aggressiv war, also tat ich, was mein Herz mir sagte. Ich legte meine Hände behutsam auf die Hände, die seine Arme umklammerten und schob sie sanft weg. Er beruhigte sich merklich, sobald die Hände weg waren, denn damit wusste er, dass ich ihm soweit vertraute, dass er mir nichts tun würde. Dann blieb ich regungslos vor ihm stehen, unschlüssig was ich jetzt tun sollte. Seine Hände lagen sofort auf meiner Hüfte und ich schloss meine Augen. Es fühlte sich einerseits so falsch an, dass ich einen Fremden an meinen Körper ließ, doch andererseits war es auch ein angenehmes Gefühl. Er knurrte erneut, doch dieses Mal klang es sehr zufrieden. Doch das Klingeln riss uns auseinander. "Ich muss los. Ich habe Unterricht und möchte eigentlich ungern zu spät kommen, an meinem ersten Tag.", sagte ich vorsichtig und er ließ mich langsam los. "Ich begleite dich zu deinem Unterricht, Prinzessin.", sagte er ganz leise, aber mit einem Unterton, der keine Widerrede duldete. Ich ließ es zu, denn irgendwie schien es mir doch zu gefallen.

An der Klassenzimmertür blieb ich stehen und wollte mich bedanken, doch er riss einfach die Tür auf und lief in das Klassenzimmer hinein. Leise und mit gesenktem Kopf folgte ich ihm. "Sorry, hab der Neuen die Schule gezeigt", sagte er eiskalt und mir lief ein Schauer über den Rücken. Das hatte ich so nicht erwartet. "Aha. Nun, Miss McCartney, nennen sie uns doch ihren vollen Namen und stellen sich kurz vor." Ich seufzte innerlich und drehte mich zur Klasse. Ich hatte es nicht vermisst die Neue zu sein. "Hey, mein Name ist Mara McCartney und ich werde in zwei Monaten

18. Noch Fragen?", fasste ich mich kurz. Tatsächlich gingen ein paar Hände hoch. Ein Streber in der ersten Reihe schob erst seine Brille hoch, als der Lehrer ihn aufrief. "Woher kommst du genau?", fragte er und ich hörte sofort heraus, dass er noch mitten im Stimmbruch war. "New York.", sagte ich kurz und knapp. "Was willst du hier?", schoss irgendeine Blondine herein. "Ich geh' zur Schule und mach meinen Abschluss", sagte ich ohne darauf zu achten, ob meine Antwort sonderlich freundlich klang. Mit solchen Weibern hatte ich schon immer ein Problem gehabt. Beleidigt schaute sie wieder auf ihre Nägel. Als ich den Blick schweifen ließ, sah ich, dass mein Bruder auch in der zweiten Reihe saß. Seine eigentliche Klasse war gerade auf Klassenfahrt und allem Anschein nach würde er so lange in meine Klasse gehen. "Samuel, bitte?", rief der Lehrer Samuel auf. War ja klar. Er stand auf und zog sein T-Shirt hoch. "Ist das ein schöner Bauch?", fragte er mit dem süßesten Lächeln, das er zu bieten hatte. Sein Player-Lächeln. Ja, mein Bruder gehörte in New York tatsächlich

zu den Playern, was mich aber nie großartig interessiert hatte. "Sammy, Schatz, das Thema hatten wir doch schon ein paar Mal.", sagte ich genauso zuckersüß zu ihm. Ich hörte ein genervtes Schnauben, von Blondi in der letzten Reihe. Sie saß direkt neben dem Typ. „*Wie heißt der Kerl denn jetzt eigentlich?*“, fragte ich mich.

„*Er heißt Jared*“, meldete sich jetzt Leyla kurz zu Wort. „*Danke*“, antwortete ich ihr im Kopf.

"Gut, Mara, dann setz dich bitte dort nach hinten, zu Myra.", meinte der Lehrer und ich drehte sich wieder zur Tafel, wo er die Aufgabe weiterbearbeitete. Mathe, bah! Seufzend lief ich nach hinten, wo Myra, die blonde Bitch, ihren Platz hatte. Sie klebte förmlich an Jared und zeigte es noch deutlicher, als ich mich neben sie setzte. Aber sie schien ihre Rechnung ohne Jared gemacht zu haben, denn dieser zog sie erst auf seinen Schoß, was mich zum raßen brachte und schob sie dann weiter auf den Stuhl neben sich, wo zuvor noch seine Tasche gelegen hatte. Ich verstand nicht, wieso ich plötzlich so eine Eifersucht verspürt hatte, aber so schnell wie es angefangen hatte, war es auch wieder vorbei. Myra schnaubte sauer auf und ihr Blick schien mich töten zu wollen, als Jared sich auf den Stuhl direkt neben mir setzte und mich dann musterte. Er zog einen Stift aus seiner Federmappe und riss sich ein Blatt aus dem Block. Er schrieb etwas auf das Blatt und schob es mir dann zu.

# Kapitel 3:

*„Wer ist der Kerl?“*, stand auf dem Zettel. Mehr nicht. Erst erschien es mir sinnvoll, ihm zu antworten, doch es ging ihn einfach einen Scheiß an. "Wieso willst du das wissen?", fragte ich zurück und schob ihm den Zettel zu. Er schnaubte sauer, als er es laß. "Ich bin dein Mate, du bist meine Mate. Du gehörst mir, nicht ihm." Ich war ein wenig verwirrt, da er immer wieder den Begriff 'Mate' benutzte und ich ihn noch nie zuvor gehört hatte, doch es störte mich nicht im Geringsten, dass er so eifersüchtig war. Es gefiel mir sogar irgendwie. "Samuel McCartey", schrieb ich auf den Zettel und wartete seine Reaktion ab. "Wer ist der Kerl? Dein Freund?!", fragte er und seine Augen schienen wieder so gelb zu werden. Ich seufzte leise und beschloss ihm nicht mehr zu antworten, denn mein Leben ging ihn einfach nichts an. "Könnten Sie mir diese Aufgabe denn lösen?", unterbrach der Lehrer meine schweifenden Gedanken und starrte mich an.

Ich erkannte, dass sie gerade bei Trigonometrie waren. Mein Fachgebiet. "Ich denke, ich kann das", sagte ich und lief grinsend nach vorne. Innerhalb von gerade mal zwei Minuten hatte ich die Aufgabe gerechnet und der Lehrer lobte mich und meinte, das gäbe eine eins in mündlicher Mitarbeit und das an meinen ersten Schultag. Ich lief mit einem selbstgefälligen Grinsen wieder zurück zu meinem Platz.

Als ich wieder neben Jared saß, schob er mir noch einmal einen Zettel zu. "Darüber reden wir noch", stand darauf. Ich zerriss den Zettel und stopfte ihn in meine Tasche, während er mich verträumt anstrahlte. Ich verstand diese Stimmungsschwankungen nicht. Erst wirkte er sauer, jetzt strahlte er mir an, als wäre ich ein Engel oder sowas.

Kaum, dass es klingelte, hatte ich meinen Block wieder eingepackt und war am Rauslaufen. Charly fing mich an der Tür ab. "Alles ok bei dir?", fragte sie und lief neben mir zur Cafeteria. Ich hatte sie nicht mehr im Unterricht gesehen, wie mir in diesem Moment auffiel. "Ja, alles super", sagte ich und lächelte sie von der Seite an. Ich wusste nicht, ob ich ihr erzählen konnte, was im Unterricht passiert war, oder ob sie mich auslachen würde. Ich wollte es lieber nicht riskieren. "Charly?", rief jemand und wir drehten uns beide um. Jared und die beiden, die ihn festgehalten hatten, kamen auf uns zu. Der eine war nur etwas kleiner als Jared und hatte blondes Haar und blaue Augen. Er lief zu Charly und umarmte sie. Sie gab ihm einen sanften Kuss auf sein Kinn, denn höher kam sie nicht. „Das ist Jensen, mein Mate“, stellte sie ihn mir vor und er lächelte mir kurz zu. Jared kam zu mir und legte mir den Arm um. Im ersten Moment hatte ich den Drang vor seiner Berührung davon zu laufen, doch ich ließ es bleiben, warum auch immer. Erst dann musterte ich den Dritten und mir blieb fast die Luft weg. "Jeremy?", fragte ich schockiert und löste mich vorsichtig von Jared, was ihm wiederum gar nicht gefiel. "Ja?", fragte er und schaute mich fragend an. "Du- wow- Du hast dich so sehr verändert in den letzten Jahren" Mir fehlten die Worte. "Woher kennst du mich?", fragte er irritiert und ich bemerkte, dass er mich nicht wiedererkannte. Ich seufzte. Auch ich hatte mich sehr verändert, das wusste ich natürlich selbst am besten, aber dass er mich gar nicht wiedererkannt schmerzte. "Wir waren beide etwa sieben, als ich das letzte Mal hier war. Du warst am Bein verletzt und ich habe dich den ganzen Tag mit Waffeln aus dem Supermarkt verpflegt, während du mir dabei vorgelesen hast. Cinderella, Rotkäppchen und Dornröschen, immer wieder." Inzwischen hatte ich Tränen in den Augen, denn die Erinnerungen schmerzten und die Zeit fehlte mir sehr. Er war schließlich mal jemand ganz besonderes für mich gewesen. Jeremy riss die Augen auf. "Und kurz bevor du gegangen bist, haben wir zum ersten Mal zusammen gebacken", sagte er lächelnd. Doch dann senkte er seinen Blick und murmelte traurig: "Aber dann bist du gegangen und ich habe nie wieder etwas von dir gehört.“ Er schien verletzt zu sein. "Ich habe dir eine ganze Zeit lang Briefe geschrieben, aber als du nie geantwortet hast, habe ich es aufgegeben", sagte ich leise und senkte den Blick ebenfalls. Sofort spürte ich, wie sich ein paar starke Arme um meinen Bauch schlangen.

Obwohl ich die Situation mehr als absurd fand genoss ich das Wissen, dass da jemand war, der sich um mich kümmerte, wenn ich ihn brauchte. Normal war Sam immer für so etwas da gewesen, aber ich wusste ja nicht, wo er war. Schweigsam liefen wir alle gemeinsam in die Cafeteria. Sobald wir die großen Türen durchquert hatten, hatte jeder wieder ein Lächeln auf den Lippen, ob nun echt oder nur gespielt war dabei kaum zu unterscheiden. Wir holten uns etwas zu Essen und ich nahm mir ein Sandwich mit Schinken und Tomate und lief dann mit den anderen auf einen der großen Tische zu. "Was meint ihr, sollen wir heute Mittag an den Strand fahren?", fragte gerade jemand, als ich mich zwischen Charly und Jared an den Tisch setzte. "Ja, wir", setzte Charly an, doch wurde von der Person unterbrochen, die den Vorschlag gemacht hatte. "Oh mein Gott...", flüsterte sie. Ihre blauen Augen fielen mir sofort auf und ihre schwarzen Locken betonten ihr Gesicht einfach perfekt. „Kylie“, knurrte

Jared und brachte sie damit zum Schweigen. "Ist sie das?", fragte der Junge, etwas jünger als wir, aber eben so groß wie Jared und Jeremy und er hatte rote Haare, wie Charly. "Ja", sagte Jared trocken, "Und jetzt begafft sie nicht so!" Sofort senkten alle den Blick. Erneut verwunderte mich Jared's Verhalten. "Möchtest du, dass ich heute Mittag bei dir vorbeikomme und dir alles erkläre?", fragte Jared mich und ich nickte, bevor ich doch den Kopf schüttelte. "Ich komme mit zu dir und du wirst mir das erzählen, was ich wissen möchte. Nicht mehr und nicht weniger", erwiderte ich und schaute ihm in die Augen. Er schien zu verstehen, dass ich keine Widerrede dulden würde. Also nickte er nur und lächelte mich sanft an.

Nach der Pause hatten wir noch Physik und Kunst, bevor wir um elf Uhr aushatten. Zum Glück fielen die letzten beiden Stunden Englisch aus und so setzte ich mich bei Jared ins Auto, als wir draußen waren und ich schrieb Sammy eine kurze SMS, dass ich anders heimkommen würde. Er meinte, er würde noch mit ein paar Leuten zum

Strand gehen, die ihn angesprochen hatten. Ich lächelte und packte dann mein Handy weg. Sam hatte noch nie Probleme gehabt neue Freunde zu finden und es hätte mich strak gewundert, wenn es dieses Mal anders gewesen wäre.

Während der Fahrt war es still, mit Ausnahme meiner Gedanken, in denen ich mir bereits die Fragen zurechtlegte. Es war eine angenehme Stille im Auto und trotzdem fühlte ich mich unbehaglich dabei, mit ihm allein auf so engem Raum zu sein. Als er dann auch noch auf einen Waldweg abbog schlug mir das Herz bis zum Hals. Hätte ich nicht durch die Bäume bereits ein großes Haus gesehen, wäre ich vielleicht noch aus dem fahrenden Wagen gesprungen aus Angst, er würde mir im Wald etwas antun. Bei allem was heute zu Tage in den Nachrichten lief, war das gar nicht so abwegig.

Ich stieg aus dem Wagen aus, während Jared mir die Tür aufhob. Er lief voraus ins Haus, zog seine Schuhe aus und nahm mir meine Jacke ab, bevor er mir etwas zu trinken anbot und mich dann ins Wohnzimmer führte. Das ganze Haus erinnerte mich ein wenig an einen Horrorfilm, doch das Wohnzimmer war mit einer Glaswand so hell durch das Sonnenlicht, dass es meiner Meinung nach der schönste Raum im ganzen Haus war. Dabei hatte ich gerade mal die Küche, den Flur und ein kleines Esszimmer gesehen. Wir setzten uns gemeinsam auf die Couch und schwiegen uns an. "Also", setzte ich an und sah, wie erleichtert er war, dass ich das Schweigen brach, "Was ist eine Mate?"

"Eine Mate ist eine feste Freundin. Ich bin Single und dachte, dass ich so vielleicht ein nettes Mädchen abbekomme", begann er unsicher und schaute mich musternd an. "Also ist das so eine billige Anmache oder wie muss ich das verstehen?", fragte ich und nahm einen Schluck von meiner Cola. "Nun ja, du kannst es als eine solche verstehen, auch wenn das alles weitaus komplizierter ist", antwortet er, doch den letzten Teil murmelte er so leise, dass ich nicht sicher war, ob ich ihn hören sollte. Was war hier los? Warum war alles kompliziert, nur weil er Single war? Ich war es doch auch und ich hatte keine Probleme. Das Ganze kam mir sehr seltsam vor, aber ich glaubte ihm, weil ich es mir nicht anders erklären konnte.

Ich hatte ein komisches Gefühl im Bauch während wir redeten und ich hatte schon immer einen guten Riecher gehabt, wann jemand versuchte, mich anzulügen und genau das war gerade der Fall. Aber ich sagte nichts, denn ich wollte mich nicht in Dinge einmischen, die mich nichts angingen. "Wieso kannst du die Augenfarbe ändern?", schoss ich mit der nächsten Frage heraus. Das hatte mich auch im Kunst-Unterricht beschäftigt. Normaler Weise konnte ein Mensch die Augenfarbe nicht einfach so wechseln, aber es sollte ja ein paar Menschen geben, die es dennoch können sollen. Ich hatte mal darüber gelesen, aber noch nie so jemanden gesehen. "Es ist eine Art Gen. In meiner Familie haben das fast alle. Wir ändern unsere Augenfarbe nach Lust und Laune." So ganz glaubte ich ihm das nicht, aber ich wollte vielleicht gar nichts anderes hören, sondern einfach nur glauben, dass an diesem Kerl alles normal war. Ich wollte, dass ein ganz normaler, zugegeben sehr heißer Junge, mich mochte und nicht mehr und nicht weniger.

Wir redeten noch eine Weile über alle möglichen Dinge und ich lernte ihn ein wenig kennen. Ich fragte ihn noch eine Menge Dinge, wie nach seinen Hobbys oder so, doch plötzlich würde die Tür aufgerissen und Charly streckte ihren Kopf herein. Sofort begann Jared wieder zu Knurren und mir gefror das Blut in den Adern. Es schien fast, als würde er Charly anschreien. Seltsamer Weise fing sie an zu Wimmern, was jedoch eher nach einem Winseln klang. Was ich hier in einem Hundehaus gelandet? Was zur Hölle war hier los?

"Was ist?", blaffte er sie an und sie sagte etwas von "Wir haben Fremde Fährten aufgenommen", bevor sie mit ein paar anderen hinaus rannte und im Wald verschwand. Auch Jared schien es plötzlich ganz eilig zu haben. "Ich fahre dich nach Hause okay?", murmelte er in Gedanken, während er bereits auf dem Weg nach draußen war. Ich folgte ihm so schnell es ging und band meine Chucks nur halbherzig zu, was dazu führte, dass ich vor der Haustür ins Stolpern kam und so fiel ich direkt in Jareds Arme. "Wenn du meine Nähe suchst, dann kannst du mir das auch einfach sagen", murmelte er mir ins Ohr und ich konnte sein Grinsen förmlich hören. Da waren sie wieder, diese Stimmungsschwankungen. Aggressiv, genervt und dann plötzlich süß, schon fast liebevoll.

Vor meiner Haustür fragte ich ihn, ob er noch kurz mit reinkommen wollte, was er annahm und so standen wir kurz darauf in der Küche meines kleinen Zuhauses. "Was meinte Charly mit der Fährte eines Fremden?", fragte ich ihn gerade heraus, als er gerade unsere Küche musterte. "Das ist ein wenig kompliziert und ich würde dir das ganze gerne in Ruhe erklären", antwortete er und ich könnte deutlich spüren, wie angespannt er war. Ich nickte und war fast schon enttäuscht, als er kurz darauf sagte, dass er schon wieder gehen müsste. Dann zog er einen kleinen Zettel mit seiner

Handynummer aus der Hosentasche. Wie lange er den wohl da schon drin hatte? "Melde dich, wann immer du willst", sagte er noch, bevor er sich mit einem Kuss auf den Scheitel verabschiedete und im nächsten Moment bereits verschwunden war. Lediglich ein leichtes Kribbeln zierte die Stelle, an der er mich geküsst hatte.

Seufzend lief ich nach oben und ging erst einmal in Ruhe duschen, bevor ich mich in mein Bett legte. Ich glaubte ihm das alles nicht so ganz und mein Gefühl hatte mich nur sehr selten betrogen.

Irgendwann driftete ich weg und schlummerte ein. Erneut sah ich im Traum den Wolf vom Vorabend, doch dieses Mal waren seine Augen komplett schwarz und er schien mich beschützen zu wollen. Ich fühlte mich wohl in seiner Nähe.

Doch plötzlich störte ein lautes Knurren die Idylle und ich schreckte hoch. Es war kurz vor drei Uhr morgens und ich hing noch in den Fetzen meines Traums, als ich beschloss diesen Dingen auf die Spur zu gehen.

Kurzer Hand setzte ich mich an meinen Laptop und startete die Suchmaschine. Was auch immer mich dazu brachte, das alles zu recherchieren, letztlich saß ich in einen Haufen Mythen vertieft an meinem Schreibtisch und laß die Geschichten der Werwölfe und die Mythen, die um ihre Existenz kreisten.

# Kapitel 4:

Als ich am nächsten Morgen meine Augen aufschlug, war ich komplett verschwitzt, mein ganzer Körper klebte und ich schnappte nach Luft. Irgendetwas hatte mich im Traum verfolgt, aber ich konnte nicht sehen, was es war. Ich richtete mich auf und bemerkte, dass ich bei meinen Recherchen wohl am Schreibtisch eingeschlafen sein musste.

Verwirrt stand ich auf und lief ins Bad. Sammy schien gestern nicht mehr nach Hause gekommen zu sein, zumindest hörte ich ihn weder schnarchen, noch unten die Kaffeemaschine laufen. Seufzend steckte ich mir die Haare hoch, da sie frisch gewaschen waren und stieg dann erneut unter die Dusche. Ich ließ das eiskalte Wasser über meinen Körper prasseln und stöhnte erleichtert auf, als ich merkte, dass sich mein Körper endlich wieder abkühlte.

Nach einer gefühlten Ewigkeit stieg ich aus der Dusche, kippte das Fenster und trocknete mich dann ab. Nur mit einem

Handtuch bekleidet ging ich dann in mein Zimmer zurück und zog Unterwäsche, eine Short und ein bequemes Top aus dem Schrank. Dann schaute ich auf die Uhr. Halb sechs? Ohje.

Ich öffnete meine Balkontür und lief nach draußen, wo ich mein Gesicht in die kühle Luft hielt und die frühe Morgensonne genoss. Unbewusst suchte ich den Waldrand nach einem Wolf ab, doch ich konnte keinen entdecken. Unten klingelte es und ich fragte mich, wer um diese Uhrzeit an meiner Haustür klingeln würde. Verwirrt lief ich nach unten und öffnete die Tür. Draußen standen Jared, Sammy und Jeremy. Sam war komplett verkratzt und blutete an mehreren Stellen, unter anderem am Oberkörper und im Gesicht. Es war so viel Blut, dass ich mir im ersten Moment nur schockiert die Hand vor den Mund schlug und keinen Ton herausbrachte. Jared und Jeremy sahen zwar deutlich besser aus, aber auch sie trugen gewisse Verletzungen mit sich. Ich dachte nicht groß nach, was ich tun sollte, sondern handelte einfach sofort "Bringt ihn rein, ins Wohnzimmer!", befahl ich und rannte nach oben, wo ich einen Erste-Hilfe-Koffer und eine kleine Schale mit Wasser holte. Zurück im Wohnzimmer zog ich Sam vorsichtig das halb zerfetzte T-Shirt aus und schaute mir seine Wunden genauer an. Es war nichts Tiefes, aber sie mussten gereinigt werden. Also machte ich mich an die Arbeit und reinigte die Wunden mit Wasser, bevor ich eine Heilsalbe draufschmierte und einen Verband um seinen Oberkörper band. "Wenn ihr eure geschwollenen Gesichter kühlen wollt, dann schaut in den Eisschrank. Mit etwas Glück liegen die Kühlakkus drin. Küchentücher zum einwickeln liegen im Schrank, oben rechts“, erklärte ich den Anderen, während Sam zurechtmachte. Niemand sprach ein Wort, was vermutlich auch besser war, denn ich hätte für nichts mehr garantiert. Nicht nach dem, was ich am Abend vorher gelesen und gesehen hatte.

Ich verräumte alles und legte Sam ein paar Kissen hin, bevor ich ihm half sich hinzulegen. Er stöhnte leise vor Schmerz auf, doch er gab sein Bestes, um mir nicht zu zeigen, wie schwer ihm alles fiel. Als die beiden anderen mit den Kühlakkus wiederkamen, deckte ich Sam gerade mit einer Wolldecke zu und setzte mich dann vor ihm auf den Boden. "Was ist passiert?", fragte ich und schaute die Beiden sauer an. Sie waren vielleicht Jungs und vielleicht gerieten sie gelegentlich in eine Schlägerei, aber sie konnten nicht erwarten, dass sie mir meinen Bruder halb zerfetzt wiederbringen konnten, ohne dass ich blöde Fragen stellen würde. "Ich- Wir- Es war eine Party", setzte Jeremy an, doch Jared unterbrach ihn. "Es hängt alles mit gestern zusammen. Es tut mir leid, dass dein Bruder so schwer verletzt ist, aber die Wunden werden bereits in kurzer Zeit verheilt sein. Vertrau mir", sagte er eiskalt und ich merkte, wie eine gewisse Autorität von ihm ausgestrahlt wurde. Ich konnte nicht sagen, woran ich es ausmachte, aber ich merkte sofort, wie Jeremy sich ihm "unterwarf". *„Er ist der Alpha“*, meldete sich Leyla plötzlich zu Wort. ALPHA? Das hatte ich am Abend noch gelesen, daran konnte ich mich noch gut erinnern. Konnten diese Geschichten wirklich wahr sein? Spätestens jetzt war es mir egal, was passiert war, ich wollte die Wahrheit wissen!

*„Was soll das heißen? Was meinst du mit Alpha?“, fragte ich verwirrt nach. Doch* wie erwartet bekam ich keine genaue Antwort. *„Jared wird dir alles erklären, vertrau ihm*“, flüsterte sie noch und dann war es still.

"Wir sind mit dir am Strand gewesen, der dem Rudel gehört, ein etwas abgeschnittenes Stück, wo wir mit Neulingen immer hingehen, um ihnen zu helfen. Eigentlich kann dort nichts passieren, weil sie sich sonst immer direkt dem Alpha unterwerfen, aber weil er eine halbe Minute zu spät war, und du wusstest, dass er bei ihr ist, ist dein Beschützerinstinkt mit dir durchgegangen. Du wolltest sie vor ihm schützen, weil du niemanden hattest, um dich zu orientieren. In der ersten Verwandlung sind die Wölfe am Mächtigsten. Wir konnten dich nicht stoppen, nur versuchen dich in die Enge zu treiben. Aber du bist in das fremde Revier eingedrungen und wir mussten dich herausholen", erklärte Jeremy irgendjemandem leise, während ich in der Küche war und uns allen ein kleines Frühstück zusammenstellte, da wir alle jetzt wieder etwas im Magen bräuchten. Ich wollte wirklich nicht Mäuschen, aber ich konnte nicht anders. Was war hier los? Wölfe? Verhandlungen? Und was hatte mein Sammy damit zu tun? Langsam war ich fast sicher, dass die Mythen war sein mussten. Konnte das denn überhaupt möglich sein? Ich war so ungeduldig, ich konnte einfach nicht mehr warten.

Also stellte ich eine Kanne Kaffee und ein paar Croissants auf den Wohnzimmertisch und drehte mich dann zu Jared herum. "Hast du kurz Zeit für mich?", fragte ich und deutete mit den Augen nach oben. Er verstand worauf ich hinaus wollte und folgte mir ohne Wiederrede die Treppen hinauf. Ich konnte seinen Blick in meinem Rücken spüren, als ich oben ankam und in mein Zimmer lief, überkamen mich die Zweifel, ob ich wirklich wissen wollte, was los war, aber ich musste es erfahren. Vielleicht konnte ich Sammy so helfen.

In meinem Zimmer angekommen schloss ich hinter ihm die Tür und schloss sie sicherheitshalber einmal ab, warum auch immer. Mein Bauchgefühl sagte mir, dass es das Richtige sei. "Was ist hier los?", fragte ich Jared mit scharfer Stimme und ich könnte deutlich sehen, dass es ihm nicht gefiel, wenn ich so mit ihm sprach. "Es war eine Prügelei, die ein bisschen ausgeartet ist", versuchte er sich raus zu reden, doch dieses Mal ließ ich ihn nicht so einfach davonkommen. "Und jetzt die Wahrheit bitte" Ich schaute ihm tief in die Augen und sag, dass er kapitulierte, was mich erst zum Grinsen brachte und dann dafür sorgte, dass die Panik erneut in mir aufkam. Was würde mich jetzt erwarten? Ich hoffte so sehr, dass es nicht das war, was ich gelesen hatte, doch ich hatte bereits so ein Gefühl im Bauch.

"Ich bin nicht so, wie die anderen Jungs die du bisher kennen gelernt hast", begann er unsicher und schaute mich musternd an. Ich nickte ihm zu, als Zeichen, weiter zu reden. "Ich bin der Nachfolger des momentanen Alphas, des Anführers eines sehr mächtigen und großen Rudels von Werwölfen. Ich werde sie bald anführen. Ich weiß, dass das alles für dich sehr komisch und verwirrend sein muss, schließlich wusstest du nicht von uns bis vor kurzem, aber ich muss es dir sagen. Jetzt oder später, aber du musst alle Fakten kennen, bevor du dich entscheidest." Ich war sprachlos. Was sollte das denn bitte heißen? Wieso hatte ich keine Angst? Wieso glaubte ich ihm das alles einfach so?

"Ich brauche aber eine Begleiterin, eine Gefährtin. So etwas, wie eine feste Freundin", sagte er und benutzte dabei dieselben Worte, wie am Tag zuvor, "Die Gefährtin kann man sich nicht aussuchen. In dem Moment, in dem ich geboren wurde, hat sich meine Seele in zwei geteilt. Einen Teil habe ich behalten, den anderen Teil trägst du in dir. Das heißt, dass du meine Gefährtin bist. Meine Mate. Wie das ausgewählt wird, weiß ich nicht. Die Mate eines Alphas ist die Luna, sie ist die sogenannte Anführerin für das Rudel. Sie kümmert sich um die jungen Wölfe und um das Wohl des Rudels, bei Verletzungen. Psychisch, wie auch physisch. Und sie sorgt dafür, dass ein

Alphanachfolger gezeugt wird. Sprich, sie bekommt Kinder mit dem Alpha. Hast du bis dahin Fragen?" "Nein, rede weiter", murmelte ich und versuchte dabei nicht hysterisch zu werden. Ich eine Luna? Alpha? Werwölfe? Ein Rudel? Kinder bekommen? Eigentlich war mir das alles viel zu viel auf einmal, aber ich wollte es lieber jetzt erfahren, bevor ich jeden Tag ein bisschen mehr meiner eigentlich heilen Welt zerbrechen sehen muss.

"Okay. Die Person, die die Mate eines Werwolfes wird ist meistens auch ein Werwolf, kann aber auch sein, dass es anders ist. Manche Werwölfe können sich auch erst mit 18 verwandeln, das ist von dem Typ des Wolfes abhängig. Erst dachte ich, du wärst ein Mensch, aber du wirst bald keiner mehr sein. Das kommt alles an deinem 18. Geburtstag. Deshalb bin ich so froh, dass ich dich endlich gefunden habe." "Halt Stopp!", unterbrach ich ihn und sah wie er zusammenzuckte, "Ich bin also ein Werwolf und soll an meinem 18. Geburtstag eine Verwandlung haben?" "So in der Art..", begann Jared zu reden, doch ich stoppte ihn sofort. "Willst du mich eigentlich auf den Arm nehmen? Ich habe 18 Jahre lang ein normales Leben geführt, wieso muss sich alles jetzt ändern? Und wieso MUSS ich mich verwandeln? Was soll das alles? Ist das ein billiger Trick um Frauen rum zu kriegen?" Inzwischen hatte ich mich richtig in Rage geredet und Jared schien immer verzweifelter und legte letztlich seine Hände für einen kurzen Moment auf sein Gesicht, bevor er tief durchatmete und dann weitersprach.

"Ich weiß, dass das jetzt alles sehr viel ist. Aber was hälst du davon, wenn i h jetzt noch alles sage, was ich zu sagen habe und dann entscheidest du, ob du mir glaubst oder nicht?", sprach er ganz sanft und vorsichtig und schaute mich dabei so herzzerreißend süß an, dass ich nichts anderes tun konnte als zu nicken.

"Okay. Was auch wichtig ist, als Mate muss man sich markieren. Somit merkt jeder andere Wolf, dass man unnahbar ist, das heißt, dass man nicht mehr zu haben ist. So Zusagen weiß und sieht dann jeder fremde Wolf, dass du mir gehörst. Verstehst du?"

Ich nickte nur und er sprach weiter. "Das ganze hängt mit einem Ritual zusammen, aber das erkläre ich dir gleich noch in Ruhe. Aber du musst wissen, dass dein Bruder auch kein Mensch ist. Er hat sich verwandelt und es ist schiefgegangen, deshalb ist er auch am Strand mit den anderen gewesen. Sie wollten den Wolf in ihm herauslocken. Er wurde in dem Körper verdrängt, weil dein Bruder es nicht wahrhaben wollte und das kann böse enden. Es könnte sein, dass er eines Tages einfach heraus bricht und dann außer Kontrolle gerät. Dafür sorgt dein 'innerer Wolf'. Hast du schon mal von deinem Wolf gehört?" Vollkommen überfordert schüttelte ich erst den Kopf und nickte dann doch. "Sie heißt Leyla", sagte ich mit kräftiger Stimme und schaute ihn ängstlich an. "Das ist gut, sehr gut sogar", sagte er lächelnd.

Dann wurde sein Gesicht ernst und er schaute auf den Boden. "Wenn du dich als meine Mate anerkennst, dann muss ich dich recht bald markieren und dafür sorgen, dass dich kein anderer Wolf bekommt. Es gibt zwei Teile, der Markierung. Bei dem ersten

Teil werde ich dich in den Hals beißen, damit meine Spur auf dir liegt und jeder andere, fremde Wolf mich riechen kann. Aber der zweite Teil ist der wichtigste und intimste Teil. Während wir miteinander schlafen, also während wir 'verbunden' sind, müssen wir den jeweils anderen in den Hals beißen. Die Bissspuren sehen nur Werwölfe, als werden alle anderen auch nicht doof schauen. Man sieht sie auch nicht für immer, sie heilen innerhalb von zwei Wochen. Das Ganze verbindet uns dann so, dass wir fühlen, was der andere fühlt, egal wie weit wir auseinander sind und wir können über Gedanken mit dem jeweils anderen reden. Aber es hat auch einen Nachteil. Stirbt der eine oder wird er verletzt, ergeht es dem anderen kein Stück besser. Somit wären wir bis in den Tod zusammen. Wenn sich zwei Mates aber gegeneinander entscheiden, dann stirbt der Abgelehnte langsam. Mit jedem Tag ein Stückchen mehr."

Ich musste ein paar Mal tief durch armen, bevor ich wieder einen klaren Gedanken fassen könnte. Das war einfach so viel Info gewesen. Ich wusste nicht mehr wo mir der

Kopf stand, aber das Wichtigste war jetzt Sam. "Lass mich nachdenken. Ich schreibe dir dann", murmelte ich ihn in Gedanken versunken zu und schloss dann die Tür auf, ehe ich nach unten zu Sam ging. Das konnte wirklich alles nur ein schlechter Witz sein!

# Kapitel 5:

Sammy und ich waren die ersten Tage nach seiner Verwandlung nicht zur Schule gegangen und hatten viel geredet. Er hatte mir von seinem Tag am Strand erzählt, wie Jeremy ihn aufgeklärt hatte und die anderen Wölfe, die dabei waren, ein paar Meter weiter entfernt standen und das ganze Schauspiel beobachteten. Er erzählte mir auch, wie er ausrastete, weil er dachte, sie wollten ihn verarschen und wie er sich dabei letztlich verwandelte. Jared war ein paar Minuten zu spät gekommen und so hatte Sam sich mit ihm angelegt, denn er wollte zu mir und Jeremy wollte ihn nicht gehen lassen. Wir redeten auch über das, was Jared mir erzählt hatte.

Letzten Endes war es allein meine Entscheidung. Während Sam jeden Abend in Wolfsgestalt zum Rudelhaus im Wald ging, war ich jeden Abend allein zu Hause. Doch ich konnte jeden Abend die Umrisse des schwarzen Wolfes sehen, der am Waldrand lag und auf mich wartete. Ich hatte auch über die Gefühle nachgedacht, die in mir tobten, wenn er da war und vor allem wenn er nicht da war. Es war sehr verwirrend, wie anziehend er auf mich wirkte, obwohl er so weit weg zu sein schien.

Es war jetzt bereits eine Woche vergangen und Charly hatte mir zwischen durch die Hausaufgaben gebracht und die Mitschriebe aus dem Unterricht. Anfänglich hatte sie Angst zu kommen, doch dann hätte ich ihr gesagt, dass die Situation zwischen uns sich nicht ändern würde. Sie war mir inzwischen so ans Herz gewachsen. Jared ging es wohl nicht sonderlich gut, wie Charly mir erzählt hatte. Er vermisste mich und ich musste zugeben, dass er mir auch fehlte. Von Leyla hatte ich nichts mehr gehört, seit meinem Gespräch mit Jared. Auch Jeremy war immer wieder "durch Zufall" in der Gegend gewesen. Ich war also nie allein.

Und so beschloss ich Jared zu glauben. Es schien ja schließlich so, als hätte er Angst, ich könnte weglaufen oder plötzlich entführt werden. Ich wartete am Abend darauf, dass er wieder am Waldrand sitzen und auf mich aufpassen würde. Genüsslich trank ich eine kühle Flasche Apfelschorle ausnahmsweise mal auf der Terrasse, anstatt wie sonst auf meinem Balkon. Und wie es zu erwarten war, tauchte der Wolf auf. Ich wusste einfach, dass es Jared war, mein Bauchgefühl sagte mir das.

Ich stand auf, lächelte ihn sanft an und ging dann ins Wohnzimmer. Die Terassentür ließ ich offenstehen. Es dauerte einen kleinen Moment, aber dann stand Jared vor mir. In menschlicher Gestalt. "Setz dich zu mir", sagte ich leise und zündete die Kerzen an, die auf dem Wohnzimmertisch standen. Ich wollte kein Licht anmachen, denn ich liebte den Kerzenschein schon immer. So beruhigend und entspannend.

Jared setzte sich ein Stück weit von mir weg und als ich näher rückte, konnte ich sehen, wie er nervös wurde. "Jared, ich habe viel nachgedacht", begann ich zu sprechen und ich konnte ihm ansehen, wie nervös er war. Ich war mir auch bewusst, was für ihn auf dem Spiel stand, schließlich hatte Sammy mich aufgeklärt, wie das Rudel lebte. Er hatte den momentanen Alpha und seine Luna bereits kennen gelernt.

"Ich habe mich dazu entschieden, dass ich das Leben, von dem du mir erzählt hast, kennenlernen möchte. Aber ich möchte es langsam angehen und ich möchte jeder Zeit gehen können. Ist das in Ordnung?", erklärte ich ihm die Lage und er nickte es ab. Seine Augen strahlten mich förmlich an, während er sich beherrschen musste, nicht zu jubeln.

"Und ich habe noch eine Bedingung", setzte ich an, was ihm einen kleinen Dämpfer verpasste. "Ich möchte etwas ausprobieren. Jetzt. Aber nur jetzt und dann beginnen wir bei null und du zeigst mir alles, was ich wissen muss, bevor ich mich in irgendeiner Art und Weise beißen lasse." Er nickt vorsichtig und ich fand es irgendwie süß, dass er so schweigsam war. Es sah ihm nicht ähnlich, denn ich hatte ihn anders kennengelernt.

Ich rutschte ein Stück auf ihn zu und nahm seine Hände in meine. Dann legte ich sie auf meine Hüften, wo er sie an meinem ersten Schultag ebenfalls liegen hatte und es fühlte sich dieses Mal richtig gut an. Es fühlte sich fast vertraut an, obwohl wir uns eine Woche nicht gesehen und davor nie getroffen hatten. Es war wie heimkommen.

Als ich mich noch näher an ihn heranwagte, wurden seine Augen immer größer. Ich wusste selbst nicht genau, was ich vorhatte, ich wollte einfach wissen, wie weit mein Körper seine Nähe wollte. Ich hatte allein in dieser einen Woche gemerkt, wie sehr mir seine Nähe gefehlt hat, obwohl ich sie zuvor auch nie gespürt hatte.

Ich gab die Kontrolle über meinen Körper nun vollständig in die die Hand des Schicksals und als unsere Lippen nur noch wenige Zentimeter voneinander entfernt waren, sagte ich es einfach und überbrückte mit rasendem Herzen den letzten Abstand zwischen uns. Und Himmel, küssen konnte er!

Als wir uns lösten, schaute ich ihn schüchtern an. Er hingegen strahlte mir entgegen, als gäbe es nichts Schöneres auf dieser Welt. Ich ließ meine Hände sinken und schaute auf den Boden, während er sich am Hinterkopf kratzte. "Darf ich noch eine Weile bleiben?", fragte Jared ganz vorsichtig und ich nickte nur, dankbar die Fragen nicht selbst stellen zu müssen, ob er bleiben wollte.

Ohne groß zu überlegen kuschelte ich mich an ihn und schloss meine Augen, um den Moment zu genießen. Seine eine Hand lag auf meiner Hüfte und die andere strich mir sanft über den Arm. Draußen war es inzwischen Stock dunkel geworden und so dauerte es nicht lange, bis ich in seinen Armen einschlief mit dem Gedanken an seine weichen, sanften Lippen auf meinen.

Am nächsten Morgen wachte ich in meinem Bett auf, allein. Zuerst war ich verwirrt und dachte, dass Jared gegangen sei, doch dann sah ich ihn auf dem Boden neben mir liegen. Eingehüllt in meine Kuscheldecke auf meinem kleinen Kissen sah er so friedlich aus und ich genoss den Anblick für einen

Augenblick, bevor mein Handywecker zu klingeln anfing und ich ihn ausschalten musste. Auch Jared war dadurch wach geworden und drehte sich nun zu mir. "Guten Morgen, Prinzessin", murmelte er verschlafen und schaute gähnend auf die Uhr seines Handys. „Morgen“, sagte ich leise. Ich hatte Angst, dass das nur ein Traum gewesen sein könnte und ich gleich allein auf dem Sofa aufwachen würde. Und das obwohl ich mir vor ein paar Tagen noch einreden wollte, dass das alles nur ein Witz sein konnte. Aber so war es nicht.

Nachdem wir aufgestanden und im Bad fertig waren, fuhren wir zur Schule. Sam hatte mir per SMS mitgeteilt, dass er beim Rudel geblieben sei und von dort aus zur Schule käme. Ich stieg also mit Jared in sein Auto, das wohl irgendjemand letzte Nacht hergefahren hatte. Ich musste grinsen. Das lief alles so reibungslos ab, vielleicht konnte ich mich irgendwie miteinfügen.

An der Schule angekommen, bemerkte ich, dass es bereits zur ersten Stunde geklingelt hatte und wir gerade mitten in die Stunde platzen würden. Auch Jared schien das zu bemerken. „Mara?", begann er leise und drehte sich zu mir. Mein Blick war weiterhin auf meine umschlungenen Hände gerichtet und ich schaute nur kurz auf, um ihm zu signalisieren, dass er weiterreden konnte. „Du möchtest, dass wir es langsam angehen lassen und das akzeptiere ich, also wollte ich fragen, ob du vielleicht heute Abend Zeit hättest du mit mir ausgehen würdest. Ich möchte die so kennenlernen, wie ein anderer Mann dich auch kennen gelernt hätte. Aber nur, wenn du das möchtest." Er schien unsicher und strich nervös mit seinem Daumen über seinen Handrücken. „Gerne. Was machen wir dann?", fragte ich und war hell auf begeistert, „Was soll ich anziehen?" Tausend Dinge schossen mir durch den Kopf, als er mir in die Augen sah und lächelte. „Wir könnten zusammen was essen gehen? Beim Italiener?" „Ja, das klingt gut", stimmte ich zu und lächelte ihn sanft an. Er war vielleicht ein Werwolf, doch auch er hatte eine menschliche Seite und ich war so froh, dass er sie mir genau jetzt zeigte, wo ich sie am Meisten brauchte. „Ich hol dich dann so um sechs ab, okay?" Er strich sanft mit seinem Daumen über meine Hand. „Okay. Ich werde warten", versicherte ich, als es aus dem Schulhaus läutete. „Wir müssen", seufzte Jared und ich lächelte ihn an. „Was lächelst du so?", fragte er irritiert und checkte im Rückspiegel sein Gesicht ab, was mich zum Lachen brachte. „Ich freu mich einfach auf heute Abend", murmelte ich leise und entzog meine Hand seiner, um nach meiner Tasche zu greifen.

„Sitzt du heute auch neben mir?", fragte er, als wir nebeneinander auf das Schulhaus zuliefen. „Ich denke schon, solange Myra die Finger von dir lässt." Bei dem Gedanken daran, wie sie auf seinem Schoß saß, wenn auch nur kurz, kam in mir eine Wut hoch, die ich nicht beschreiben konnte. „Bist du etwa eifersüchtig?", fragte Jared und schmunzelte, „Du bist süß." Ich schnaubte auf, als wir das Schulgebäude betraten. Auf dem Flur wuselten die Schüler herum und einige schauten mich komisch an, da ich inzwischen dicht an Jared gedrängt durch die Schülermassen geschoben wurde. „Was starren die alle so?", gab ich giftig von mir. Sie sollen aufhören meinen Mate so anzustarren!! Erschrocken blieb ich stehen und Jared lief mir hinten auf. Was war denn jetzt los? Wieso dachte ich plötzlich solche Dinge, wo ich doch erst gestern beschlossen hatte es langsam angehen zu lassen?

„Was ist denn?", fragte er leicht genervt und wollte mich weiterziehen, doch meine Beine wollten etwas Anderes. Langsam lief ich rückwärts auf den Ausgang zu und bekam bei jedem Schritt weniger Luft. *„Leyla?“*, schrie ich panisch in meinem Kopf, denn normal reden konnte nicht. Meine Kehle war wie zugeschnürt. Sie musste mir helfen, vielleicht wusste sie, was das war. *„Ja?“*, fragte die zarte Stimme in meinem Kopf. Irgendwo hörte ich eine leichte Männerstimme nach mir rufen. *„Was ist das? Was passiert mit mir?“,* schrie ich von Panik ergriffen. Ich merkte einen Griff um meinen Arm. Es tat nicht weh, aber ich schlug den Arm weg und wollte rennen, doch ich schnappte röchelnd nach Luft. *„Das bin ich. Ich kann es nicht aufhalten. Lass dir von Jared helfen.“* Dann war es ruhig in meinem Kopf. Nur noch die Stille und ich. „Mara?", rief mich jemand zurück in die

Wirklichkeit. Ich schlug zitternd die Augen auf und schaute mich um. Ich lag zwischen den Autos auf dem Boden und Jared hielt mich im Arm. „Was zum? Was ist passiert?", fragte ich und versuchte mich langsam aufzusetzen. „Das Gleiche könnte ich dich auch fragen. Ist alles ok bei dir?", fragte Jared besorgt und kurz darauf sah ich Jer auf uns zueilen, gefolgt von Charly und Jensen. „Ja, ich denke schon.", murmelte ich und versuchte mich zu erinnern. „Was ist passiert?", fragte Jer kaum, dass sie da waren. „Sie ist auf einmal stehengeblieben, lief rückwärts weg, bekam wohl keine Luft und rannte dann davon. Ich habe sie hier irgendwo zufassen bekommen, als sie zu Boden ging und bin dabei selbst gestürzt." Jer schaute zu dem Anderen und dann zu Jared zurück und es schien so, als würden sie über Gedanken sprechen können. Teleportation oder sowas. Charly kniete sich neben mich und schaute mir in die Augen. „Sie sind weiß. Jared, ich glaube nicht, dass wir noch viel Zeit haben." Sofort verspannte sich Jareds Körper hinter mir und ich drehte mich um. „Was meint sie?", fragte ich ihn und schaute ihm tief in die Augen. Ich war verwirrt, hatte Angst, wie schon zu oft für die eine Woche, die ich hier wohnte, aber ich wusste, dass ich mich auf Jared verlassen könnte und ich vertraute auf seinen Instinkt. „Dein Wolf, er will raus“, informierte mich Charly. Er hielt sich kurz und knapp und ich musste kurz überlegen, doch dann fasste ich einen Entschluss. „Was kann ich tun?", fragte ich scharf und alle Augen richteten sich auf mich. Obwohl sie ja sowieso schon auf mir lagen. „Du kannst ihn herauslocken, aber-", begann Jared, doch ich unterbrach ihn. „Kein Aber! Wie kann ich das tun?", fragte ich und schaute sie alle durchdringlich an. „Komm mit", sagte Jer und reichte mir die Hand. Ich ließ mich von ihm hochziehen, während der andere Jared aufhalf. Sofort verschwanden alle zu den anderen Autos, nur Jer, Jared und ich blieben zurück. „Und jetzt?", fragte ich und Jared deutete auf sein Auto. „Steig ein. Wir fahren ein Stück." Gerade, als ich einsteigen wollte, kam Sam aus dem Schulhaus gerannt und setzte sich Kommentarlos zu Jer auf die Rückbank. „Kann's losgehen?", fragte Jared und als er keinen Widerspruch hörte, startete er den Motor und wir fuhren los, in ein Abenteuer, das ich so schnell nicht mehr vergessen sollte.

# Kapitel 6:

Wir fuhren eine gute Stunde bis zum Strand, in der ich mich immer wieder vor Schmerzen krümmte. Jareds Blick lag immer wieder auf mir, doch ich wusste nicht, ob ich darüber erfreut sein sollte oder eher beunruhigt. Ich stieg aus, als alle anderen ebenfalls ausstiegen. Wir liefen schweigend durch den Sand und ich blickte aufs Meer. Es entspannte mich ein wenig und ich konnte die Schmerzen wenigstens einen kleinen Moment vergessen.

*„Leyla?“*, fragte ich vorsichtig in meinem Kopf nach. Ich hatte seit dem Morgen nichts mehr von ihr gehört. *„Ich bin hier“*, hörte ich ihre leise Stimme und war erleichtert, warum auch immer. *„Ist alles in Ordnung?“*, fragte ich und überlegte dann, ob die Frage überhaupt Sinn machte. Immer hin war sie ich. Es war ungewohnt mit mir selbst zu reden, auch wenn mir eine fremde Stimme antwortete. Aber wie konnte es sein, dass noch jemand in meinem Kopf redete? In Fachkreisen nannte man so etwas Schizophrenie, aber das hätte man ja

schließlich schon früher diagnostiziert. *„Ja, ich bin in Ordnung."* Sie klang nicht irgendwie komisch oder sonst was, aber etwas an ihr war anders. *„Bald kannst du raus"*, murmelte ich in mich hinein und lief dann schweigend neben Jared her. Seine Nähe beruhigte mich und ich genoss das Gefühl, das er in mir auslöste. Als er seinen Arm um meine Schultern legte, wollte ich mich abwenden und seinen Arm abschütteln, doch dann entfloh mit mir ein zufriedenes Seufzen, das aber ein Knurren schon sehr ähnelte, eindeutig ausgelöst durch Leyla.

„Unser Date fällt dann wohl ins Wasser", murmelte er nach ein paar Minuten, die wir neben einander hergegangen waren. „Ja, scheint ganz so. Aber dann holen wir es nach", murmelte ich und machte mir während dessen Gedanken darüber, ob die Verwandlung weh tun würde, wie bei ‚The Vampire Diaries' oder eher nicht, so wie bei ‚Twilight'.

Nachdem wir eine ganze Weile gelaufen waren, kamen wir an einer Bucht an, die zwischen den steilen Steinhängen nicht zu sehen war. Ich hatte sie noch nie zuvor gesehen, aber ich war auch noch ein Kind, als ich hier wohnte. Mitten drin lag ein Baumstamm, auf dem Jeremy sich setzte. Auch Jared zog mich zu dem Stamm, setzte sich und zog mich dann mit einem fragenden Blick auf seinen Schoß. Sam stand am Wasser und schaute ins Leere. Er sah nachdenklich aus.

Jeremy stand auf und lief, nach einem kurzen Blick zu Jared, auf Sam zu, wo er ihm sanft den Arm umlegte und mit ihm weglief. Sam sah erleichtert aus, aber ich hatte trotzdem Sorge, ob alles okay war.

„Tut es weh?", schoss die Frage aus mir heraus, noch bevor ich bemerkte, wie peinlich sie klang. "Was? Die Verwandlung?" "Ja", murmelte ich leise und wurde rot. "Am Anfang ja, beim ersten Mal ist es schlimm, aber jedes weitere Mal ist wie eine Befreiung", erklärte er. "Oh", entwich es mir, als ich merkte, wie mir der Angstschweiß über den Rücken lief. "Es gäbe aber einen Weg, dir einen Teil der Schmerzen zu ersparen. Aber ich will dich zu nichts drängen.", sagte er ganz leise und kratzte sich am Hinterkopf. "Wie?", fragte ich wie aus der Pistole geschossen und setzte mich aufrecht hin. Ich drehte meinen Kopf zu ihm und er antwortete mir ganze vorsichtig mit: "Ich könnte dich beißen, dich markieren." Ich musste kurz nachdenken, aber stand dann auf. Ich wollte mich noch nicht ganz darauf einlassen, aber wenn das die einzige Möglichkeit war, dann war das wohl mein Ausweg. Sanft legte ich meine Lippen auf seine und sofort explodierte ein Feuerwerk in meinem Körper. Seine Lippen fühlten sich so perfekt auf meinen an, als er ganz sanft mit seiner Zunge über meine Unterlippe strich.

Als wir uns voneinander lösten, musste ich tief durchatmen, um meinen Puls wieder auf normal Level zu bringen. "Markierst du mich?", flüsterte ich in sein Ohr und ich merkte sofort, wie er sich neben mir anspannte. Um ihn noch mehr heraus zu locken, zog ich meine Haare von meinem Hals weg und legte sie mir über die linke Schulter. So lagen meine rechte Schulter und mein Hals komplett frei und er fragte nun vorsichtig, ob ich sicher sei. Als ich mit

"Ja.", antwortete, hörte ich nur noch ein animalisches Knurren und sah, wie seine Zähne länger und spitzer wurden. Dann schnupperte er meinen Hals auf und ab, bis er die richtige Stelle gefunden zu haben schien. Er biss zu und ich wollte erst schreien, vor Schmerz, doch dann erfasste mich dieses beruhigende Gefühl, welches immer dann kam, wenn er in meiner Nähe war.

Als er seine Zähne aus meinem Hals zog, hörte ich ein letztes, zufriedenes Knurren, bevor seine Zähne sich zurückbildeten und er mir einmal über die Wunde leckte. Dadurch wurde sie wohl versiegelt, denn im nächsten Moment überfiel mich ein Gefühl von Müdigkeit. Sanft lehnte ich mich an ihn und er legte seinen Arm um mich, als ich auch schon am Einschlafen war. Das Letzte, was ich mitbekam, war wie er mir einen Kuss auf die Stirn hauchte. Dann wurde alles schwarz um mich und ich fühlte mich so geborgen, wie nie zuvor.

Als ich meine Augen wieder öffnete, saßen die anderem um ein Lagerfeuer herum und unterhielten sich. Mein Kopf lag auf Jareds

Schoß und er strich sanft durch meine Haare. „Guten Morgen, Prinzessin", murmelte er leise lachend und gab mir einen leichten Kuss auf den Scheitel. „Wie spät ist es?", fragte ich verschlafen und richtete mich auf. „Etwa zehn Uhr. Der Mond geht jeden Moment auf, dann können wir beginnen. Aber nur, wenn du dich wirklich bereit dazu fühlst", erinnerte mich Jared und ich nickte nur, obwohl mir dabei mulmig zu Mute war. Aber ich musste es jetzt tun, das spürte ich.

Als ich mich umsah, entdeckte ich noch mehr Menschen, die zuvor noch nicht da gewesen waren. „Sie gehören zum Rudel", ertönte Jareds Stimme in meinem Kopf. „Was?", murmelte ich und schaute ihn verwirrt an. Er lächelte sanft und sprach dann erneut in meinem Kopf. „Durch die Markierung können wir jetzt so sprechen, ohne dass es jemand mitbekommt. Und die anderen hier gehören auch zum Rudel. Ich stelle sie dir vor, wenn deine Verwandlung vorbei ist. Ich werde sie mit dir allein vollbringen. Die anderen sind nur für den Notfall da." Ich nickte wissend und versuchte dann, ihm zu antworten. „Wann wird es sein?", frage ich und er lächelt mich sanft an. „Wir können jeder Zeit gehen." Ich nickte und schaute zu Sam. Er schien sich gut mit den anderen zu verstehen und so seufzte ich leise. „Gehen wir", murmelte ich im Kopf und schaute ihm dann in die Augen. Er nickte leicht und Dann sagte er laut: „Wir gehen." Alle anderen nickten ihm zu und er reichte mir die Hand, als er aufgestanden war. Dankend nahm ich sie an, denn sie war in diesem Moment mein einziger Halt.

Wir waren vielleicht fünf Minuten am Strand entlanggegangen, als ein Krampf durch meinen ganzen Körper fuhr. Schreiend brach ich zu Boden und begann zu wimmern. „Alles wird gut, Prinzessin. Ich werde dich jetzt tragen, wir sind fast da", drang Jareds Stimme an mein Ohr und ich antwortete ihm per Telepartie mit einem schlichten „OK", dankbar dass er mich den Weg tragen wollte. Ich konnte mich kaum mehr zusammenreißen.

# Kapitel 7:

Als Jared mich auf den Boden legte, durchzuckte mir erneut ein starker Schmerz und mir wurde schwarz vor Augen. Ich konnte einfach nichts mehr sehen. Es war so qualvoll, dass ich nichts sehen, aber alles genau hören konnte. Immer wieder schrie ich auf und rollte mich gequält umher. Wieso musste ich diesen Schmerz ertragen? Hatte Jared nicht gesagt, dass es besser werden würde, wenn ich gebissen war? Oder war das nur ein Trick um mich markieren zu können? Ich war mir nicht sicher, aber ich konnte nicht darüber nachdenken, denn mein Körper schrie nach Freiheit. Jared saß neben mir und als ich die Augen wieder öffnen konnte, waren seine Pupillen wieder mit einem gelben Schein versehen und strahlten so eine Gelassenheit aus.

Immer wieder wimmerte ich leise auf, als die Schmerzen wie Stromwellen durch meinen Körper jagten. So etwa musste sich eine Frau in den Wegen fühlen. Ein lauter Schrei war zu hören, dann noch einer. Es dauerte ein paar Sekunden und einen Schmerzensstich in meinem Hals, ehe ich begriff, dass es mein Schrei gewesen war. Ich drehte mich auf die Seite, in der Hoffnung, es würde besser werden. So konnte ich auf das Meer sehen. Das beruhigte mich. Jareds Hand strich sanft über meinen Rücken, was bei mir eine starke Gänsehaut auslöste.

Der Vollmond ging langsam auf und spiegelte sich in den Wellen des Meeres. Mit jeder Bewegung des Wassers schien er höher zu steigen. Ich lag einige Sekunden reglos am Boden und Jared saß stumm neben mir, doch es fühlte sich an, als wären es Stunden gewesen. Erst als der Vollmond am höchsten Punkt stand, hörten die qualvollen Schmerzen auf. Ich wimmerte noch immer vor mich hin, traute mich nicht, mich zu bewegen. Tränen rannten ohne Pause über mein Gesicht, bis sich plötzlich etwas veränderte. Der Mond musste die höchste Stelle überschritten haben, denn es erfüllte mich eine Wärme und ich richtete mich langsam auf. Jared hatte mich keine Sekunde aus den Augen gelassen. Er knurrte leise auf, als ich aufstand und auf wackligen Beine in Richtung Meer stolperte. Ich fühlte mich plötzlich so wohl, wie früher, wenn ich mit meiner Familie abends vor dem Fernseher saß und wir alle gemeinsam lachten. Aber dann erfasste mich die Wut. Sie hielten es wohl nicht für nötig, Zeit mit ihren Kindern zu verbringen. Doch dann glitten meine Gedanken wieder zu Jared. Er folgte mir mit einem gewissen Abstand und befand sich bereits in Kampfstellung. Ich vermutete, er wäre jeden Moment bereit sich zu verwandeln. Ich ließ mich in den weichen Sand fallen und setzte mich im Schneidersitz an den Rand der Wellen. Es ging auf die Ebbe zu und so hatte ich nichts zu befürchten. Aber selbst wenn nicht, es wäre mir in diesem Moment nicht als wichtig vorgekommen.

Ich reckte meinen Kopf dem Mond entgegen und entspannte mich bis in die letzte Faser meines Körpers. Es war ein wunderbares Gefühl hier im Schein des Mondes zu sitzen und einfach nur aufs Meer zu schauen. Ein leises Lachen entwich mir. Jared kam mir näher, was ich allein daran erkannte, dass sein Geruch stärker wurde. Ein bedrohliches Knurren entwich meiner Kehle. Erst war ich schockiert, doch schon im nächsten Moment gewann mein Wolf die Oberhand. Ich ließ Leyla frei. Ich ließ sie tun, was immer sie wollte. Ich sprang auf und rannte los, den Strand entlang.

Mit einem Hechtsprung über einen Baumstamm verwandelte ich mich mit einem grauenvollen Knacken und einem kurzen Aufjaulen, als jeglicher Schmerz der letzten Stunden auf einen Schlag über mich hereinbrach. Als ich auf dem Boden ankam und meine Pfoten sich in den Sand bohrten, begriff ich, dass ich es geschafft hatte. Ich hob den Kopf und jaulte gen Mond. Ich hatte es geschafft, ich hatte mich wirklich verwandelt. Ich war von nun an ein vollkommener Wolf. Ich war eine Luna. Ich konnte in der Ferne noch andere Wölfe ausmachen, die mitjubelten. Sie heulten mit mir den Mond an.

Ich drehte mich um, wollte zu meinem Mate gehen, mit ihm zum Rudel gehen. Jared stand noch immer dort, wo er zuvor gestanden hatte. Er stand wie erstarrt da und schaute mich mit großen Augen an. Ich lief um den Baumstamm herum und direkt zu ihm. Erst wich er vorsichtig zurück, als hätte er Angst, ich würde ihn angreifen, aber dann ließ er mich zu sich kommen und strich mir sanft durch das Fell. In meiner Wolfsform war ich größer als er und ich legte meinen Kopf sanft auf seinen ab. „Du bist wunderschön, Babe", sagte er per Telepartie und ich knurrte zufrieden. Auch er verwandele sich und gemeinsam liefen wir zurück zu den anderen. Auch sie hatten sich in der Zwischenzeit verwandelt und Sam lief nervös auf und ab. Sein Wolfsfell glänzte im Mondlicht, aber ich konnte klar erkennen, dass sein Fell grau war. Er war wunderschön. Kaum, dass er mich entdeckt hatte, kam er bereits angesprungen. Er beschnupperte mich an gesamten Körper, was Jared zum knurren brachte. Sofort winselte Sam leise vor sich hin und legte sich auf den Boden. Sein Kopf lag auf seinen Pfoten und Jared schaute ihn von Oben herab an. Das gefiel mir, seiner Schwester, gar nicht und auch Leyla schien es nicht zu gefallen, dass jemand anderes ihm was zu sagen hatte. Ich stellte mich schützend vor meinen Bruder und knurrte Jared an. Er versuchte mich ebenfalls nieder zu starren, jedoch gab ich mich nicht geschlagen, sondern ging in Kampfstellung.

Seine Augen funkelten mich wütend an. *„Leyla? Was ist los?"*, fragte ich in meinem Kopf, denn ich verstand nicht, warum sie und Jared sich so böse anfunkelten. *„Er will, dass ich mich unterwerfe! Dass wir uns unterwerfen! Das werde ich nicht tun!"* Ein bedrohliches Knurren war zu hören und ich begriff erst einige Sekunden später, dass es von mir gekommen war.

*„Mara, was tust du da?"*, fragte mich Jared, doch noch ehe ich antworten konnte, kam mir Leyla zuvor. *„Wir wollen uns nicht unterwerfen!"*, knurrte sie und starrte Jared nieder. Erst schien er dagegen stand halten zu können, doch dann senkte sich sein Haupt langsam nach unten. *„Unterwirf dich mir! Ich bin die Luna, ich bin die neue Anführerin dieses Rudels!"*, knurrte Leyla durch mich nah draußen. Auch Sam und

Jeremy legten sich neben Jared auf den Boden und schauten winselnd zu mir auf. Nach einem weiteren Knurren verwandelte ich mich zurück und stand nun in Menschenform vor den anderen. Auch sie verwandelten sich zurück und Jared kam sofort auf mich zu gelaufen. „Was sollte das denn werden?", fragte er aggressiv und ich bekam wirklich Angst vor ihm. Würde er mir jetzt etwas antun? Jeremy und Sam standen zu meinen beiden Seiten und Jared starrte auch sie böse an. „I-Ich weiß es nicht. Ich hatte keine Kontrolle darüber, was-" „Lüg mich nicht an. Jeder hat Kontrolle über seinen Wolf.", unterbrach er mich sofort. Wütend lief er davon und rief Jeremy und Sam zu, sie sollten ihm folgen, doch keiner der beiden rührte sich auch nur einen Millimeter vom Fleck. Alles schien still zu stehen, als Jared sich verwandelte und auf mich zu rannte. Er sprang auf mich zu und ohne groß nachzudenken verwandelte ich mich. Es begann mit einem Prickeln in meinem Kopf, welches sich über meinen ganzen Körper ausweitete, ehe ich den Sand unter meinen Pfoten spüren konnte.

Als Jareds Zähne sich in meinen Hals bohrten durchzog mich ein Schmerz und im selben Moment zuckte er weg und begann zu wimmern. Was war das denn? Sobald ich merkte, dass dieses Mal ich die Kontrolle hatte und nicht Leyla, ging ich zu ihm, kuschelte mich an ihn und legte mich dann vor ihn. „Na los", ermutigte ich ihn. Langsam stellte er sich vor mir auf und nahm seine Alphastellung ein. Leyla versuchte mich umzustimmen, zerrte an meinem Körper, doch ich blieb reglos vor Jared liegen und schaute ihn erwartungsvoll an. Sofort lagen auch Jeremy und Sam an meiner Seite.

Nach ein paar Minuten verwandelten wir uns zurück und ich küsste Jared sanft auf den Mundwinkel. „Ich unterbreche euch nur ungern, aber ich denke, wir haben ein Problem", unterbrach uns Jeremy vorsichtig und allein an seinem Blick erkannte ich, dass es ernst war.

## Kapitel 8:

Irritiert schaute ich zu Jeremy, der nur wortlos auf mich deutete. Ich stand nun in der Mitte von allen und schaute weiterhin fragend in die Runde. Jared zog kurzer Hand sein Handy hervor und versuchte mit zitternder Hand ein Foto von mir zu machen. Als er es mir zeigte, blieb mir die Luft weg. Meine braunen Haare waren komplett weiß, und meine sonst blauen Augen strahlten mir in einem starken grau entgegen. „Oh Gott!", murmelte ich vor mich hin und starrte weiterhin auf das Bild. Als Jared das Handy wieder an sich nahm und wegpackte, stammelte ich ein paar Worte vor mich hin. „Mara, sprich deutlicher. Ich versteh ja kein Wort", unterbrach mich Sam verärgert. Er konnte es noch nie leiden, wenn ich nuschelte. „Ich-Ich muss mal eine Weile allein sein. Geht das in Ordnung?", fragte ich an Jared gewandt. „Natürlich. Möchtest du, dass wir dich mit zurück nach Hause nehmen? Wir können Sam heute Nacht bei uns im Rudelhaus schlafen lassen.", fragte er sanft und legte mir einen Finger unter das

Kinn, sodass ich ihm in die Augen sehen musste. „Ja, bitte.", erwiderte ich völlig erschöpft und senkte den Blick wieder in den Sand.

Als wir am Strand zurückliefen, kam mir der Weg viel länger vor, als auf dem Hinweg. Erschöpft sank ich in den Sand, denn am Horizont konnte man bereits die Sonne aufgehen sehen. Ohne wenn und aber nahm Jared mich auf seinen Arm und trug mich im Brautstyle den Strand entlang. Nicht mehr lange und wir standen am Auto. Inzwischen waren noch mehr Autos da und Jeremy und Sam stiegen schweigend in eines der anderen Autos. Jared setzte mich vorsichtig auf den Beifahrersitz seines Wagens ab und stieg dann auf seiner Seite ein. Müde schnallte ich mich an und lehnte meinen Kopf an die Scheibe, bevor mir langsam die Augen zufielen.

„Mara?", weckte Jared mich sanft, als der Wagen angehalten hatte. „Mhhhhm?", grummelte ich und drehte mich weg, um weiter zu schlafen. „Wir sind da, Prinzessin.", sagte er noch, bevor er ausstieg. Als er die Beifahrertür öffnete und mich abschnallte, rutschte mir die Frage raus, noch ehe ich richtig darüber nachdenken konnte. „Bleibst du bei mir?"

Ein paar Minuten später lag ich in meinem weichen Bett in die Decke gekuschelt und Jared hatte sich ein Kissen und eine Decke genommen und lag nun auf dem Boden, neben meinem Bett. Er hatte die Hände hinter dem Kopf verschränkt und schaute zu mir hinauf. Ich öffnete meine Augen nur einen Spalt breit, lächelte ihn an und fiel dann in einen tiefen Schlaf, voller Albträume.

Ich schreckte hoch, als mein Wecker klingelte - Fuck, Schule!

Jared saß ebenfalls Stocksteif auf seinem Schlafplatz und schaute sich verwirrt um. „Wo bin ich?", fragte er verschlafen und rieb sich dabei die Augen. „Bei mir", murmelte ich und kroch aus meinem Bett zu ihm. Ich nahm ihn in den Arm und er seufzte leise auf, als ich ihn losließ und aufstand. An meinem Kleiderschrank angekommen, zog ich einfach nur eine kurze Sporthose und ein Top aus dem Schrank, bevor ich mich in Richtung Bad bewegte. Schnell richtete ich mich und lief dann in die Küche. „Ich war so frei und hab Kaffee gemacht", sagte Jared und stellte eine Tasse voll dampfender, schwarzer Flüssigkeit vor mir ab. „Danke", sagte ich und lächelte ihn sanft an, „Bekomme ich keinen Guten-Morgen-Kuss?" Lächelnd kam er auf mich zu und legte seine Lippen auf meine. Es war ein ganz kurzer Kuss, aber er reichte aus, um mir ein Lächeln ins Gesicht zu zaubern.

Nachdem wir den Kaffee getrunken hatten, schloss ich alles ab und lief dann zu Jared, der bereits draußen im Auto wartete und fuhren dann ohne Umwege direkt in die Schule. „Brauchst du keine Schulsachen?", fragte ich ihn völlig verwirrt, als er ohne Schultasche im Gebäude verschwinden wollte. „Hab alles im Spind", antwortete er mir knapp und ich nickte nur wissend. Er schien mit einem Schlag so unruhig zu sein, das spürte ich auch ohne diese Werwolfverbindung. Irgendetwas war hier ganz und gar nicht in Ordnung, aber ich hatte keine Ahnung, was es sein könnte.

Auch Jeremy und Sam schienen den ganzen Tag über sehr unruhig zu sein. Irgendetwas machte sie tierisch nervös und ich wollte nach der sechsten Stunde endlich wissen, was es war, denn inzwischen hatten sie auch mich extrem nervös gemacht.

„Jared?", rief ich ihm nach, als er die Cafeteria betrat. Sofort lagen alle Blicke auf mir, besonders intensiv der von Myra. „Ja?", fragte er, ohne große Emotionen in seiner Stimme. Diese Kälte in seiner Stimme, die sonst immer so einen weichen, warmen Klang hatte, ließ mir einen Schauer über den Rücken laufen. „Hast du mal eine Minute Zeit für mich?", fragte ich mit leicht aggressivem Unterton. Anstatt einer Antwort bekam ich nur einen spöttischen Blick und ein Nicken.

Sobald wir um die Ecke gegangen waren, packte er mich am Handgelenk und zog mich in eines der Leeren Klassenzimmer. Schneller, als ich gucken konnte, lagen seine Lippen erneut auf meinen und ich war gerade dabei mich diesem Kuss hinzugeben, als mir wieder einfiel, dass er den ganzen Tag so eiskalt zu mir gewesen war. So gut ich es konnte, schupste ich ihn von mir weg und funkelte ihn wütend an. „Was soll das?", fragte ich ihn wütend und starrte ihn mit bösen Blicken nieder. „Was?", fragte er völlig verwirrt, doch ich ließ mich nicht täuschen. Ich konnte spüren, wie nervös er war. Aber er konnte auch spüren, wie sauer ich war. Das schien ihn noch nervöser zu machen. Das Problem dabei? Ganz einfach: Ich konnte meinen Wolf noch nicht kontrollieren!

Innerhalb eines Wimpernschlags stand ich in Wolfsform vor ihm, schmiss dabei ein paar Tische und Stühle um und knurrte bedrohlich auf. Er musste erst einmal schlucken, bevor er wieder etwas sagen konnte. „Ich habe Angst um dich. Ein fremder Wolf ist in der Schule. Ich erkenne seinen Geruch nicht, aber ich weiß, dass er nach etwas sucht. Nach jemandem. Dieser Jemand bist du, denn eine Luna zu finden, ist nicht ganz normal. Es gibt alle paar Jahre mal eine Luna für ein Rudel und sie wird gerne mal angegriffen und zu einem anderen Rudel gezerrt. Das ist gut möglich, solange sie nicht vollständig markiert ist.

Aber ich möchte dich zu nichts drängen." Eine Stille lag über uns und erst, als seine Arme sich um meine Hüften legten, begriff ich, dass ich mich zurück verwandelt hatte. „Ich liebe dich, mein kleiner Engel", flüsterte er in mein Ohr und allein durch diese drei Worte gelang es mir, meine gesamte Wut zu unterdrücken und eine Wärme strahlte durch meinen ganzen Körper. „Und das meine ich nicht nur, durch unsere Bindung so. Ich liebe dich einfach, weil du in meinen Augen perfekt bist." Mein Gesicht wurde ganz heiß und Jared küsste mir lächelnd auf die Backen, die inzwischen vermutlich komplett rot waren.

Wie durch Zufall riss jemand die Tür zu dem Klassenzimmer auf, in dem wir standen und ein Junge, etwa in unserem Alter stand vor dem Klassezimmer. Sofort begann Jared zu knurren und ich konnte den starken Geruch nach Wolf aufnehmen. „Verschwinde!", knurrte Jared, doch der junge Wolf dachte nicht einmal im Traum daran, denn seine gesamte Aufmerksamkeit lag auf mir. „Das kann doch nicht wahr sein", murmelte ich und lief langsam auf ihn zu. „Mara", murmelte er geschockt und überrascht zugleich. „Benni", rutschte es mir heraus, ehe ich mich von Jared löste, der mich nur widerwillig gehen ließ, und mich direkt in Benni's Arme fallen ließ.

# Kapitel 9:

Ich konnte Jared's Eifersucht deutlich spüren, denn auch ohne die Werwolfverbindung war die Luft im Raum um einiges dicker geworden. „Wie lange haben wir uns nicht gesehen?", fragte Benni und strahlte mich mit seinen eisblauen Augen an. Sie hatten mich schon damals so fasziniert. „Zu lange", war alles was ich sagte, bevor ich ihn wieder an mich drückte. Ein Knurren von Jared ließ mich die Umarmung auflösen und ich nahm Benni an der Hand und zog ihn seufzend näher zu Jared. Dieser knurrte nun noch lauter, um seinen Alpha zu zeigen, doch ich kicherte nur leise und nahm dann Jared's Hand. „Jared, das ist Benni, mein Cousin. Benni, das ist Jared, mein Mate.", stellte ich die Beiden einander vor und sofort legte sich die Stimmung etwas.

Sie begrüßten sich und starrten sich noch eine Weile komisch an, als das unangenehmste aller Themen zum Gespräch kam. „Und so wurde ich zum

Alpha des Rudels", erklärte Jared gerade, als Benni ihn verdutzt anschaute. „Alpha? Nicht im Ernst?", fragte Benni irritiert und nun schauten wir alle uns verdutzt an. „Doch, warum? Problem damit?", fragte Jared sofort gereizt, doch ich legte meine Hand behutsam auf seine und so beruhigte er sich wieder, nachdem er einen schnellen Blick mit mir gewechselt hatte. „Ich bin Alpha des neuen Rudels. Wir sind vor ein paar Tagen erst hergekommen und alle anderen gehen in unserem Revier auf die Schule, aber ich bin nicht aufgenommen worden. Hab die Aufnahmeprüfung nicht geschafft."

Ich brach in schallendes Gelächter aus, als er das sagte. „Das kann doch nicht dein Ernst sein?", presste ich zwischen ein paar Lachern hervor. Leicht beschämt kratzte Benni sich am Hinterkopf und wurde rot. „Ach du Scheiße", lachte ich weiter und konnte mich einfach nicht mehr einkriegen. „Wieso bist du eigentlich in diesen Raum gekommen?", fragte Jared, nachdem ich mich wieder beruhigt hatte. „Ich war auf der Suche nach dem verführerischen Duft dieser Luna. Aber sie gehört dir, da muss ich wohl die Finger von lassen. Auch wenn es wirklich seltsam wäre, wenn mein Mate meine Cousine wäre."

Zufrieden mit dieser Antwort lehnte Jared sich an den Lehrertisch und meinte dann ganz lässig: „Wir könnten ja die Rudel mal zusammenführen und wenn alles passt könntet ihr unser Partnerrudel werden. In dieser Gegend sind viele Rudel, die sich verbünden. Je mehr wir sind, desto besser, oder nicht, mein Engel?"

Sein Blick lag nun auf mir und ich wusste, dass er mich fragte, um mich mit einzubeziehen, da ich bald noch viel mehr zu entscheiden hatte. Ich dachte kurz darüber nach, was das heißen würde, aber ich entdeckte nichts Negatives. „Ich denke, das wäre eine gute Idee, aber dann sollten wir dann recht bald machen." Ein kurzes Nicken von den Beiden reichte aus und so verabredeten wir drei uns für den Abend, um alles zu besprechen. Als es klingelte stürmte Benni aus dem Raum und entschuldigte sich mit einem kurzen „Sorry, darf nicht zu spät kommen".

„Ich möchte dir heute Mittag noch das Rudel vorstellen. Zumindest einen Teil davon. Du musst sie kennen lernen. Du wirst sie lieben.", beschloss Jared, als wir das Klassenzimmer verließen. Ich nickte nur und hoffte, dass sie mich mögen würden. Ob sie wohl einverstanden waren, dass ich ihre Luna sein würde? Oder würden sie lieber eine andere Luna haben wollen? „Du wirst eine wundervolle Luna sein!", sagte Jared in meinem Kopf. Ich blieb erschrocken mitten im Gang stehen, denn ich hatte mich noch immer nicht daran gewöhnt, dass er in meinem Kopf sprechen konnte. Er lächelte mir aufmunternd zu und küsste mich dann ganz sanft auf den Mund. In meinem Körper tobten die Schmetterlinge, wie ein Feuerwerk und ich grinste in den Kuss hinein, als und die nervigste Stimme dieses verdammten Planeten unterbrach. „Du Miststück!", schrie sie mit ihrer viel zu hohen Stimme, wovon ich sofort Kopfschmerzen bekam. Das könnte allerdings auch daran liegen, dass sie mir so stark an den Haaren zog, dass ich direkt vor ihr auf den Boden fiel. Sofort sprang ich auf und schlug ihre

Hand weg, die bereits erneut nach meinen Haaren greifen wollte. „Wie hast du mich genannt?", fragte ich leise und mit bedrohlicher Stimme. „Miststück!", sagte sie so selbstsicher, als würde die ganze Welt ihr zustimmen. Ich starrte sie böse an und auf einmal wich sie einen Schritt zurück. Sofort griff Jared ein und zog mich zurück. „Kontrolliere deinen Wolf!", sagte er über Telepartie zu mir und ich beruhigte mich schnell wieder. „Deine Augen waren komplett schwarz. Pass auf dich auf und lass dich nicht zu leicht reizen!", sagte er noch, ehe er wieder aus meinem Kopf verschwand und ich mich wieder Myra widmete. „Pass mal auf, du kleine Zicke", begann ich zu reden und lief mit jedem Wort einen Schritt weiter auf sie zu, „Jared ist mein Freund, er gehört mir. Wenn du dich noch einmal zwischen uns stellst oder ihn versuchst für dich zu gewinnen, werde ich dir deine billigen, blonden Extensions eigenhändig abschneiden und vor deinen Augen in den Müll werfen. Habe ich mich klar ausgedrückt?" Sie schien wirklich verängstigt und mit einem letzten aggressiven Aufstampfen lief sie davon, ohne mich auch nur eines weiteren Blickes zu würdigen.

„Der hast du es aber gezeigt", meinte Charly, die plötzlich neben mir stand. Sie hakte sich bei mir ein und gemeinsam mit Jared liefen wir zum Klassenzimmer. Charly und ich hatten jetzt Musikunterricht und Jared hatte Kunst, da die Klasse in diesen beiden Fächern aufgeteilt worden war. Eine Hälfte hatte Kunst, die anderen hatten Musik. Im nächsten Halbjahr wäre es dann anders herum.

„Kannst du mich bitte ansprechen?", schrieb Charly mir auf einen Zettel, während dem Unterricht. Ich schrieb nur ein Fragezeichen darauf und schob ihn ihr zurück. Sie konnte doch ganz normal mit mir reden. Schließlich interessierte sich der Musiklehrer einen Dreck für das, was wir hier machten. Er saß nur vorne und redete über irgendwelche Instrumente. „Du bist die Luna. Du kannst über Teleportation mit dem ganzen Rudel reden. Und jetzt, wo du verwandelt bist, ist es sogar noch einfacher. Aber du musst das Rudel ansprechen. Erst dann können wir auch dich ansprechen.", schrieb sie mir zurück und schon im nächsten Moment saß ich auf meinem Stuhl und stellte mir die Frage, wie ich das anstellen sollte.

„Genau so!", kam die Antwort von Charly in meinem Kopf. Sie grinste mich breit an und ich musterte sie irritiert von der Seite. „Du musst dich nur auf mich konzentrieren und irgendetwas sagen wollen. Damit ist unsere Verbindung aufgebaut.", sagte sie in meinem Kopf und es war wirklich lustig. Wir redeten den Rest der Stunde über Telepartie und niemand konnte es sonst hören, denn niemand außer uns konnte in diese Verbindung kommen. „Kann ich das mit allen machen? Auch wenn sie es noch nicht wissen?", fragte ich sie und dachte nach. „Ja, kannst du. Du musst sie nur ansprechen. Du hast den Vorteil, dass du auch mit den Alpha's und Beta's der anderen Rudel, der verbündeten Rudel sprechen kannst.", erklärte sie mir und ich dachte sofort an Benni. „Was sind Beta's?", fragte ich sie und ich konnte sie kichern hören. „Jeder Alpha hat einen Beta. Er ist sowas wie seine rechte Hand. Der Mate des Beta's ist meistens auch die rechte Hand der Luna, sofern es eine gibt." „Aber hat nicht jeder Werwolf einen Mate?" Langsam verwirrte mich das Ganze ziemlich gewaltig. „Doch, aber nicht jeder Mate eines Alpha's hat die Kräfte der Luna. Du bist eine besondere Luna, du hast die Kräfte des Mondes. Das sehe ich an deinen Augen, deinen Haaren, deinem Fell und an deinem Geruch. Das geht jedem Wolf so. Du stichst aus der Menge heraus wie ein Goldstück im Kohlegraben. Aber es gibt auch Luna's, die sind eben nur der Mate, des Alpha's. Sie sind mit ihm verbunden und können nur mit ihm telepartieren. So wie Jensen und ich. Wir sind Mates, aber haben nur bedingte Möglichkeiten."

Danach sagte sie erst einmal nichts mehr, denn ich musste diese Informationen erst einmal verarbeiten. Dann konzentrierte ich mich auf Jeremy und versuchte mit ihm zu sprechen. „Jeremy?", fragte ich vorsichtig und hoffte, es würde klappen. „Mara?", kam nach kurzer Zeit eine Antwort. „Hallo", sagte ich und lächelte leicht in mich hinein. „Was gibt's, meine Luna?", fragte er und ich konnte ihn grinsen hören. „Ich habe gerade erst erfahren, dass ich mit allen möglichen Leuten so sprechen kann und wollte es probieren." „Na super, ich bin ein Versuchskaninchen!", rief er lachend in meinem Kopf. Ich liebte sein Lachen einfach. Es klang so ehrlich, so frei. Erst jetzt, da er wieder Teil meines Lebens war, fiel mir auf, wie sehr er mir in den letzten Jahren gefehlt hatte. „Schau mal", sagte Mara in meinem Kopf und dann sah ich ein Bild vor meinen Augen aufblitzen. Es waren Jared und ich, wie wir am Strand saßen. Kurz vor meiner Verwandlung. „Was ist das?", fragte ich und schaute zu ihr. Sie lächelte und meinte: „Du kannst auch Bilder zeigen. So wie ich gerade eben. Ich habe es von Sam. Er hat es Jared gezeigt, der hat es Jensen gezeigt und der hat es mir gezeigt. Ihr seid so süß zusammen!" Lächelnd dachte ich immer wieder an dieses Bild, als mir plötzlich der Kopf anfing u pochen, als hätte ich mich gestoßen. „Autsch", rutschte es mir heraus, was aber zum Glück keine merkte. „Sorry, Prinzessin", kam es von Jared. Na super, was war das denn jetzt?

# Kapitel 10:

Nach dem Unterricht lief ich mit Charly nach draußen und wir lachten uns schlapp, über das, was Jared mir gezeigt hatte. Er war im Unterricht eingeschlafen und als der Lehrer ihn geweckt hatte, war er vor Schreck vom Stuhl gefallen. Dabei hatte er sich den Kopf gestoßen und natürlich hatte ich das auch zu spüren bekommen. Ich hatte es natürlich sofort Charly gezeigt und den Rest der Stunde hatten wir Mühe gehabt, nicht vor lauter Gelächter aufzufallen. Wir hatten es tatsächlich geschafft, dass dieser Musiklehrer uns ermahnen musste.

Als wir auf Jared trafen schaute er uns nur leicht genervt an und gab mir dann einen Kuss auf die Stirn. „Wie war der Unterricht?", fragte er scheinheilig und Charly und ich mussten nur einen kurzen Blick austauschen und lagen erneut in einem heftigen Lachanfall. Jared fand das Ganze nicht halb so lustig wie wir und so beruhigten wir uns notgedrungen wieder, bevor wir mit ihm zu seinem Auto liefen und in Richtung Rudelhaus fuhren. Jetzt würde ich das Rudel kennen lernen.

Nach einer halbstündigen Fahrt kamen wir am Waldrand an einem riesigen Haus an und stiegen aus. „Wow", murmelte ich, während ich ausstieg. Sofort stieg mir der Geruch von Wolf entgegen und es erinnerte mich an nassen Hund. Der Weg zur Haustür war mit weißem Kies ausgelegt und die große dunkle Holztür öffnete sich langsam, als Jared meine Hand nahm und wir langsam die letzten Schritte bis zur Treppe vor der Tür hinter uns brachten.

Charly empfing uns direkt hinter der Tür, wie auch immer sie das so schnell gemacht hatte. „Hey, ihr zwei!", rief sie aus und fiel mir um den Hals, „Seid ihr startklar?" Ich wurde zunehmend nervös, was dazu führte, dass ich anfing zu stottern. „Ehm- Ja- Ich- Ich denke schon", sagte ich und Charly kicherte vor sich hin. „Ganz ruhig, Babe.", murmelte Jared in meinem Kopf, „Alles wird gut gehen, du wirst sehen." „Was, wenn deine Eltern oder das Rudel mich nicht mögen?", fragte ich zurück und warf ihm einen hysterischen Blick zu. „Sie werden dich lieben, so wie ich dich liebe." Auch wenn mich das nicht sonderlich beruhigte, versuchte ich so gelassen zu sein, wie möglich. Ich wollte, dass sie einen guten Eindruck von mir hatten und mich nicht als erstes für eine Pussy hielten.

Seine Finger fuhren sanfte Kreise über meinen Handrücken, als wir in einen großen Raum mit einem riesen Tisch kamen. Überall saßen Leute zwischen zwölf und 30 auf den Stühlen oder dem Tisch und unterhielten sich. Sobald Jared mit mir den Raum betreten hatte, war es totenstill im Raum und alle Blicke lagen auf mir. Ein paar waren musternd, einige einladend freundlich.

Ich erkannte am Ende des Tisches Jeremy, Charly und Jensen, ihren Mate. Immer wieder musste ich schlucken, denn die Nervosität schnürte mir förmlich die Kehle zu und ich konnte diesen Knoten in meinem Hals einfach nicht loswerden.

Jared räusperte sich einmal und ließ dann meine Hand los, um mir kurz darauf den Arm um die Hüfte zu legen. Ich spielte nervös mit meinen Händen an meinem T-Shirt herum und schaute mich immer wieder um. Je weiter ich schaute, desto mehr Gesichter kamen mir bekannt vor. Es waren einige Leute aus der Schule, unter anderem sogar aus meinen Kursen. Ich hatte noch nicht mit ihnen geredet, aber sie lächelten mir alle ganz herzlich zu. „Das, meine Lieben, ist Mara. Unsere Luna", sagte er laut mit der Alphastimme und lächelte dann groß in die Runde. Alle strahlten mich nun freundlich an und ich entspannte mich ein wenig. „Ich möchte, dass ihr euch nachher alle einmal vorstellt, aber höflich, und dass ihr dafür sorgt, dass es ihr gut geht. Sollte ich etwas Anderes erfahren, gibt es hier richtig Stress. Alles klar?" Sofort nickten alle und die ersten setzten sich in Bewegung, um zu uns zu kommen.

Charly zwinkerte mir einmal zu, bevor sie und Jeremy sich in die entgegengesetzte Richtung bewegten und sich am Ende des Raumes auf ein schwarzes Sofa legten, welches ich erst jetzt erblickte. Als erstes kam Jensen auf mich zu. „Hallo, Mara. Ich bin Jensen. Ich bin Charlys Mate. Wir kennen uns bereits, wenn auch nur durch einen kleinen Zwischenfall. Ich freue mich, dass du da bist." Mit einer kurzen Umarmung verabschiedete er sich wieder und lief dann zu Charly. Direkt nach ihm kam der Kerl, der bereits in der Cafeteria vor ein paar Tagen gefragt hatte, ob ich die Luna sei. Seine Haare waren genauso rot, wie die von Charly. „Mara, also? Schöner Name. Ich bin Jace, Charlys Bruder", sagte er und grinste mich breit an, wie ein Honigkuchenpferd. Auch er verabschiedete sich mit einer Umarmung. Danach kamen noch alle anderen, die hier waren und nach der gefühlt tausendsten Umarmung hatten sich alle vorgestellt. Die meisten Namen konnte ich mir nicht wirklich merken, aber Jared meinte, das wäre nicht schlimm, denn ich würde sie dann schon noch richtig kennen lernen.

Ich war inzwischen total entspannt und unterhielt mich mit ein paar Leuten, während Jared natürlich immer neben mir stand, als die Tür aufging und erneut alle die Luft anhielten. „Hallo", sagte eine dunkle, raue Stimme und ich schaute vorsichtig um Jared herum. In der Tür stand ein Mann, etwa 50 und stark trainiert. Seine schwarzen Haare wurden langsam grau und sein linker Arm war um eine zierliche, kleinere Frau gelegt. Sie wirkte mir sofort sympathisch, denn sie sah mir in irgendeiner Weise ähnlich. Ihre Haare waren braun, hatten aber viele weiße Strähnen und ihre Augen hatten die selbe Farbe, wie meine. Dann traf ihr Blick auf mich und sie hielt die Luft an. Sie flüsterte ihrem Mann etwas zu und nun schaute auch er mich seltsam an. Langsam kamen sie auf mich zu und je näher sie kamen, desto weniger Luft drang in meine Lunge. Mein Kopf fing an sich zu drehen und ich drohte umzukippen. Nur Jareds Arm um meine Hüfte beruhigte mich. „Mutter, Vater, das ist-", begann Jared, doch sein Vater unterbrach ihn. „Mara.." „Das ist nicht möglich", murmelte seine Mutter und ich stand nun da und wusste nicht mehr, was ich tun sollte. Was war los? Was war an mir so seltsam? Was konnte nicht sein?

Immer noch standen wir da und immer noch schauten mich Jareds Eltern so seltsam an und immer noch blieb mir die Luft weg und immer noch fühlte ich mich nicht wohl in meiner Haut.

„Sie sollte nicht mehr leben", murmelte Jareds Vater und schaute seiner Frau tief in die Augen. „Aber sie tut es, wie auch immer das möglich ist." Langsam war ich wirklich irritiert. „Was ist los?", fragte ich Jared über Gedanken und schaute ihn fragend an. „Sie rätseln, wie es sein kann, dass du lebst. Es scheint so, als wüssten sie etwas, was wir nicht wissen", sagte er und seufzte dann auf. „Sohn. Deine Mutter und ich werden uns jetzt zurückziehen. Wir erwarten euch um 19 Uhr zum Abendessen oben", sagte sein Vater schon und starrte mich danach an. Dann drehte er sich um und ging mit seiner Frau hinaus. Alles war toten still im Raum und ich fühlte mich wahnsinnig schlecht, da ich erst einmal den Eltern meines Freundes negativ aufgefallen war. Wieso sollte ich tot sein? Hatte ich irgendetwas verpasst?

# Kapitel 11:

Als wir den Raum verließen, starrten uns alle hinterher und ich fühlte mich merklich unwohler. Was würde mir dieses Abendessen zeigen? Was würde ich an diesem Abend erfahren? Wieso sollte ich tot sein? Wer war ich? All diese Fragen schwirrten mir durch den Kopf und ich konnte sie einfach nicht beantworten.

Ich lief mit Jared aus dem Haus hinaus, denn wir wollten noch schnell zu mir fahren, um ein paar Klamotten zu holen, denn ich würde die Nacht bei Jared verbringen. Während der Fahrt kam mir die alles entscheidende Frage in den Sinn. Wie konnte ich ein Werwolf sein, wenn meine Eltern nur normale Menschen waren?

*„Leyla?“*, fragte ich in mich hinein. Inzwischen hatte ich das mit dem Sprechen im Kopf schon so gut im Griff, dass ich die Kontrolle darüber hatte, wer etwas hören konnte, denn ein paar Mal war es mir passiert, dass jemand etwas gehört hatte, der es nicht hören sollte.

*„Was gibt's?"*, fragte sie und ich musste lächeln. Sie war eigentlich immer da, sie war ich und ich war sie. *„Wie ist es möglich, dass ich ein Werwolf bin, aber meine Eltern nicht?"* Diese Frage ging mir nun nicht mehr aus dem Kopf und ich hoffte, dass Leyla sie mir beantworten könnte. *„Es kann sein, dass jemand anderes aus deiner Familie ein Werwolf ist, oder aber, dass du adoptiert wurdest. So viele Möglichkeiten gibt es nicht. Du könntest zuhause nach deiner Geburtsurkunde suchen. Ich könnte es dir dann sagen."*

Ich war ein wenig schockiert, da es sein konnte, dass ich adoptiert war, denn ich mit meinen Eltern kaum etwas gemeinsam, nicht einmal die Blutgruppe und wir waren einfach komplett verschieden.

Zuhause angekommen, stieg ich aus und lief direkt ins Haus. Ich wusste, dass meine Eltern alle möglichen Unterlagen von meinem Bruder und mir hier auf den Dachboden gepackt hatten und so lief ich geradewegs nach oben und riss den ersten Karton auf. Jared kam mir nach und fragte verwirrt, was ich suchen würde. Ich erklärte es ihm in ein paar kurzen Sätzen und durchsuchte nebenbei bereits den zweiten Karton. Sämtliche Schuldaten befanden sich darin, Protokolle von Elterngesprächen und DVD's von Schulaufführungen. Meine Geburtsurkunde fand ich jedoch nicht. „Wir sollten so langsam wieder los.", unterbrach Jared unsere Suchaktion und mit einem schnellen Blick auf mein Handy stimmte ich ihm zu. Ich rannte hinunter in mein Zimmer und zog mir meine dunkle Jeans und ein schwarzes Top heraus. In Windeseile war ich umgezogen und es war mir herzlich egal, dass Jared dabei mit im Raum war. *„Er wird dich so oder so bald nackt sehen"*, murmelte mir Leyla ins Ohr, was mir eine Gänsehaut bescherte.

Nachdem ich mir noch die Haare gekämmt und etwas Wimperntusche aufgetragen hatte, lief ich nach unten, nahm mein Handy und den Haustürschlüssel und stieg dann zu Jared ins Auto, der bereits auf mich wartete. Auf dem Weg ins Rudelhaus fiel mir ein, dass ich gar keine Klamotten eingepackt hatte für die Nacht. Du kannst etwas von mir haben, zum Schlafen, unterbrach Jared meinen Gedankenschwall durch Telepartie und ich war ihm sehr dankbar dafür.

„Worum machst du dir Sorgen, Prinzessin?“, fragte Jared mich fürsorglich und ich musste lächeln. Ich liebte es, wenn er mich Prinzessin nannte. „Ich weiß nicht, wie ich auf deine Eltern reagieren soll. Sie waren so schockiert, mich zu sehen. Wussten sie schon vorher, dass ich dein Mate sein sollte?“ Nun sah auch er nachdenklich aus. „Du solltest sie ganz normal begrüßen und den Nachmittag ein wenig verdrängen. Ich weiß, es ist schwer, aber das wird das Beste sein, was du tun kannst.“ Ich merkte, wie er der letzten Frage aus dem Weg ging, aber ich bohrte nicht nach, sondern wartete, ob er noch etwas sagen würde. Als wir vor dem Haus ankamen, stieg er aus, lief um den Wagen herum und öffnete mir die Tür. „Dankeschön“, murmelte ich und wurde leicht rot. Lächelnd drückte er mir einen sanften Kuss auf die Stirn und nahm dann meine Hand. „Ich freu mich so sehr, dass du dich so gut mit dem Rudel verstehst“, sagte er noch, bevor er die Türe öffnete und wir nach oben liefen. Ich konnte nichts erwidern und so lächelte ich nur leicht und drückte seine Hand. Er erwiderte den Druck und ließ sie erst los, als wir vor einer weiteren großen Holztür anhielten. Dann nahm er mein Gesicht in beide Hände und küsste mich so leidenschaftlich, wie vor ein paar Tagen, als ich ihm sagte, dass ich seine Luna sein wollte.

Als wir uns lösten, lächelte er mich an, nahm erneut meine Hand und gemeinsam betraten wir den Raum, in dem nur ein Tisch und vier Stühle standen. An diesem Tisch saßen bereits Jareds Eltern und sein Vater stand auf und kam auf uns zu, während Jared die Tür schloss. Mein Herz schlug mir bis zum Hals und ich musste ein paar Mal schlucken, um mir meiner Stimme sicher sein zu können. „Hallo Mara. Bitte verzeih unser Verhalten heute Mittag, wir wollten dich nicht abschrecken.“, sprach er mich an. Ich nickte nur, räusperte mich und antwortete dann wahrheitsgemäß: „Es hat mich nicht abgeschreckt, nur ein wenig verwirrt.“ Er nickte wissend und bat mich dann mit einer einfachen Handbewegung an den Tisch. „Mein Name ist Klaus, das ist meine Frau und Luna, Emily. Wir freuen uns, dich endlich kennen lernen zu dürfen“, sagte er in einem freundlichen Ton, was mich ermutigte etwas zu antworten, um meine Nervosität zu verringern. „Ich freue mich auch Sie kennen zu lernen“, erwiderte ich und brachte sogar ein Lächeln zustande. „Bitte, lass uns auf Du bleiben. Sonst fühle ich mich so alt“, meinte Emily lachend und lächelte mich warm an. Sofort entspannte ich mich merklich und ich wagte einen kurzen Blick zu Jared. Er schaute mich liebevoll von oben herab an, denn er war auch im Sitzen um einiges größer als ich. Ein paar Flaschen Wein, Wasser und Cola standen neben dem Tisch und Jared griff nach einer der Cola-Flaschen und goss mir etwas ein. Ich bedankte mich mit einem Blick zu ihm und einem Lächeln, was er nur zu gerne erwiderte. „Erzähle uns doch etwas über dich, Mara“, bat mich Emily und ich überlegte kurz, was ich ihnen erzählen könnte. „Ich bin vor kurzem mit meinem Bruder hierhergezogen, vor ein paar Jahren lebte ich mit meinen Eltern hier, aber sie leben in New York. In meiner Freizeit bin ich viel draußen unterwegs, vor allem im Wald bin ich gerne. Ansonsten lese ich gerne und viel und ich mache viel Sport“, redete ich drauf los, denn ich wusste nicht genau, was sie hören wollten. „Wer sind deine Eltern denn?“, fragte Klaus und verschränkte die Hände auf dem Tisch. „Meine Mutter heißt Claudia und mein Vater ist Sandro“, sagte ich und mein Herz begann schneller zu schlagen. Würde ich nun erfahren, wer meine Eltern waren?

Emily und Klaus tauschten einen kurzen Blick aus und als ich zu Jared sah, entdeckte ich, dass er tierisch nervös war und in seinen Augen sah ich deutlich, wie aggressiv er wurde. „*Was weiß er, was ich nicht weiß?“*, fragte ich Leyla aggressiv, doch ich bekam keine Antwort mehr.

## Kapitel 12:

Ich strich mit meinen Fingern sanft über seinen Handrücken und versuchte ihn dadurch zu beruhigen. *„Was ist los?“*, fragte ich ihn in Gedanken und schaute ihn von der Seite an. *„Sie wissen es! Sie wissen alles!“* Allein die Art, wie er es mir über Gedanken zu zischte, ließ mir eine Gänsehaut über den Rücken laufen. *„Was wissen sie? Jared, sag es mir! Was ist hier los?“*, flehte ich ihn an, mir endlich etwas zu sagen. Nervös schaute ich ihn an und drehte mich erst weg, als Klaus sich räusperte. „Wollen wir dann das Essen auftischen?", fragte er mit einem ruhigen, gefassten aber auch nervösen Unterton. Ich nickte und brachte ein kurzes Lächeln zustande. Sofort kamen zwei weitere junge Erwachsene in den Raum und brachten uns Töpfe mit Soße, Nudeln und Gemüse. Spaghetti Bolognese.

Ebenfalls brachten sie Käse und einen Salat. Mir lief schon das Wasser im Mund zusammen, als Jared mir etwas von dem Essen auf den Teller packte. Ich bedankte mich bei ihm und wartete darauf, dass auch die Anderen etwas zu essen hatten. Anfänglich schwiegen alle, doch dann brach Emily das Schweigen. „Nun, Mara, wie lange weißt du schon von den Werwölfen?", fragte sie und schaute mich über den Tisch hinweg an. „Seit ein paar Tagen. Als Jared mich in der Schule ‚überfiel', also eigentlich kurz danach, erklärte er mir alles, was ich wissen müsste", antwortete ich und Jared entspannte sich mit jeder Sekunde mehr. Durch unsere Werwolf-Verbindung konnte ich das ganz deutlich spüren, was dazu betrug, dass auch ich mich immer mehr entspannte.

„Hast du dich schon verwandelt?", fragte sie weiter und ich nickte, da ich den Mund voll hatte. Nachdem ich geschluckt hatte, antwortete ich mit: „Ja, beim letzten Vollmond." Jared zeigte mir im Kopf ein Bild von mir, als weiße, große Wölfin. Ich musste lächeln. Dieses Bild gab mir Mut und so war ich bereit auf die nächste Frage meiner zukünftigen Schwiegereltern. „Du akzeptierst das Leben als Luna?", fragte nun Klaus. Erneut lief mir ein Schauer über den

Rücken, denn seine Stimme machte mir Angst. „Ja, ich nehme das Leben als Luna an, auch wenn ich nicht glaube, dass ich dazu schon bereit bin." „Das ist wahr, du wirst noch viel lernen müssen, aber ich bin sicher, du wirst eine wunderbare Luna für unser Rudel sein. Jared wird dir alles zeigen und beibringen, was du wissen musst und Emily und ich stehen dir jeder Zeit zur Verfügung, wenn du Fragen hast." Ich nickte und lächelte ihn an. „Danke", sagte ich und ich meinte es wirklich ernst. „Nicht dafür", meinte Emily und wechselte dann einen Blick mit ihrem Mann. „Ich denke, es ist Zeit", sagte er und schaute mich an. Sofort griff Jared nach meiner Hand und ich hielt seine umklammert, als würde ich ohne ihn ertrinken. „Lasst uns dafür ins Wohnzimmer gehen", schlug Emily vor und stand auf. Wir folgten ihr stumm und mir wurde heiß und kalt vor Angst, was mich jetzt erwarten würde.

Im Wohnzimmer standen ein paar Tassen und zwei große Kannen zwischen ein paar Tellern mit Keksen. *„Wow, in dieser Familie fehlt es wirklich an gar nichts“*, dachte ich und setzte mich neben Jared auf die Couch. „Nun, Mara, Claudia und Sandro sind nicht wirklich deine Eltern. Sie sind nur deine Zieheltern, denn deine leibliche Mutter kam kurz nach deiner Geburt ums Leben. Sie war eine Wölfin, dein Vater war der Alpha seines Rudels, unseres Partnerrudels und wir standen damals neben ihnen, als sie fielen. Wir wussten, dass es vorbei war und zogen uns zurück", begann Klaus zu erklären und schaute dann seine Frau an. „Wir sind davon ausgegangen, dass du es nicht geschafft hattest, denn das Rudelhaus deiner Eltern wurde niedergebrannt und das Rudel wurde ausgelöscht. Deine Mutter war meine beste Freundin und wir sahen uns so unglaublich ähnlich, daher sehen wir uns auch sehr ähnlich", erklärte sie weiter und lächelte mich sanft an. „Dein Bruder war damals noch ein Kind und kann sich vermutlich an nichts erinnern, denn wie gesagt, wir dachten, ihr hättet es nicht geschafft." Ich schaute die Beiden mit offenem Mund an. „Was-", stammelte ich und schaute sie weiterhin verwirrt an. In meinem Kopf begann sich alles zu drehen und ich stand auf und lief einige Schritte von ihnen weg. „Das kann nicht sein", flüsterte ich und lief weiter, bis ich mit dem Rücken an die Wand stieß. Jared stand auf und lief langsam auf mich zu. „Mara", sagte er leise und kam immer wieder einen Schritt näher. Ich wusste nicht, was ich tat, aber ich sprang von der Wand weg, rannte zur Tür und direkt in den Wald hinein. Ich lief immer weiter und kam irgendwann an einem kleinen See an. Erst als ich ins Wasser blickte, erkannte ich, dass ich mich verwandelt hatte.

Ich hatte keine Ahnung, wo ich war und so legte ich mich hechelnd an den See und machte eine kleine Pause. *„Mara?“*, sprach Jared in meinem Kopf. Anstatt einer Antwort knurrte ich nur einmal und wartete ab. *„Wo bist du? Ich muss zu dir!“*, kam es von ihm und ich zeigte ihm ein Bild von dem See, an dem ich lag. Ich wusste, dass er nur helfen wollte und so ließ ich es zu, dass er zu mir kam. Er hätte auch meine Fährte aufnehmen können, aber er wollte mir die Privatsphäre nicht nehmen. Ich konnte es spüren, wie er immer näherkam. Als er sich neben mich legte, schien der Mond direkt auf uns herab und ich merkte, wie ich mich mit jeder Sekunde stärker fühlte. Mein Körper gewöhnte sich wohl so langsam an den Wolf.

*„Wir sollten so langsam zurück zum Rudelhaus. Sie machen sich Sorgen um dich. Ich weiß nicht, wie lange ich sie noch von hier fernhalten kann, sie wollen alle zu dir. Sie wollen dir helfen"*, sagte er vorsichtig. Seine Stimme wirkte ungemein beruhigend auf mich und so stand ich auf und tigerte ein paar Mal auf und ab, ehe ich mit einem kurzen Nicken andeutete, dass wir gehen konnten. Der Weg zurück war deutlich länger, als der Hinweg und so genoss ich die Zeit, die ich mit Jared hatte in vollen Zügen. Jede Sekunde stärkte mich mehr, denn er gehörte mir. Nur mir.

# Kapitel 13:

Kurz vor dem Rudelhaus verwandelte ich mich zurück und lief dann in menschlicher Gestalt zurück ins Haus. Jeremy war der Erste, der aus dem Wohnzimmer kam und mich in den Arm nahm. „Gott sei Dank, es geht dir gut", sagte er und drückte mich fest an sich. Ein Knurren von Jared ließ ihn sofort einen Schritt zurücktreten. Jared zwinkerte ihm zu und Jer verstand, dass es nur spielerisch gemeint war. Ich lief an ihm vorbei und schenkte ihm ein leichtes Lächeln, was er sofort erwiderte. Noch immer war ich schockiert von der Geschichte, die mir Jareds Eltern erzählt hatten, aber ich wusste, dass ich mich konzentrieren musste, um einen kühlen Kopf zu bewahren. Wenn ich jetzt durchdrehen würde, wäre auch keinem geholfen und so setzte ich mich auf die Couch und legte den Kopf für einen Augenblick in meine Hände. Als ich ihn wieder anhob, war das Wohnzimmer gefüllt mit den anderen Mitgliedern des Rudels. „Ist was?", fragte ich etwas perplex in die Runde. Ein paar Blicke wurden getauscht und ich schaute zu Jared. *„Was ist los?“* Selbst meine Gedankenstimme zitterte vor Nervosität und ich musste mich zusammenreißen nicht zu hyperventilieren, als ich die Antwort bekam. „Bennis Rudel wurde angegriffen. Sie sind zum Teil schwer verletzt oder sogar tot. Sie sind auf dem Weg hier her, aber ihr Alpha ist gefallen." Ich hielt die Luft an. Ich konnte ihn nicht verlieren, wo ich ihn doch gerade gefunden hatte. „Bringt mich zu ihm.", bestimmte ich und stand auf. „Mara, das ist zu gefährlich", setzte Jer an, doch ich schaute ihm tief in die Augen und fragte mit einer leisen, bedrohlich klingenden Stimme: „Bin ich deine Luna oder du meine?" Sofort senkte er den Kopf und entschuldigte sich. Ich lief zur Tür, wo bereits Jared auf mich wartete. „Ich werde dich begleiten", murmelte er und gemeinsam rannten wir los. Während wir rannten verwandelten wir uns und er führte mich auf eine Lichtung, mitten im Wald. Sie schien aber auf dem Revier eines anderen Rudels zu sein, denn ich konnte nur einen vertrauten Geruch erkennen und der gehörte zu Benni. Als ich seinen leblosen Körper entdeckte, verwandelte ich mich zurück und legte meine Hand auf seine Brust. Sein gesamter Körper blutete, er hatte überall Schnittwunden und eine große Bissspur zierte seinen Hals. Seine Augen lagen offen und es schien, als würde er in den Himmel starren. Ich strich über seine Augen und merkte erst als Jared mir die Tränen wegwischte, dass ich am Weinen war. Ich legte meine beiden Hände erneut auf Bennis Brust und legte meinen Kopf vorsichtig darauf ab. Dann ließ ich den Tränen freien Lauf und schluchzte erbarmungslos. Ich hatte ihn doch erst wiedergefunden, wieso musste ich ihn dann jetzt schon wieder verlieren?

„Oh Gott", murmelte Jared auf einen Schlag und hörte auf, mir über den Rücken zu streicheln, um mich zu beruhigen. Ich schaute auf und versuchte zwischen all den Tränen in meinen Augen noch etwas zu erkennen. „Was ist?", fragte ich und er deutete nur auf Bennis Körper. Ich drehte meinen Kopf erneut zu ihm und sah, dass er die Augen offen hatte. Seine Brust hob und senkte sich langsam und mir bleib erneut die Luft weg. Wie war das möglich?

Wir warteten ein paar Minuten und dann passierte das Unmögliche. Benni setzte sich auf und drehte sich zu uns. „Danke", murmelte er und umarmte mich. Ein neuer Schwall aus Tränen bahnte sich einen Weg durch mein Gesicht, als ich Benni so nah an mich presste, dass ich dachte, ich würde ihn sofort wieder ersticken.

Ich konnte nicht glauben, was passiert war. „Oh mein Gott, ich dachte- Ich dachte wirklich ich hätte dich verloren", flüsterte ich unter Tränen, während er seine Arme vorsichtig um mich legte. Sein Blick lag auf Jared, als warte er auf sein Okay und soweit ich das bemerkte, kam kein Widerspruch über seine Lippen.

Er bedankte sich immer wieder, sodass ich ihm irgendwann auf die Schulter schlug und ein „Hör jetzt auf" herausbrachte. Ich lächelte ihn an und ließ mir von ihm die Tränen aus den Augen streichen. Jared griff nach meiner Hand und ich lächelte ihn sanft an, als sich unsere Blicke trafen.

# Kapitel 14:

Gemeinsam gingen wir zurück zum Rudelhaus und Benni erzählte uns dort bei einer Tasse heißem Kakao die ganze Geschichte. "Und dann kamen sie alle auf einmal heraus, da ich nicht auf den Deal eingehen wollte. Theoretisch ist jetzt Miles der neue Alpha meines Rudels, wenn sie sich für ihn entscheiden, aber tun sie das nicht, gehen sie zu mir zurück oder sie kommen zu dir. Ich habe ihnen befohlen deine Fährte aufzunehmen und zu dir zu gehen, wenn mir etwas passieren sollte."

Wie auf Kommando hörte ich es vor der Tür aufheulen, das Rudel hatte mich gefunden. Ich lief hinaus und vor mir standen über 50 verschiedene Wölfe, in der Mitte klar zu erkennen, der Alpha. "Miles", begrüßte ich ihn freundlich und ging einige Schritte auf ihn zu. Sofort schien die Anspannung vom ganzen Rudel abzufallen, denn sie alle lösten ihre Kampfhaltung auf und wichen ein paar Meter zurück. Ich war die Luna und das wussten sie alle. Meine Autorität schien bereits sehr stark auf andere zu wirken.

Auch Miles trat einige Schritte näher und begann dann zu sprechen. "Wir sind hier wegen Benni" "Ich weiß", unterbrach ich ihn mit einem Handzeichen. Dann ließ ich Benni in unsere Mitte treten und um uns herum brach Nervosität aus, das konnte ich deutlich spüren. Auch Miles war ein wenig blass um die Nase herum geworden.

Ich gab ihnen ein paar Sekunden Ruhe, ehe ich wieder zu sprechen begann. "Ihr unterliegt Miles. Bleibt ihr bei ihm, kehrt ihr zu Benni zurück, oder möchtet ihr euch ab sofort uns anschließen?", fragte ich und hoffte, dass ich nichts Falsches sagen würde. Ich war ziemlich nervös, doch Jared redete mir in Gedanken gut zu und so konnte ich mich wenigstens einigermaßen zusammenreißen. "Gebt uns einen Moment Zeit zum Nachdenken. Bitte", sprach Miles und ich nickte, ehe ich wieder ins Haus ging und mich dort mit Benni und Jared auf das Sofa im Wohnzimmer setzte. "Du machst das toll, mein Schatz", sprach Jared zu mir und ich lächelte ihn an. Dann küsste ich ihn sanft auf die Mundwinkel. Er wollte etwas sagen, doch im nächsten Augenblick standen wir bereits Miles gegenüber und um uns herum sein Rudel. "Wir möchten uns euch als Familienrudel anschließen, Benni soll wieder unser Alpha sein. Wir werden uns ihm unterwerfen." Ich schaute fragend zu Benni und er nahm bereits die Alphastellung ein. Alle Wölfe in diesem Raum unterwarfen sich ihm in dem die ihre Köpfe senkten. "Was ist ein Familienrudel?", fragte ich Jared im Kopf. "Ein Rudel mit einem eigenen Alpha, in dem Fall Benni, aber sie folgen uns. Benni ist jetzt unser Ansprechpartner für dieses Rudel. Am besten passt es, wenn zwei Parteien der Rudel verwandt sind, was allerdings sehr selten vorkommt.", erklärte er mir und ich lächelte ihn dankbar an.

Wir begannen kurz darauf einen Plan zu schmieden, wie wir gegen das fremde Rudel ankommen könnten. Ich entschuldigte mich kurz und ging nach oben ins Badezimmer. Ich musste ein paar Mal tief durchatmen und spritzte mir etwas Wasser ins Gesicht. In meinem Kopf drehte sich alles und ich musste mich schwer zusammenreißen, als es an der Badezimmertür klopfte. Ich öffnete und blickte direkt in Jareds schwarze Augen. "Alles okay?", fragte er und schaute mich besorgt an. Im nächsten Moment wurde mir schwarz vor Augen und ich hörte nur noch Jared um Hilfe rufen.

# Kapitel 15:

Als ich die Augen das nächste Mal öffnete war es dunkel um mich herum und ich konnte nur die Umrisse von ein paar Möbeln ausmachen. „Sie wird wieder, Jared. Alles wird gut. Die Verbindung wurde unterbrochen und sie hat dem Ganzen nicht standhalten können“, sagte eine vertraute Stimme, aber ich konnte sie nicht zuordnen. „Ich weiß, aber ich kann nicht warten. Ich will endlich zu ihr! Ich will sie wieder in meine Arme nehmen“, zischte eine zweite Stimme. Sie klang so weich und doch so gereizt. „Jared“, schoss es mir durch den Kopf und ich konnte ihn im nächsten Moment bereits knurren hören. Er musste ganz in meiner Nähe sein. „Wo bin ich? Was ist passiert?“, fragte ich ihn über meine Gedanken und er knurrte wieder, doch dieses Mal klang es deutlich entspannter. „Die Verbindung zwischen uns ist durchtrennt worden und deine Wolfsseele hat das nicht verkraftet. Du hattest einen Blackout“, erklärte er ruhig und sachlich und obwohl ich noch alles ein wenig benebelt sah und verstand wusste ich, dass er mir etwas verheimlichte. „Und weiter?“, fragte ich und konnte ihn auch ohne Gedankenübertragung seufzen hören. Er musste direkt vor der Tür stehen. „Dir wird es erst wieder vollständig gut gehen, wenn ich dich ganz markiert habe, oder du dich vom Rudel löst und von hier weggehst“, sagte er leise und es schien fast, als hätte er Angst vor mir. „Kannst du zu mir kommen?“, fragte ich und ich merkte selbst, wie die Stimme in meinem Kopf immer schwächer wurde. „Ich bin sofort da, Prinzessin“, sagte er noch und dann war es ruhig in meinem Kopf.

Ich versuchte mich aufzurichten und obwohl sich mir dabei der ganze Kopf drehte gelang es mir irgendwie, sodass ich wenigstens halbwegs aufrecht saß, als Jared hereinkam. Er hatte ein kleines Tablett dabei, auf dem etwas zu Trinken und ein paar Kleinigkeiten zu essen lagen und er stellte es auf den kleinen Tisch neben dem Bett. Dann schaltete er das Licht ein und die Helligkeit brannte mir sofort in den Augen. „Oh, entschuldige“, murmelte Jared und machte das Licht sofort wieder aus.

„Jared, was muss ich tun, damit dieser Nebel in meinem Kopf sich auflöst?“, fragte ich schwach und schaute ihn an. „Du musst die Verbindung wiederaufleben lassen. Ich kann dir helfen, wenn du es zulässt. Aber es ist deine Entscheidung“, flüsterte er. „Bitte, tu es. Ich halt es nicht mehr aus, ich will dich endlich in den Arm nehmen können, ohne dass ich dabei fast umkippe“, murmelte ich und wurde leicht rot. Ich war es noch immer nicht gewohnt so offen über meine Gefühle zu sprechen, auch wenn es für jeden anderen in diesem Wolfsleben wohl total normal war.

Jared lehnte sich vor und gab mir einen zärtlichen Kuss, in dem ich sofort hätte ertrinken können. Ich liebte diesen Mann jetzt schon, was eigentlich in der kurzen Zeit, die wir uns kannte, unmöglich war. Aber trotzdem konnte ich mir nicht mehr vorstellen ihn zu verlassen, es würde mir das Herz brechen.

Als er sich von mir lösen wollte, knurrte ich ihn an, packte ihn an den Armen und zog ihn erneut zu mir. Ich wollte ihn so nah haben, wie es nur irgendwie möglich war.

Ich weiß noch immer nicht woher ich den Mut oder die Kraft genommen habe, aber ich saß im nächsten Augenblick auf seinem Schoß und küsste ihn so leidenschaftlich, wie ich nur konnte. Mir jeder Sekunde, die er mir so nah war, wurde der Nebel in meinem Kopf weniger und ich konnte endlich wieder klar denken. Ich wusste, was ich wollte und ich wusste, dass Jared es auch wollte.
„Jared?“, fragte ich leise und er schaute mir in die Augen. Erst schien er in Sorge zu sein, dass es doch zu schnell ging, doch als ich meine Haare auf eine Seite strich und ihm somit meinen Hals frei legte, verstand er was ich wollte. Erneut hörte ich das animalische Knurren, wie schon beim letzten Mal, doch dieses Mal schloss ich die Augen und genoss den Moment. Er schnupperte an meinem Hals herum, küsste mich einmal ganz sanft an einer bestimmten Stelle und im nächsten Moment spürte ich wie sich seine Zähne in meinen Hals bohrten. Ich wusste, dass es weh tun würde und doch war ich nicht darauf vorbereitet, was danach kam.

Als er seine Zähne aus meinem Hals zog, leckte er wie schon beim letzten Mal darüber und die Wunde war versiegelt. Doch anders als beim ersten Mal hörte sie nicht auf zu brennen, ganz im Gegenteil, es breitete sich aus und keine zehn Sekunden später war es, als würde mein Körper in Flammen stehen. „Jared!“, keuchte ich, denn ich hatte das Gefühl zu verbrennen. Er reichte mir wortlos das Glas mit Wasser und ich trank es in einem Zug leer, als wäre es nichts. Mir entwich ein Knurren und ich zog meinen Pulli aus, der wohl von Jared sein musste, denn er gehörte eindeutig nicht mir und war mir viel zu groß. Dann schaute ich zu Jared und es war wie ein Gedankenblitz. Ich wusste, was ich jetzt zu tun hatte. Also zog ich ihn zu mir und sobald seine Lippen auf meinen lagen, ging es mir besser, aber noch nicht gut. Ich zerrte an seinem T-Shirt und als ich es ihm auszog hörte ich nur ein leises Knurren von ihm, was mir die Bestätigung gab, dass ich nichts Falsches machte. Auch er zog mir mein Top aus und küsste mich den Hals hinunter bis zu meinem Schlüsselbein.

Und so vollendeten wir unsere Verbindung und Markierung ich bereute es nicht eine Sekunde, denn ich wollte nie wieder ohne ihn sein, und jetzt waren wir so tief verbunden, dass wir ohne den anderen nicht mehr leben konnten.

Später lagen wir noch lange aneinander gekuschelt im Bett und ich war gerade dabei wieder einzuschlafen, als es vorsichtig an der Tür klopfte. Ein leises Knurren von Jared schien der Person draußen zu zeigen, dass sie hereinkommen kann. „Es tut mir leid, dass ich euch jetzt stören muss, aber Benni und Miles sind da und wir haben unten ein kleines Problem mit Sam", erklärte Jace und verzog sich dann sofort wieder.

Bei mir läuteten alle Alarmglocken, als ich Sams Namen hörte und so war ich innerhalb weniger Sekunden angezogen und knotete meine unordentlichen Haare zu einem Dutt-ähnlichen Zopf zusammen, bevor ich nach draußen stürmte. Unten fand ich Sam im Wohnzimmer, den Kopf auf die Hände gestützt und es sah aus, als würde er weinen. „Sam", fragte ich behutsam und setzte mich neben ihn, während ich ihm den

Arm um die Schultern legte, „Was ist los?“ „Er schaute mich nur kurz an und sagte aber nichts. „Er hat seine Mate gefunden“, erklärte Jace leise. „Und wo ist das Problem? Das ist doch wunderbar?“, fragte ich verwirrt und wusste nicht genau, was ich sonst sagen sollte. „Sie ist die Beta eines anderen Rudels. Des Rudels, von dem wir angegriffen wurden“, erklärte Benni und ich musste schlucken. „Sam will sie ablehnen, aber es bricht ihm das Herz und das können wir nicht zulassen, aber wir wollen ihn natürlich auch nicht verlieren“, murmelte Jared. Ich schaute ihn fragend an. Woher wusste er das denn schon wieder? „Sam?“, sprach ich ihn über dieses Gedanken-sprech-Dingens an und er murmelte nur ein: „Er hat recht“, bevor es wieder leise wurde um ihn. „Was machen wir dann jetzt?“, fragte ich vorsichtig nach, doch ich wusste, dass die Antwort von dem Alpha und der Luna gefällt werden musste. Ich kann nicht sagen, woher ich es wusste, es war nur so ein Gefühl, aber es schien richtig zu sein, denn Jared schaute mich mit einem mitleidigen Blick an, der mehr sagte, als tausend Worte.

Noch bevor ich reagieren konnte, sprang Sam auf, rannte aus dem Haus und verwandelte sich dort. Dann schoss er davon und Jared ihm gleich nach. „Warte zuhause. Ich will nicht, dass dir etwas passiert!“, kam die Ansage von Jared in meinem Kopf und ich wollte nicht warten, wusste aber, dass es keinen Zweck hatte ihm nach zu rennen. Ich würde hier warten müssen und hoffen, dass alles gut ging.

# Kapitel 16:

Wir hatten jetzt seit mehreren Stunden nichts mehr von Jared und Sam gehört und ich fing langsam mir wirklich Sorgen um die Beiden zu machen. Ich hatte mehrfach versucht Jared über Gedanken anzusprechen, doch er reagierte einfach nicht. Ohne Pause lief ich im Wohnzimmer auf und ab und Jensen saß auf dem Sofa und knurrte mich an, da er langsam wirklich genervt von mir war. „Entschuldige“, murmelte ich und setzte mich neben ihn, den Kopf in di Hände gestützt. „Wieso kann niemand Jared erreichen?“, fragte ich und als Jensen antworten wollte, kam Charly hereingestürmt. „Mara, du musst Sam ansprechen, er hat gerade versucht Kontakt mit mir aufzunehmen, aber er hat nicht genug Kraft!“, rief sie euphorisch aus und sofort konzentrierte ich mich auf Sam. „Sammy?“, fragte ich mehrfach nach und bekam endlich eine Antwort. „Mara?“, fragte er und ich konnte hören, wie schwer es ihm fiel mir zu antworten. „Wo seid ihr? Ist alles in Ordnung? Ist jemand verletzt?“, fragte ich sofort los doch es dauerte eine Weile, bis eine Antwort kam. „Sie haben uns gefangen genommen und wir wurden getrennt, ich weiß also nicht wo Jared ist, oder wie es ihm geht, aber ihr dürft auf keinen Fall zu uns kommen, Mara. Sie sind hinter dir her, pass auf dich auf, ich halte dich auf dem Laufenden!“, flüsterte er und ich wusste, dass ich jetzt nichts mehr von ihm hören würde. Ich knurrte laut auf und konnte mich kaum noch beherrschen. Jared und Sam waren vom fremden Rudel gefangen genommen worden und ich sollte ihnen nicht helfen? Ich vermittelte Jensen und Charly das Gespräch und sie trugen es in Sekunden schnelle durch das ganze Rudel. Nachdem sie alle informiert waren, hatte ich einen Entschluss gefasst. „In zwei Stunden treffen wir uns alle im großen Saal oben. Charly, du informierst Jareds Eltern und Jeremy, Jensen und ich ziehen los zu Benni! Ich will, dass ihr alle Informationen heraussucht, die ihr finden könnte, aber niemand wird sich in unnötige Gefahr bringen!“ So wie es schien hatte ich gerade zum gesamten Rudel gleichzeitig gesprochen, denn von allen Seiten kam Zuspruch und es begann ein reges Treiben im ganzen Haus. Jeremy und Jensen liefen mit mir in den Wald und ich verwandelte mich sofort, als ich draußen stand. In Wolfsgestalt rannten wir zu Benni, Jensen und Jeremy jeweils an meiner Flanke und immer wachsam. „Der Alpha ist informiert, sie werden da sein. Sie stehen dir zur Seite!“, kam irgendwann die Info von Charly. Ich sprach mit Benni, während wir zu ihm liefen und auch Miles kommunizierte mit mir und ich befahl beiden auf uns zu warten und nicht allein etwas zu tun, denn da ich ihre Luna war, hatten sie mir zu gehorchen.

Als wir vor dem Rudelhaus von Benni zum Stehen kamen, konnte ich die pure Wut in Bennis Augen stehen sehen. Gemeinsam liefen wir hinein und das ganze Rudel wartete bereits im Wohnzimmer auf uns. Ich erklärte ihnen kurz was passiert war und sie waren alle einig, dass wir Jared und Sam dort rausholen mussten. „Ich habe das Rudel ausgesandt, um Informationen zu sammeln und wir treffen uns gleich im Rudelhaus, um uns einen Plan zu überlegen, wie wir sie dort rausholen können. Wir wären sehr froh, wenn ihr mit uns kommen würdet, um uns zur Seite zu stehen“, sprach ich das Rudel zum Abschluss noch einmal an und ausnahmslos jeder war bereit dazu, uns zu folgen.

So liefen wir alle gemeinsam zum Rudelhaus zurück, wo bereits alle versammelt waren und auf uns warteten. „Ich freu mich sehr, dass ihr euch alle hier versammelt habt. Der Anlass ist grausam und wir werden das ändern. Wir alle zusammen. Und ich will, dass wir hier alle zusammenhalten und auch auf Kompromisse eingehen. Wir lassen niemanden im Stich, wir sind eine Familie“, sprach Emily als erste, denn ich hatte sie um Rat gefragt, wie ich das Thema beginnen sollte. Sie und ihr Mann hatten gemeint, dass sie mich unterstützen würden, aber letztlich war ich in ein paar Wochen die neue Luna und ich musste mich daran gewöhnen, dass ich die Verantwortung trug. Ich musste die Entscheidungen treffen. Ich wusste nicht woher, aber ich hatte den Mut und sprach vor so vielen Leuten, die mir alle vertrauten und das obwohl ich Angst hatte, sie alle in den Tod zu führen. Aber ich würde an vorderster Front stehen. Ich würde mit ihnen kämpfen, mit ihnen siegen und auch mit ihnen fallen. „Wir wissen nicht viel über den Aufenthaltsort oder das aktuelle Befinden von Jared und Sam, aber wir müssen mit dem Schlimmsten rechnen. Ich kann keinen Kontakt zu Jared aufnehmen und nur bedingt zu Sam. Falls jemand etwas von einem der Beiden hört möchte ich sofort informiert werden. Klar?“, begann ich die Ansprache und mir hörten ausnahmslos alle zu, was mich dazu trieb mehr zu sagen. „Zu aller erst sollten wir die gesamten Informationen über das Rudel zusammentragen. Freiwillige vor, wer fängt an?“, fragte ich in die Runde und nahm den Kugelschreiber in die Hand, um alle wichtigen Informationen zu protokollieren. „Es waren weit über 50 Wölfe, als sie uns angegriffen haben, aber wir haben einige ausgeschalten. Also sollten wir jetzt eigentlich in der Überzahl sein“, begann ein völlig unscheinbarer kleiner Junge zu sprechen. Erst war ich schockiert, dass er ebenfalls auf dem Kampffeld gestanden hatte, aber an solche Dinge würde ich mich wohl gewöhnen müssen. „Danke“, sagte ich lächelnd und notierte die Info. Und dann regnete es nur so Informationen auf mich nieder. „Der Alpha war ein schwarzer Wolf!“ „Sie haben keine Luna“ „Der Beta hat seine Mate verloren im Kampf, er wird auch sterben“ „Es waren bestimmt 15 Kinder dabei“ „Ihr Revier ist kleiner als unseres“ „Der Alpha ist auf einem Auge blind“ Und dann kam die wichtigste Information: „Sie haben eine junge Wölfin mit Mondscheinkräften im Rudel. Somit sind sie uns jetzt ebenbürtig.“ „Wie kannst du das wissen?“, fragte Emily und schaute die junge Wölfin mit einem scharfen Blick an, sodass selbst mir ein Schauer über den Rücken lief. „Sie ist meine Schwester. Wir waren ohne Rudel und während mein Mate hier war, war ihrer in dem anderen Rudel. Wir haben uns seit 6 Jahren nicht mehr gesehen“, antwortete sie standfest und sofort ging mir ein Licht auf. „Dann hast du ihre Kräfte auch?“, fragte ich sofort und als sie nickte musste ich triumphierend anfangen zu grinsen. „Dann sind wir ihnen überlegen, wenn ich anfange meine Kräfte zu kontrollieren.“ Sofort lächelte sie mir zu und versprach mir zu helfen, denn sie meinte, sie würde spüren, wie mächtig ich war. Wir sammelten noch weitere nebensächliche Fakten über das Rudel und verabredeten uns dann für den nächsten Abend, um einen Plan auszuarbeiten.

Nach und nach verließen alle Mitglieder des Rudels den Raum und auch der Alpha und seine Frau waren bereits gegangen, nur diese eine junge Wölfin war noch da und kam auf mich zu. „Ich heiße Melina“, stellte sie sich vor und ich lächelte ihr zu: „Freut mich“, sagte ich und wir liefen gemeinsam nach draußen, wo wir uns vor dem Haus in die Wiese setzten. Es begann bereits zu dämmern, doch wir wollten noch ein wenig reden, damit Melina mir helfen konnte meine Kräfte zu kontrollieren. „Du musst versuchen deiner inneren Wölfin die Macht zu geben, ohne dabei die Kontrolle zu verlieren. Lass deinen Geist schweifen und lass deine Gedanken einfach fallen. Achte nur auf die Natur und die Ruhe“, flüsterte sie und ich versuchte es. Ich schloss die Augen und hörte den Wind durch die Blätter rauschen, obwohl es fast windstill war. Ich hörte in der Ferne den Fluss und ich hörte ein Knurren, mitten in die Stille hinein. Erst nach einigen Sekunden begriff ich, dass das Knurren von mir gekommen war. „Sehr gut machst du das“, flüsterte Melina und plötzlich spürte ich etwas Neues, etwas völlig Fremdes. Es war fast wie ein Lichtstrahl im Dunkeln, wie der Schein des Mondes. Und in dem Moment, in dem mir dieses Bild in den Sinn kam, verstand ich endlich was Melina meinte. Ich ließ meinen Geist, mein inneren Wolf frei und verlieh ihm aber nicht die Kontrolle über mich. Ich spürte ein Prickeln, dass von meinem Kopf bis zu meinen Füßen durch meinen Körper fuhr und im nächsten Moment stand ich in Wolfsform vor dem Haus.

Inzwischen war es dunkel geworden und man konnte sehen, wie mein Fell strahlte. Auch Melina verwandelte sich und ihr Fell sah meinem zum Verwechseln ähnlich, nur ihre Augen waren stechend gelb und sie knurrte mich an, als ihr Fell ebenfalls zu strahlen begann. Erst jetzt, da ich es vorher und nachher gesehen hatte, fiel mir auf, dass unser Fell denselben Effekt hatte, wie der Mond. Sie strahlten in der Dunkelheit, als gäbe es kein Morgen und doch schien es, als gehörten sie genau dort hin. Sie schloss für einen kurzen Moment die Augen und als sie sie wieder öffnete, standen in ihren Augen für einen kurzen Moment ein paar Flammen, bevor ihr Fell plötzlich Feuer fing und sie wie ein Feuerwolf vor mir stand. Ich war völlig schockiert und verwandelte mich zurück und wollte Wasser holen, doch da stand Melina bereits wieder in ihrer menschlichen Form vor mir. „Was zur Hölle war das denn?“, rief ich schockiert aus und der Schreck stand mir wohl noch immer ins Gesicht geschrieben. „Ich habe ähnliche Kräfte wie du, aber meine sind mit dem Element Feuer versehen. Ich kann Feuer kontrollieren, Feuer legen und Feuer vernichten. Meine Schwester ist das Gegenstück dazu. Wir sind Zwillinge und sie ist mit dem Element Wasser verstärkt. Du aber hast eine ganz besondere Macht. Du trägst das Mondlicht in deinem Herzen. Du hast vielleicht gesehen, dass sich für einen kurzen Moment ein Feuer in meinen Augen gespiegelt hat. Bei dir habe ich den Mond gesehen. Jetzt verwandeln wir uns noch mal und dann versuchen wir ein bisschen was aus dir heraus zu bekommen. Was du kannst. Okay?“ Ich nickte nur, schloss die Augen und verwandelte mich erneut. Während Melina wieder ihr Feuer anlegte, überlegte ich mir, wie ich etwas aus mir herausholen konnte und so schloss ich die Augen und ließ Leyla die Führung der Macht, die in mir tobte. Ich konnte sie spüren und ich konnte spüren, wie stark sie war, aber ich hatte keine Ahnung wie ich sie einsetzen sollte. Also überließ ich es einfach meinem Bauchgefühl und mit Leylas Hilfe strahlte ich kurz darauf ein Licht aus meinen Augen, welches so hell war, dass Melina geblendet war und sich abwendete. Ich konnte es einsetzen, ohne dass ich weniger sehen konnte oder irgendein Problem hatte.

Ich versuchte ein paarmal es ein und auszuschalten und hatte es nach wenigen Versuchen gut im Griff. Ich beschloss, dass ich noch etwas anderes versuchen wollte und schaute in den Mond. Ich konzentrierte mich ganz auf ihn, denn obwohl in dieser Nacht nur Halbmond war, strahlte er mehr als er gewöhnlich in diesen Nächten strahlte. Und nachdem ich einmal geblinzelt hatte, war es plötzlich finsterte Nacht und ich hörte Melina aufjaulen, es schien, als sei sie erblindet in diesem Moment, während ich noch gut sehen konnte. Auch von den anderen Wölfen, die im Haus saßen, hörte ich erschrockene Aufschreie oder Gemurmel, was los sei. Dann konzentrierte ich mich auf Melina und plötzlich merkte ich eine sehr starke Verbindung zu ihr. Und genau in diesem Moment konnte ich in Gedanken mit ihr sprechen. „Siehst du etwas?“, fragte ich vorsichtig nach und sie antwortete mit einem vorsichtigen „Ja“, was allerdings eher überrascht klang. Ich hatte die Macht zu entscheiden, wer sehen konnte und wer nicht. Ich blinzelte erneut zum Mond, den allem Anschein nach nur ich sehen konnte, und sofort war es wieder hell. Sämtliche Wölfe, die sich im Haus befanden, kamen heraus und ich wiederholte die Dinge, die ich gerade entdeckt hatte.

Jetzt hatten wir endlich die Möglichkeit uns unseren Alpha und meinen Bruder zurück zu holen. Wir würden uns zurückholen, was uns genommen wurde.

# Kapitel 17:

Ich fiel am Abend völlig kaputt ins Bett und war froh endlich ein wenig Ruhe zu bekommen, denn obwohl Jared mir sehr fehlte und ich ihn so schnell wie möglich wiederhaben wollte, musste ich diese Aktion langsam angehen und das forderte eine menge Geduld, die ich eigentlich nicht besaß.

„Mara“, hörte ich Jareds Stimme in meinem Traum, „Ich weiß nicht ob du mich hören kannst, aber sie planen einen Anschlag auf euch. Noch heute Nacht. Bitte, pass auf dich auf!“ Ich wachte auf und schüttelte den Kopf ein paar Mal. Meine Träume waren schon sehr seltsam, das musste man schon sagen. Ich stieg aus dem Bett und lief nach unten in die Küche, wo ich auf Charly, Jeremy und Jensen traf. „Hat er dich auch geweckt?“, fragte Charly und erst schaute ich sie verwirrt an, begriff aber dann war sie meinte. Jared. „Ja“, murmelte ich und dachte nach, „Weckt alle, ich habe eine Idee!“

Kaum eine viertel Stunde später stand ich erneut vor dem ganzen Rudel, dieses Mal waren sie jedoch viel müder, als nur ein paar Stunden zuvor. Ich hatte auch Benni geweckt und ließ ihn per Gedankensprache an unserem Treffen teilhaben. Ich hatte dem Rudel die Nachricht, die ich im Traum erhalten hatte, weitergeleitet und sie diskutierten in kleinen Runden leise miteinander. „Wir werden sie aus dem Hinterhalt ebenso angreifen. Benni und sein Rudel werden hier die Stellung halten, um die ankommenden Wölfe zu irritieren, während ich mit ein paar ausgewählten Wölfen in das fremde Revier gehen werde. Wir werden Jared und Sam dort herausholen und dann aus dem Hinterhalt mit dem Rest angreifen, sobald Sam und Jared in Sicherheit sind. Soweit alles klar?“, sprach ich und ich konnte sie nur nicken sehen. Auch von Benni kam ein Zuspruch, während er den Rest seines Rudels aus den Federn holte. „Ich werde Charly, Jensen, Jeremy und Jace mit mir nehmen, um in das Revier einzudringen. Alle anderen werden hier normal weitermachen, als sei nichts. Versucht euch so unauffällig wie möglich zu verhalten. Benni wird einen Teil seines

Rudels zu euch schicken, ihr werdet auf der Lauer liegen und darauf achten, dass sie nicht merken was hier los ist. Und ich will über alles informiert werden, das ist deine Aufgabe", wies ich sie Kylie zu und sie nickte mir zu. „Angegriffen wird nur, wenn es nicht mehr anders geht, ich will nicht, dass irgendjemand hier stirbt, nur weil etwas ohne nachzudenken getan wird."

Nach einer kurzen Zeit, in der noch einige Fragen geklärt wurden, wies ich Charly, Jensen, Jeremy und Jace an sich zu richten. Auch ich lief nach unten und versuchte mit Jared oder Sam zu sprechen. Immer wieder sagte ich ihnen, dass wir sie holen würden, sie sollten uns versuchen ein paar Informationen zukommen zu lassen. Ich bekam keine Antwort und versuchte es weiter, in der Hoffnung, dass es etwas bringen würde.

In wenigen Minuten würde es losgehen und ich hatte Angst. Was wäre, wenn wir zu spät wären? Wenn Sam und Jared nicht mehr da waren? Wenn sie tot waren? „Bis in den Tod verbunden", fielen mir Jareds Worte wieder ein. Es beruhigte mich ein wenig, denn somit wusste ich zumindest, dass es ihm einigermaßen gut ging. Aber von Sam hatte ich keine Ahnung, allerdings vermutete ich nicht, dass sie ihm etwas tun würden, wenn seine Mate in dem fremden Rudel war. „Ich liebe dich“, flüsterte ich Jared noch einmal zu und versuchte dann mich auf unser Vorhaben zu konzentrieren.

Die anderen warteten bereits draußen auf mich, als ich hinausgeschlichen kam. „Wir kommunizieren ab sofort nur noch über diesen Weg, dann hört es niemand anderes!“, bestimmte ich und die anderen, die bereits in Wolfsform vor mir standen, knurrten einmal zustimmend. Auch ich verwandelte mich und rannte voraus. Wir würden uns an dem See auf den Felsen legen, denn von dort aus hatten wir alles relativ gut im Blick und wir würden nicht sofort entdeckt werden, wenn sie sich in unsere Richtung schlichen.

Wir lagen bereits eine ganze Weile auf dem Felsen und ich begann langsam zu zweifeln, ob es nicht nur ein blöder Zufall gewesen war, als ich die Schritte von Wölfen im Wald hörte. Sie kamen auf uns zu und das wunderte mich. Wir hatten niemandem aus dem Rudel gesagt, wo wir waren, damit uns niemand einfach so ausplaudern konnte. Ich vertraute dem Rudel, aber niemand verriet nicht gerne eine Fremde, wenn er damit seine Familie retten konnte und leider war ich noch nicht so eng mit dem Rudel zusammengewachsen.

Doch dann entdeckte ich eine Art Schatten eines Wolfes. Es sah aus, als wäre er ein Geist und es dauerte einige Sekunden, bis ich Jared erkannte. Ich stand auf und lief auf ihn zu. Die anderen erhoben sich ebenfalls und folgten mir, doch sie konnten Jared wohl nicht sehen, denn sie alle sahen sich suchend um. „Folgt mir", murmelte ich ihnen in Gedanken zu und lief der Wolfsgestalt nach, die vor uns in den Wald lief. Er rannte los und ich versuchte ihm auf den Fersen zu bleiben, doch seine Gestalt wurde immer undeutlicher und als wir aus dem Wald herausliefen und das Licht des Mondes auf seine Gestalt fiel. Ohne groß nachzudenken schaltete ich das Licht des Mondes für mich ab und konnte so die Gestalt wieder klarer erkennen.

„Immer geradeaus und dann kommt ein kleines Waldstück, von da an werde ich euch hören und leiten können“, sprach Jareds Stimme in meinem Kopf und ich hauchte ihm ein „Danke“ entgegen, bevor die Gestalt verschwand und ich meine Augen wieder dazu brachte alles normal zu sehen. „Ich weiß, wo wir lang müssen. Wir haben es fast geschafft“, sprach ich zu den anderen und sie schauten mich fragend an, folgten mir aber ohne Widerspruch sofort, als ich loslief.

Ich konnte das Waldstück bereits sehen, als ich Bennis Gedankenstimme hören konnte. „Sie haben uns eingekreist. Wie sollen wir reagieren? Sind im Haus eingeschlossen“, fragte er und klang mehr als aggressiv. Ich machte mir langsam Sorgen, ob mein Plan wirklich so gut gewesen war, aber was hätten wir sonst tun sollen? Warten, bis sie angegriffen hätten? „Geht alle in den ersten Stock und provoziert sie, sodass sie ins Haus stürmen. Springt dann aus den Fenstern, vielleicht auch noch im zweiten Stock, passt aber auf euch auf. Dann habt ihr sie eingekreist. Ich hoffe es geht alles gut bei euch“, antwortete ich und legte noch einen Sprint hin. Ich war sonst keine große Läuferin, aber jetzt hatte ich die Motivation und die Kraft um zu rennen, bis mir die Beine ausfallen würden. Ich konnte den Wald schon sehen, als Jace hinter mir zu jaulen begann und nicht mehr auftreten konnte. „Was ist passiert?“, fragte ich und dreht sofort um. Innerhalb weniger Sekunden waren wir alle um ihn herum versammelt. „Alexa, meine Mate, sie hat sich verletzt und ich habe es mit abbekommen“, erklärte er und ich konnte die Schmerzen aus jeder Silbe heraushören. Ich dachte daran, wie ich Benni wieder ins Leben geholt hatte und beschloss jetzt zu versuchen Jace und Alexa zu helfen. Ich schloss die Augen, legte meine Pfote auf seinen Kopf und konzentrierte mich auf ihn und auf Alexa und tatsächlich, kurz darauf hatte er keine Probleme mehr. Es war nicht geheilt, aber konnte damit laufen und auch Alexa würde hoffentlich alles gut überstehen. Ich schaute mich einmal um und deutete den anderen dann mir zu folgen. Ich setzte meinen Weg fort und kurz darauf waren wir tatsächlich an dem Waldstück angelangt. „Mara?“, hörte ich Jareds Stimme, aber sie war sehr schwach. „Ja? Wo bist du?“, fragte ich zurück und versuchte ihn irgendwie aufzuspüren. Ich hörte ein Aufheulen von ihm und konnte ihn fast schon spüren, so nah waren wir. Ich fand eine kleine Höhle unter einem hohlen Baum und konnte ihn schon riechen, doch was ich dort unten fand war alles andere als erfreulich. Jareds Körper lag regungslos auf dem Boden, neben seinem Hals eine große Blutlache und eine riesige, offene Wunde war an seinem Hals zu sehen. „Jared“, murmelte ich in meinem Kopf und versuchte mit ihm zu sprechen. Ich konnte sehen, dass er noch atmete, denn er hatte noch heulen können, um mich zu ihm zu führen, aber ich wusste, dass er auch als Werwolf nicht einfach so etwas überleben würde. Immerhin hatte er viel Blut verloren. „Jeremy, Jace und Kylie, ihr sucht Sam, er muss in der Nähe sein, ich kann seine Anwesenheit spüren. Ich kümmere mich mit Charly und Jensen um Jared und dann kommt ihr wieder hier her“, bestimmte ich und verwandelte mich dabei wieder in meine menschliche Form. „Jensen, du gehst draußen aufpassen, dass niemand kommt und wenn doch, warne uns rechtzeitig!“, befahl ich und kniete mich neben Jared. Jensen lief wortlos nach draußen und lief vor dem Eingang auf und ab, während Charly in menschlicher Gestalt zu mir kniete. „Wir müssen die Blutung stoppen“, sagte ich und konnte durch meinen Tränenschleier kaum mehr etwas sehen. „Mara“, sprach Charly und legte mir die Hände auf die Schultern, „Er wird wieder gesund. Sieh doch wie gut es dir geht. Er kann seine Energie aus dir ziehen, als Luna hast du die Macht gegen diese Verletzungen anzukämpfen und du kannst sie heilen. Heile Jared genau so, wie du Jace geholfen hast. Du kannst es, ich glaube an dich und der Rest des Rudels, der Rest deiner Familie tut das auch!“ Es tat gut so etwas zu hören, also nahm ich meine ganze Kraft und all meinen Mut zusammen und schloss die Augen, um erneut einen Menschen zu retten, der mir so viel bedeutete.

# Kapitel 18:

Bennis Sicht:

Wir hatten sofort angefangen unser Rudel in mehrere kleine Gruppen zu teilen. Ich wollte, dass dieses mal die Kinder hier im Rudelhaus blieben, denn ich konnte nicht riskieren, dass ihnen etwas passiert. Ebenfalls zurück blieben jeweils ein Elternteil der Kinder und der Rest des Rudels wurde in zwei Gruppen aufgeteilt. Der erste Teil, in dem auch ich mich befand, würde ins Rudelhaus von den anderen gehen und die zweite Gruppe würde im Hinterhalt warten, um mit Mara und den anderen dann zu uns zu stoßen und für den Fall, dass sie Hilfe brauchten.

Wir rannten so schnell wir konnten zu unserem Partnerrudel durch den Wald und als wir ankamen war bereits alles dunkel und wir betraten leise das Haus. „Seid ihr alle hier?“, fragte ich leise in den Raum hinein. „Nicht ganz, ein paar sind oben“, kam eine leise Stimme vom Sofa in der Mitte des Raums. „Miles, alles klar bei euch?“, fragte ich über Gedanken zu meinem Beta, der die zweite Gruppe begleitet hatte. „Ja, alles bestens, wir sind bereit", kam es kurz zurück und ich wusste, dass ich mich auf ihn verlassen konnte. Ich setzte mich einfach auf den Boden im Wohnzimmer, während die anderen Mitglieder meines Rudels sich im ganzen Haus zu den anderen verteilten. Wir mussten uns so leise und unauffällig wie möglich verhalten, damit das fremde Rudel, wenn es hier ankommen sollte, nicht gleich wusste, dass wir ihnen einen Schritt voraus waren.

Es dauerte eine ganze Weile, in der nichts passierte und das Rudel immer unruhiger wurde, bis sich draußen etwas bewegte. Vorsichtig kroch ich an eines der Fenster und schaute hinaus. Ich konnte kaum etwas erkennen, doch ich sah, wie sich ein paar der Büsche am Rand bewegten. „Sie sind da, sie kommen von dieser Seite", flüsterte ich leise, doch im selben Moment kam jemand aus der Küche und meinte, sie kämen von der anderen Seite. Ich musste dem Drang wieder stehen, mir die Hand gegen die Stirn zu klatschen. Wir saßen in der Falle! Das war das einzige, was niemand bedacht hatte. Wir würden hier alle wie auf dem Präsentierteller sitzen, wenn sie da waren und genau das war nun der Fall. „Miles, bleib vorerst auf jeden Fall Zuhause, sonst sitzen die Kinder in der Falle, pass auf sie auf!“, befahl ich Miles per Gedanken, doch zur Antwort kam nur ein Knurren und ich wusste, dass er bereits im Kampf stand. „Verdammt!“, fluchte ich. „Sie haben uns eingekreist. Wie sollen wir reagieren? Sind im Haus eingeschlossen“, erklärte ich Mara und sie befahl mir nach oben zu gehen mit allen, damit wir das Rudel draußen provozieren konnten und dann durch die Fenster nach draußen fliehen konnten. Ich erklärte es sofort dem Rudel und sie teilten es sich über Gedanken gegenseitig mit. „Geht hoch, ich lock sie ins Haus!“, befahl ich und sofort eilten alle nacheinander die Treppe hinauf. Ich lief zur Haustür, machte sie auf und schaute hinaus. Ich hörte ein Knurren und wusste, dass ich innerhalb weniger Sekunden tot sein konnte, doch sie würden mir nichts tun. Ich weiß nicht, woher diese Erkenntnis kam, doch plötzlich fiel mir auf, dass sie nicht hier waren, um jemanden zu töten, sie wollten nur die Luna haben. Deshalb hatten sie auch den Alpha und den leiblichen Bruder der Luna entführt. Sie wollten mir meine Cousine wegnehmen? Da mussten sie mich vorher umbringen! Ein Knurren entfuhr mir und ich ließ die Tür offen und verschwand dann zu den anderen nach oben. Die Fenster waren alle bereit zum aufreißen und alle warteten nur darauf aus den Fenstern zu springen.

Ich stand noch am Treppenhaus und hörte, wie sie nach und nach ins Haus strömten. „Wartet“, murmelte ich und wartete ab, bis die meisten im Haus waren. Einer entdeckte mich und sprang hinauf. In dem Moment rief ich so laut ich konnte „JETZT!“ und hoffte, dass jeder mich gehört hatte. Sie alle rissen die Fenster auf und sprangen. Im Sprung verwandelten sich viele bereits und kamen unten an, drehten sich um und waren kampfbereit, andere sprangen direkt auf die Wölfe drauf. Es war, als wäre ein Krieg ausgebrochen.

Ich starrte in die schwarzen Augen des Wolfes, der die Treppe hinaufgesprungen war. Er stand nun zwischen mir und meinem

Fluchtweg durchs Fenster, was mir gar nicht gefiel. Ich knurrte ihn an und erkannte dann, dass ich den Alpha persönlich vor mir hatte. Sein Fell glänzte im schwachen Licht des Mondes, welches durch die offenen Fenster fiel. Sein linkes Auge war komplett weiß, als wäre es falschherum gewachsen. Ich starrte ihn mit aller Wut an, die ich aufbringen konnte und innerhalb eines Wimpernschlags hatte ich meine Fangzähne in seinen Hals gebohrt. So lange ich konnte versuchte ich ihn hinzuhalten, doch ich wusste, dass ich ihm nicht ewig standhalten konnte. „Benni, sie haben Jared gefunden, es sieht nicht gut aus! Wir müssen noch ein wenig durchhalten!“ Miles hatte also Kontakt zu Mara und den anderen. Wenigstens wusste ich jetzt, dass es ihr gut ging. Ich holte erneut aus, doch bevor ich zubeißen konnte, hatte mein Gegner mich bereits mit einem Pfotenhieb von sich geschleudert und ich landete mit einem dumpfen Schlag auf dem Boden an der Wand. Ich hatte keine Kraft mehr in meinen Gliedern, es schien, als hätte er alle meine Kraft aus mir herausgesaugt. Ich konnte kaum mehr eine

Pfote heben. „Du bist schwach, Benjamin. Du wirst sterben, aber nicht jetzt. Dich hebe ich mir bis zum Schluss auf. Dieses Mal kann ich warten“, hörte ich die Stimme des Alphas in meinem Kopf. „Verzieh dich, Andre, niemand will dich hier haben und die Luna bekommst du auch nicht“, sprach ich in seinem Kopf und richtete mich dabei auf. Ich konnte spüren, dass Mara näherkam und auch Jared schien an ihrer Seite zu sein. Ich konnte sie spüren und genau das gab mir die Kraft wieder aufzustehen und weiter zu kämpfen. „Ob ich die Luna bekomme oder nicht, das entscheidest nicht du“, flüsterte er und stieß mich mit einem genussvollen Knurren erneut zu Boden. Ich nahm einen letzten Versuch auf mich und versuchte aber dieses Mal nicht Andre anzugreifen, sondern ich sprang aus dem Fenster, hinunter zu den anderen in die kämpfende Menge. „Mara und Jared sind gleich bei euch; Wir bringen Sam in Sicherheit, er ist schwer verwundet. Haltet durch!“, kam Charlys Stimme und ich versuchte wirklich daran zu glauben. Ich versuchte stark zu sein und so hob ich den Kopf und heulte den Mond an, der mit jeder vergehenden Minute heller schien. Ich konnte ein schwaches, kleines Licht im Wald ausmachen und so heulte ich erneut auf und dieses Mal heulte das ganze Rudel mit mir. Andre kam aus dem Haus gerannt und sprang auf mich zu, doch bevor er mich berühren konnte, riss ihn ein anderer Wolf zu Boden und bohrte seine Zähne in seinen Hals. Ich erkannte Jared erst einen Moment später und als das Licht mitten in unserem Kreis stand, erkannte ich Mara. Ich war geblendet von der Helligkeit ihres Felles und der Macht, die von ihr ausging. „Niemand! Ich wiederhole: Niemand! Niemand greift meine Familie an!", knurrte Mara direkt in Andres Gesicht. Obwohl sie in ihrer Wolfsgestalt war, konnten wir alle sie hören, was sicher an ihren Lunakräften lag. „Deine Familie? Einen Haufen Hunde hast du hier!", kam die patzige Antwort von Andre, bevor Jared ihm einen Schlag mit der Pfote verpasste und Andre gequält aufjaulte. Im nächsten Moment lag Andre in seiner menschlichen, verletzlichen Form vor uns auf dem Boden und war sichtlich verwirrt. „Was zur Hölle?", fragte er erschrocken und versuchte sich wieder zu verwandeln, was ihm misslang. „Ich habe dir deine Wolfsseele verschlossen“, erklärte Mara, die sich nun wieder in ihrer menschlichen Form zu uns wandte. „Seid ihr alle wohl auf?“, fragte sie und während wir uns einer nach dem anderen zurück verwandelten antworteten alle nach und nach mit einem zögerlichen Nicken. Dann drehte sie sich um und lief zielsicher auf Andre zu, der wie ein verschrecktes Kaninchen die Flucht ergreifen wollte und sprach dann ihn direkt an: „Du kannst dich jetzt ergeben und dich Jared und mir und unserem ganzen Rudel unterwerfen, lässt dich bis zum Omega herab, oder wir werden dich hier und jetzt zerfleischen, deine Seele gefangen in der Hülle deines toten Körpers.“ Selbst mir lief ein eiskalter Schauer über den Rücken, als ich sah, wie sich Maras Augen verdunkelten, obwohl ihre Wolfsaugen sehr hell waren, und sie anfing ihn wie eine Luna anzuschauen, die wollte, dass sich jemand unterwarf. Jared stellte sich neben sie und nahm ihre Hand, bevor auch er seinen Blick auf Andre richtete. Ich, als Alpha des

Partnerrudels, musste natürlich auch mitmachen und immer mehr und mehr Wölfe schlossen sich an und bildeten einen Kreis um Andre, der plötzlich nichts mehr von einem Alpha hatte. Doch plötzlich wurde der Kreis auseinandergerissen, als ein weiterer Wolf in die Kette aus Menschen sprang und dabei einem die Kehle aufriss. Er fiel um, zuckte ein paarmal und starb dann, denn auch ein Wolf konnte eine solche Verletzung nicht einfach wegstecken, egal wie mächtig er war. Und dann passierte alles ganz schnell, doch ich konnte alles sehen, als würde es in Zeitlupe passieren. Mara sprang auf den Wolf zu uns verwandelte sich währenddessen. Jared wollte ihr zur Hilfe eilen und verwandelte sich auch, doch anstatt zu ihr zu gehen und ihr beizustehen, drehte er sich um und rannte in den Wald. „Vertraut mir“, hallte seine Stimme in meinem Kopf und ich war mir sicher, dass er wusste was er tun würde.

Knurrend verwandelte auch ich mich und versuchte Mara zu helfen, doch bevor ich bei ihr sein konnte, hörte ich den Alpha aufheulen gen Mond und ich sah unsere

Luna zu Boden fallen, ihr weißes Fell voll von Blut und in ihren Augen kein Lichtschimmer mehr. Nur der Mond spiegelte sich noch in ihrem leeren Blick, mit dem sie in den Himmel blickte.

# Kapitel 19:

*Maras Sicht*

Ich versuchte es immer wieder und ich kam meiner Verzweiflung immer näher, denn es schien nicht zu funktionieren. Ich konnte ihn doch nicht verlieren, er war alles was ich zum Leben brauchte und ich hatte ihn doch gerade erst gefunden. Aber er war noch nicht tot, das wusste ich, denn sonst wäre ich auch tot. „Bitte…“, murmelte ich in seinen Kopf und tatsächlich, im nächsten Moment durchfuhr ihn ein Zucken und ich wusste, dass ich ihn zu mir holen konnte. Ich spürte den Mond durch den Höhleneingang scheinen und obwohl er nicht vollständig war, gab er mir die Kraft das zu tun, was ich tun musste. Ich wusste, was zu tun war, bevor ich überlegte was ich tun wollte.

Also legte ich meinen Kopf auf Jareds blutigen Oberkörper ab und ließ meinen Tränen freien Lauf. „Jared, du musst stark sein, für mich! Wir müssen doch unsere Familie beschützen. Du musst mich beschützen und ich muss dich beschützen. Wir brauchen einander“, flüsterte ich in seinen Kopf hinein und hoffte so sehr auf eine Antwort. Ein leises Seufzen kam aus seiner Schnauze und ich schöpfte mit jeder Sekunde neue Hoffnung. „Mara“, murmelte er in meinem Kopf und zeigte mir ein Bild von ein paar Fallen, die vor dem Höhleneingang lagen. Sofort zeigte ich das Bild den anderen, die bei mir waren und fragte die Gruppe nach Neuigkeiten von Sam. „Wir haben ihn gefunden, bringen ihn in das Rudelhaus bei Benni. Er wird wieder, aber er ist völlig fertig“, kam die Info. Ich hob meinen Kopf von Jareds Brust und küsste ihn auf die Mundwinkel, damit er wusste, dass ich da war.

Es dauerte noch eine ganze Weile, aber Jared kam wieder zu Kräften. „Danke“, murmelte er und rieb seine Schnauze an meinem Fell, um mir seine Zuneigung zu zeigen. „Für dich immer, mein Alpha“, knurrte ich und rieb meine Schnauze ebenfalls an ihm. „Wir müssen los“, kam Charlys Stimme von außerhalb der Höhle.

Wir rannten durch den Wald, getrieben von der Sorge um das Rudel und um Jared. Er lief zu meiner Linken in meinem

Windschatten und ich wusste, dass ich mich auf ihn verlassen konnte und er mich unterstützen würde. Je näher wir dem Rudel kamen, desto mächtiger fühlte ich mich. Ich konnte das Licht des Mondes auf meinem Fell spüren und fühlte mich, als würde ich fliegen. Es war ein Gefühl von Freiheit. Ich hörte Jareds Knurren hinter mir und in meinem Kopf tauchte ein Bild auf, wie ich leuchtend durch den Wald rannte. Es war von Jared und es war genau in diesem Moment so. „Was ist das?“, fragte ich Jared, doch er konnte es mir nicht erklären. Als ich die selbe Frage Melina stellte, kam zur Antwort, dass es daran lag, dass ich meine Familie in Gefahr wusste und ihnen helfen wollte und meine Verbindung zum Mond half mir, dies zu verwirklichen. Ich wusste, dass ich das schaffen musste, ich musste zu meiner Familie, ich musste ihnen doch helfen. Und dann kam mir eine Idee!

Kurzerhand erklärte ich Jared meinen Plan und er stimmte mir kommentarlos zu. Und einen Moment später rannten sprang Jared in die Mitte des Rudels und riss den fremden Alpha zu Boden, wo er ihn ein wenig bearbeitete. „Niemand! Ich wiederhole: Niemand! Niemand greift meine Familie an!“, knurrte ich in die Runde und schaute dabei dem Alpha tief in die Augen. „Deine Familie? Einen Haufen Hunde hast du hier!“, knurrte er mir entgegen und ich musste mich zusammenreißen, ihm nicht sofort den Kopf abzureißen. Ich sah, wie er auf Jared losgehen wollte und nahm ihm kurzer Hand das, was ihn so mächtig machte. „Ich habe dir deine Wolfsseele verschlossen“, erklärte ich ihm, nachdem ich den verwirrten Anblick genossen hatte. Ich fragte die anderen ob sie wohlauf waren und erst nachdem es mir bestätigt worden war, konnte ich beruhigt sein und mich dem fremden Alpha wieder zuwenden. „Du kannst dich jetzt ergeben und dich Jared und mir und unserem ganzen Rudel unterwerfen, lässt dich bis zum Omega herab, oder wir werden dich hier und jetzt zerfleischen, deine Seele gefangen in der Hülle deines toten Körpers“, erklärte ich ihm in ruhigem Ton, konnte jedoch nicht verhindern, dass mein Unterton mehr wie aggressiv klang. Ich sah, dass er sich nicht rührte und so unterdrückte ich ein Knurren und begab mich in die Lunastellung, damit er sich mir unterwerfen konnte. Jared stellte sich neben mich und erst, als er meine Hand nahm fiel mir auf, dass ich in menschlicher Gestalt vor dem Rudel stand. Auch er nahm die Alphastellung ein und wir schauten auf die menschliche Form eines Alphas herab, dessen Gesicht mir schwer bekannt vorkam, doch ich konnte ihn einfach nicht zuordnen. Immer mehr Wölfe unseres Rudels schlossen sich an und wir standen in einem großen Kreis um ihn herum, eine große Familie, ein Zusammenhalt. Und dann ging alles ganz schnell. Ein anderer Wolf sprang in die Kette hinein, riss einem unserer Familienmitglieder die Kehle heraus und knurrte uns bedrohlich an. Der Junge, der angegriffen wurde, fiel um und blutete. Er zuckt noch einmal und ich hörte, wie sein Herz aufhörte zu schlagen. Ich sprang auf den Wolf zu, verwandelte mich dabei und versuchte ihn anzugreifen. Innerhalb von Sekunden lag ich unter ihm und seine Zähne bohrten sich in meinen Hals, bis eine warme Flüssigkeit sich über mein Fell verteilte. Ich hörte Jareds Stimme aus der

Ferne „Vertraut mir“ knurren. Im nächsten Moment wurde mir schwarz vor Augen und ich hoffte, dass mein Plan aufgehen würde.

Ich spürte, wie sich meine Seele von meinem Körper löste und ich wie ein Geist danebenstand. „Jared?“, fragte ich vorsichtig, um zu testen, ob die Verbindung vorhanden war. Er heulte den Mond an, um mir das Zeichen zu geben, dass er mich hören konnte. Damit lief ich zu Melina herüber und flüsterte ihr ins Ohr, dass sie den Alpha in Brand setzen sollte und hoffte, dass sie mich hören konnte. Kurz schien sie verwirrt, doch dann knurrte sie und ich konnte wieder das Feuer in ihren Augen sehen. Im Bruchteil einer Sekunde stand sie selbst in Flammen, fixierte den Fremden mit ihrem Blick und er jaulte mehrfach auf, bevor er Feuer fing. Durch den Tod meines Körpers war seine Wolfsseele wieder frei und so konnte sein Fell viel schneller in Flammen aufgehen, als wenn er in menschlicher Form war. Er wehrte sich stetig, doch dann legte er sich nieder. Er beugte sich dem Willen von Melina und winselte sie an, sie solle aufhören. Dann stellten sich alle anderen Mitglieder unseres Rudels neben sie und er unterwarf sich dem Rudel. Schnell stieg ich zurück in meinen Körper und stand auf. Ich konnte sehen, wie erstaunt einige Wölfe waren und ich versprach ihnen alles zu erklären. Kaum, dass ich wieder bei meinem Rudel, meiner Familie stand, war Jared an meiner Seite und wir übernahmen die Oberhand. Dem Alpha folgten auch sein Beta und der Rest seines Rudels und wir wussten, dass wir es geschafft hatten. „Andre“, stellte er sich nun in menschlicher Form vor.

In diesem Moment sah ich ein Bild vor mir, von einem jungen Mann, der Andre zum Verwechseln ähnlichsah. Er stand vor mir und lachte mich an. Seine Augen strahlten erst in Blau, dann in Schwarz, dann Grün und dann auch einmal in Rot. Ich hörte ein kleines Mädchen kichern und dann lief Andre weg, als hinter ihm die Tür eingetreten wurde. „andre“, rief das kleine Mädchen und dann war es vorbei.

„Mara“, stellte ich mich ihm vor und auch Jared stellte sich vor und reichte ihm die Hand. Benni kam auf uns zu und starrte

Andre wütend an. „Mit dir habe ich noch eine Rechnung offen“, knurrte er Andre an und umarmte mich dann stürmisch. „Gott sei Dank geht es dir gut“, murmelte er in mein Ohr und ich drückte ihn nur an mich und erklärte ihm alles schnell im Kopf. Ich trug ihm auf die anderen zu informieren, damit sich niemand mehr Sorgen zu machen brauchte.

Dann deutete ich Andre und Jared mit hineinzukommen. Es gab da noch einiges zu bereden.

## Epilog:

Wir setzten uns im Wohnzimmer auf das Sofa und ich hielt Jareds Hand fest umklammert, als sich Andre uns gegenüber hinsetzte. „Ich denke, du wirst viele Fragen haben“, begann Andre und ich brannte plötzlich darauf alles über ihn zu erfahren. „Woher kommst du?“, fragte ich und beschloss die Sache ganz langsam anzugehen. „Ich weiß nicht genau, woher ich komme, ich bin eine Vollwaise. Ich bin in einem Heim gewesen und wurde von mehreren Familien adoptiert. Meine Kindheit war nicht einfach“, erklärte er und schaute dabei nachdenklich auf den Boden. „Seit wann weißt du, dass du ein Wolf bist?“, fragte Jared und Andres Antwort schien ihm sehr schwer zu fallen. „Seit meinem 16. Lebensjahr“, murmelte er, „Ich wurde von einer Familie von Wölfen adoptiert und sie haben mich aufgeklärt.“ „Und wie wurdest du zum Alpha?“, schoss Jared gleich nach. „Ich war ein Teil des Rudels und der Alpha und seine ganze Familie wurden ausgelöscht. Zumindest war das alles, was wir erfahren haben. Ein paar Mitglieder waren noch übrig, also haben wir uns zusammengeschlossen und sie haben abgestimmt, wer der neue Alpha sein sollte. Sie haben mir diese Rolle zugesprochen."

Ich wurde mit der Zeit immer nachdenklicher und war mir nicht mehr sicher, was ich davon halten sollte. Wer war dieser Mann? Und wieso schien er mir so bekannt zu sein? Wieso schaute er mich so mitleidig an? All diese Fragen, die sich mir stellten.

„Du hattest also eine Familie?", fragte Jared ihn und er schaute ihm tief in die Augen. „Ja, und ich habe sie geliebt. Sie haben mir eine neue Welt gezeigt, mir geholfen meinen Körper zu verstehen und sie haben mich ausgebildet." „Wie lange warst du bei ihnen?", fragte mein Mate ihn immer weiter. „Etwa zwei Jahre. Das Alphapaar hat in dieser Zeit eine Tochter geboren, einen Sohn hatten sie schon. Ich habe keine Ahnung, was aus ihnen geworden ist. Ich habe ihre Spur verloren", gestand er kleinlaut. „Wie kannst du es wagen sie dann aufzugeben", knurrte Jared ihn an und da wurde es mir klar. „Jared", knurrte ich ihn an.

„WAS?“, blaffte er mich an. „Er hat es nicht aufgegeben“, erklärte ich ihm und schaute Andre an, der den Kopf angehoben hatte. Er schaute mich einen Moment lang an und dann schien ihm ein Licht aufzugehen. Ich ließ meine Wolfsaugen aufleuchten und zeigte ihm meine Kindheitserinnerungen durch die Verbindung, die zwischen uns durch die Unterwerfung möglich war. „Oh mein Gott“, flüsterte er, „Mara, es tut mir so leid!“

„Was?“, fragte Jared verwirrt, doch hier musste ich meinen Mate ignorieren, denn Andre zeigte mir Bilder, die ich nie für möglich gehalten hatte und ich sah vor mir eine Frau, die mir so verdammt ähnlichsah und die mich anlächelte und dann hochhob. Es war eindeutig aus Andres Sicht, denn ich schaute als Außenstehender zu. „Mama“, rief das kleine Mädchen erfreut und schlang ihre dünnen Arme um die Frau.

Ich musste kurz überlegen, aber dann fiel mir auf, dass diese Frau eine starke Ähnlichkeit mit meiner Patentante hatte. Und dann fing es an zu rattern, bis der Groschen fiel und mir ein Licht aufging. „Andre?“, fragte ich leise und mit zitternder Stimme. „Ja?“, fragte er und auch Jareds Aufmerksamkeit lag ganz auf mir. „Du hast die Kinder aus den Augen verloren und immer weitergesucht?“, fragte ich und er nickte nur und überlegte, während er mich musterte. „Du hast sie gefunden“, murmelte ich und blickt ihm in die Augen und genau dieser Moment schien ihm zu bestätigen, was er vermutlich schon die ganze Zeit gedacht hatte, aber erst als ich ihm das Bild von meiner Patentante zeigte, glaubte er mir, dass nichts so war, wie es schien. Nichts war so, wie ich es kannte.

„Mara?“, fragte Jared. „Andre ist mein Adoptivbruder“, murmelte ich völlig verstört, „Mein ganzes Leben ist eine einzige Lüge!“

# The End

# Danksagung:

Ganz besonders bedanken möchte ich mich bei denen, die mich motiviert, unterstützt und weitergebracht haben. Ohne ihre Hilfe wäre dieses Buch nie zustande gekommen.

Weitere Personen, denen ich danken muss, sind u.a.

- Michelle Hannig, weil sie sich sämtliche Ideen von mir anhören musste und mich um einige Ideen bereichert hat.
- Martina Roth, weil sie einen Teil meines Buches Korrektur gelesen hat und mir Anreiz zu Neuem gegeben hat.
- Steffen Möck, der meine Geschichten immer gelesen, korrigiert und unterstützt hat.

- Wattpadleser/-innen, die immer mitgefiebert haben und mich motiviert haben weiter zu schreiben.
- Mein Papa, der mir das Bild für das Cover zur Verfügung gestellt hat.
- Meine Mama, die mir bei der Grundidee geholfen hat.
- Meine Familie, die mich immer wieder zum Schreiben motiviert hat und immer an mich geglaubt hat.

Danke an alle, die an meiner Seite standen und meine Geschichte gelesen haben.

Viele Liebe Grüße

Eileen Bonoch

# Rezessionen:

„.. denn die Geschichte ist echt schön."

„Hört sich mega interessant an"

„War 'ne Empfehlung und spätestens als ich gelesen habe, wie die Hauptdarstellerin heißt, war ich begeistert."

„Oh Gott, ich musste selbst weinen bei der Szene mit Benni, kurz danach war ich wieder glücklich und hab einen Jubelschrei ausgestoßen."

„Die Geschichte ist voll schön"

„Klasse Geschichte, freu mich schon sie weiterzulesen."

„Erst mal Lachflash des Todes bekommen."

„Drama Baby Drama"

„.. Ich bin süchtig nach deiner Story"

„Dieser Moment, wenn du plötzlich eine fremde Stimme in deinem Kopf hast! Passiert mir auch ständig!"

„Weißt du was ich toll finde an dieser Geschichte? Ich hab' bis jetzt immer nur Geschichten gelesen, wo sie sofort weggerannt sind und hier ist es eben anders, wirklich sehr gut"

„Scheiße, ist die gut“

„Ich finde es wahnsinnig toll, wie du immer wieder neue Ideen findest. In deiner Story wird es nie langweilig!“

Michael Kotsch



# Sakrileg

## Geheime Evangelien?

**Reihe *AUFKLÄRUNG***
**der Arbeitsgemeinschaft für Religiöse Fragen (A.R.F.)**

Band 59

LOGOS

Logos Verlag

Michael Kotsch
**Sakrileg**
Geheime Evangelien?

1. Auflage 2005


Umschlag: Daniel Janzen
Satz: Gerhard Friesen

ISBN: 3-936850-22-4
Bestell Nr. 06-5-059

## Inhaltsverzeichnis

# Einleitung

Nach dem Harry-Potter-Zauber stürzt sich das mythengierige Publikum auf die nächste Rätseldroge: die Suche nach dem Heiligen Gral. Bücher wie Dan Browns Bestseller „Sakrileg" und Filme wie „Das Vermächtnis der Tempelritter" erzählen die uralte Abenteuergeschichte mit neuer Lust am Fabulieren.

Der Heilige Gral und kein Ende. Der neuerliche Boom um den mythischen Becher, der Jesu Blut barg, wurde ausgelöst durch Dan Browns rasanten Mysterienthriller Sakrileg. Im Louvre war Ungeheuerliches geschehen: Just unter einem Gemälde Leonardos wurde der Direktor der heiligen Hallen dahingemeuchelt. Langdon, ein Fachmann für Symbolistik, gerät in Verdacht und macht sich mit der Enkelin des Museumsdirektors auf die Flucht nach England. Geleitet von verschlüsselten Leonardo-Hinweisen, beginnt ein chiffreknackender Rätseltrip durch die Religionsgeschichte des Abendlandes - die plötzlich in einem gänzlich anderen Licht aufleuchtet.

Kaum ein Buch kann in den letzten Jahren auf einen ähnlichen wirtschaftlichen Erfolg zurückblicken. Weltweit wurden bisher **mehr als 26 Mio. Exemplare** verkauft, allein in Deutschland etwa 1 Mio. Monatelang hielt sich das „Sakrileg" auf den Spitzenplätzen aller Bestsellerlisten. In 44 Sprachen ist der Roman zwischenzeitlich erhältlich. Zahllose Bücher über Maria Magdalena, die Templer oder die Verschwörung der Katholischen Kirche wurden im Gefolge dieses Megaerfolges veröffentlicht und von interessierten Lesern verschlungen. Als das Wissenschaftsmagazin „Galileo" (ProSieben) sich in einer Sondersendung am 23.5.2005 Dan Browns Verschwörungsthesen widmete, konnten beste Zuschaltquoten erreicht werden. Sensationell gut lief es für die von den US-Autoren und Produzenten Thomas Quinn und Rob Blumenstein zusammengestellte Dokumentation. Die Spezialausgabe von „Galileo", die sich dem Thema „Sakrileg - Ein Code wird entschlüsselt" widmete, erzielte mit 2,85 Millionen 14- bis 49-jährigen Zuschauern hervorragende 26,7 Prozent Marktanteil.

Dass der Gral die Menschen auch weiterhin in seinen Bann schlagen wird, dafür hat Brown mittlerweile selbst gesorgt. Nach monatelangem Pokern verkaufte er die Filmrechte an „The Da Vinci Code" für sechs Millionen Dollar an Sony Pictures. Oscar-Preisträger Brian Grazer und John Calley produzien den Film im Sommer 2005 unter der Regie von Ron Howard („A Beautiful Mind"). Für das Drehbuch zeichnet Akiva Goldsman verantwortlich und in der Hauptrolle wird ab dem 18.5.2006 Megastar Tom Hanks als Robert Langdon zu sehen sein. Weitere Rollen übernehmen: Audrey Tautou (Sophie Neveu), Jean Reno (Bezu Fache), Ian McKellen (Sir Leigh Teabing), Alfred Molina (Bishof Aringarosa) und Paul Bettany (Silas).[1]

Die **öffentlichen Beurteilungen** des Romans „Sakrileg“ allerdings fallen denkbar unterschiedlich aus: Die „New York Times“ lobte ihn als „anregend, geistvoll und spannend“. Der Londoner „Guardian“ hingegen verriss das Buch als „ein paar hundert Seiten von ärgerlich fesselndem Quatsch.“ Und die katholische Kirche ist natürlich entrüstet. „Browns Buch gibt fälschlich vor, wissenschaftlich korrekt zu sein, und infiziert so die Leser mit heftiger Feindseligkeit gegen die katholische Lehre“, klagt die Kirchenzeitschrift „Crisis“.[2] Der Spiegel resümiert: „Das Buch des milchgesichtigen Sohnes eines Mathematikprofessors, der seine Weihnachtsgeschenke nur durch Lösen von Rechenaufgaben finden durfte, ist zwar keine große Literatur, dafür bester James Bond.”[3]
Nicht die Morde oder Verfolgungsjagden haben Browns Roman zu einem heiß diskutierten Buch werden lassen, sondern die darin entfalteten religiösen Überlegungen. Letztlich geht es ihm darum zu klären, ob nicht die ganze christliche Überlieferung durch kirchliche Machos verfälscht wurde und **Jesus** eigentlich **Gründer einer feministischen Religion** gewesen sei, von dem apokryphe Evangelien erzählten. Nebenbei klärt er für seine Leser Fragen wie: Warum ließ der verstorbene französische Staatspräsident Mitterand handstreichartig eine gläserne Pyramide errichten, bestückt mit 666 Glaspaneelen? Was ist der „Heilige Gral”? War Maria Magdalena Jesu Geliebte oder Ehefrau? Wurde sie darum später zur Hure degradiert? War Jesus tatsächlich mit Maria Magdalena verheiratet? Wurde sie – nicht Petrus – von ihm beauftragt, seine Lehre zu verkünden? Hat sie ihr eigenes Evangelium verfasst? Hatten die beiden ein gemeinsames Kind? Leben ihre Nachfahren noch heute unter uns? Waren einige Genies aus Kunst und Wissenschaft, wie Leonardo da Vinci und Isaac Newton, wirklich Mitglieder von Geheimgesellschaften, die über stichhaltige Informationen zu diesem historischen Tatbestand verfügten?
Dan Browns „Sakrileg” ist ein Roman - eine **literarische Erfindung**. Was um alles in der Welt bringt dann vernünftige Menschen dazu, neuerdings im Louvre nach versteckten Blutspuren zu suchen, französische Kirchen mit misstrauischen Blicken zu durchwandern und altbekannte Kunstwerke von Leonardo da Vinci neu zu sehen? Die Antwort liegt einfach darin, dass Dan Brown in seinem Religions-Thriller eine abenteuerliche Verschwörungsgeschichte so verpackt hat, **als beruhe sie tatsächlich auf Fakten**. Und viele seiner Leser glauben ihm aufs Wort.

Romane haben meist keinen hohen Anspruch auf Wahrheitstreue. Dennoch können Romane Vorstellungen und Meinungen ganzer Generationen prägen - besonders dann, wenn man von den geschilderten Rahmenbedingungen und -kulturen keine Ahnung hat. Karl May hat dies mit seinen phantasiereichen Schilderungen bewiesen und ein eigenes Klischee des Wilden Westens wie des Orients geprägt. Der Amerikaner Dan Brown ist gegenwärtig dabei, mit seinen Bestsellern in weiten Teilen der Bevölkerung ein völlig verzerrtes Bild der Kirchengeschichte und des christlichen Glaubens zu prägen. Seine Bücher „Illuminati“ und „Sakrileg“ sind enorm spannend, transportieren aber neben der offensichtlich fiktiven Story auch viele handfeste und **ideologisch motivierte Fehlinformationen**. Deren Verwechslung mit historisch belegten Tatsachen ist offenbar gewollt, denn beide Bücher enthalten einleitend einen kurzen Abschnitt, in dem die Faktizität der Rahmenelemente behauptet wird (S. 9). Auch die ausgedehnten Danksagungen an Museen und wissenschaftliche Einrichtungen vermitteln dem Leser den Eindruck faktischer Zuverlässigkeit.

Viele Buchbesprechungen enden mit dem Nachsatz: „Es ist nur ein Roman, aber die Behauptung, dass Jesus verheiratet war, wurde sorgsam recherchiert und ist sehr interessant“. **Brown selber will den Roman im Kern als geschichtlich wahr verstanden wissen**, so seine Aussage im Interview: „Ich habe vor drei Jahren meine Recherchen mit höchster Skepsis begonnen. Aber heute glaube ich, dass die Geschichte im Kern stimmt.“ Mit seinem Buch möchte Brown „eine Tür beim Leser öffnen“ für die Erkenntnis, dass die Geschichte Jesu aus politischen Gründen verfälscht wurde.[4] Auch auf seiner Homepage bezieht Brown immer wieder Stellung: „Alles ist wahr, es geht wirklich darum, diese Verschwörung aufzudecken, wir werden erst glücklich, wenn wir die Wahrheit wieder zur Geltung bringen...“.[5] Auf Seite 9 von “Sakrileg” versichert Brown: „Sämtliche in diesem Roman erwähnten Werke der Kunst und Architektur und alle Dokumente sind wirklichkeits- bzw. wahrheitsgetreu wiedergegeben”. Das hört sich seriös an, ist aber irreführend, denn über die Glaubwürdigkeit der zitierten Quellen sagt dieser Satz überhaupt nichts aus.

Dan Brown glaubt das, was er geschrieben hat (zumindest tut er so). Auch seine Leser sehen den Roman nicht nur als eine nette Geschichte an, sondern glauben, einer epochemachenden Enthüllung beizuwohnen. Ein Blick in die Rezensionen auf www.amazon.de (und ähnliche) macht klar: Der Roman macht aus Lesern „Dan Brown-Jünger”.

Manche verunsicherten Christen sind nun sicher, dass „die Kirche” abgrundtief böse ist. Und viele, die den Roman nicht gelesen haben, werden plötzlich mit der Behauptung konfrontiert, dass es nun doch „erwiesen ist, dass der ganze Glaube nichts als ein großer Betrug ist”.[6]

Eine Auswahl von Stellungnahmen aus dem Internet soll einen Eindruck davon vermitteln, wie Browns Leser über seine religiösen und historischen Spekulationen denken:[7]

Für Marina ist Sakrileg „ein geniales Buch”. „Ich habe auch „Sakrileg” gelesen und bin jetzt süchtig nach diesem Buch geworden. Habe mir sogar weitere Literatur zum Thema Opus Dei, da Vinci, Maria Magdalena und anderen

Verschwörungstheorien gekauft und kann ehrlich gesagt nicht genug davon kriegen! ..." Loki: „Sakrileg ist ein geniales Werk ..."
Anika meint, dass Browns Bücher in den Unterricht gehören: „Ich habe die amerikanische Fassung -the da vinci code- gelesen und es durchgesetzt, dass meine Oberstufenklasse „Illuminati" im Unterricht liest. Wie man sieht, bin ich schon total Brown-„besessen". Nur noch zwei Worte.... einfach genial!!!"
Angesichts der abenteuerlichen Thesen Dan Browns beschleichen Leser wie Ikaron vage Zweifel: „Die Frage, die mich spätestens seit der Behauptung bzgl. Maria Magdalena und Christus nicht in Ruhe ließ: wo hören Fakten auf, wo beginnt Fiktion? Gegen Ende des Buches hat diese Frage allerdings weitestgehend an Bedeutung verloren. Denn wichtig ist, wie Langdon selbst sagt, nicht unbedingt das, was man glaubt, sondern dass man glaubt. Und **seine Wahrheit findet im Grunde sowieso jeder für sich**." Leicht resignativ klingt diese Schlussfolgerung, derzufolge historische Wahrheit gar nicht mehr gesucht werden muss. Anderen Lesern kommen nicht die geringsten Bedenken an der Glaubwürdigkeit von Browns Geschichtsschreibung. Hans-Jürgen meint: „Wie immer hat Dan Brown hervorragend gut recherchiert." Brolen ergänzt: „Man erfährt so einiges, von dem man bisher keine Ahnung hatte und es sich auch nicht vorstellen hätte können."
Romanleser wie Elisa folgen Browns Gedankengängen und wollen sich durch eigene Beobachtungen vergewissern: „Bin gerade parallel dabei, mich mit meinen eigenen Augen davon zu überzeugen, dass Maria Magdalena neben Jesus sitzt (Das letzte Abendmahl). Man sieht, dieses Buch lässt einen nicht mehr los ..." Mit Stefan attestieren viele Leser Dan Brown eine außergewöhnliche Glaubwürdigkeit: „Ein Buch zum verschlingen, was mich dann auch dazu angeregt hat, mal nachzuschlagen, was genau Fiktion ist, was Realität und was tatsächlichen Sagen entspricht. Dabei ist mir das unglaubliche Ausmaß der Recherche aufgefallen, die Dan Brown betrieben hat."
Dirk sieht in Browns Romanen zuverlässige, populärwissenschaftliche Aufklärungsbücher: „Sowohl Illuminati als auch das Sakrileg sind eine Herausforderung für den eigenen Geist. Beide Bücher sind brillant. ... Spannung, Wissenschaft, Theologie und Kunst werden in einer Art zusammengefügt, dass einem der Atem stockt. **Diese Bücher sollten zur Pflichtlektüre werden**." In seiner Rezension unterstützt Ulrich Deurer diese Auffassung: „Genaue Recherchen an den Schauplätzen und penible historische Studien in Zusammenarbeit mit seiner Frau Blythe, einer Kunsthistorikerin, machen das umfangreiche Werk nicht nur für Historiker und Religionswissenschaftler, sondern gerade auch für ein großes Publikum zu einem echten Vergnügen."[8]
Insbesondere Browns Kritik an Kirche und christlichem Glauben wird für bare Münze genommen. Prisca: „Dieses Buch (Sakrileg) fand ich echt super. ... Das Hinterfragen von gewissen Sachen in der Kirche ist sehr gut. Es beweist mir, dass in der katholischen Kirche wirklich nicht alles zum

Besten ist.“ Nach Daniel sind die Schurken des Romans dieselben wie im wirklichen Leben: „Der Mann spricht mir aus der Seele! Er schafft es, meine Zweifel und meine **Abneigung gegenüber dem Christentum** noch mehr zu steigern, auch wenn nicht immer ganz ersichtlich ist, was nun tatsächlich auf Tatsachen beruht.“

Für Hilde wird in Sakrileg endlich einmal auf die mutmaßlichen Manipulationen des Vatikans hingewiesen: "Hast du schon mal den Spruch gehört, ‘Geschichte schreiben immer die Sieger’? In unserem Kulturkreis waren Christen Sieger ... Es ist heute eine allgemein bekannte Tatsache, dass in Vatikanarchiven Schriften lagern, die außer den Verfassern fast noch nie ein Mensch gesehen hat (das ist keine Erfindung von Dan Brown). Warum wohl? Ist der Rest der Menschheit zu dumm, um zu verstehen, was da geschrieben wurde?” Tanita schreibt dazu: „Wahnsinn! Die Geschichte ist nicht nur spannend, sie hat mich auch in allem bestätigt, was ich u.a. von unserer Kirche/Religion gehalten habe. Habe mir dann auch tatsächlich mal das Bild vom letzten Abendmahl angeschaut und gestaunt. Da Vinci war nicht der einzige, der eine Frau unter den Jüngern abgebildet hatte.”

„NCD” stimmt begeistert damit überein: „Mag sein, dass die Enthüllungen über das Leben Jesu in Fachkreisen eigentlich längst keine solchen mehr sind, aber durch Sakrileg erreicht dieses historische Wissen erstmals die Weltöffentlichkeit! Also Respekt, Dan!”Auch Vronis Bild von der Kirche ist stark Brownlastig: „Ich habe bis jetzt alle drei Bücher von Dan **Brown** gelesen, und das, obwohl ich (erst) 15 bin. Er **kann die Zusammenhänge und die Lage der Kirche wunderbar erklären**.” Thomas überlegt in diesem Zusammenhang: „Vielleicht wäre es für viele doch besser, an eine 'neue' Jesus Geschichte zu glauben als an eine 'alte'.” Auch Janin ist eher geneigt Browns Geschichtsschreibung zu glauben als der etablierten historischen Wissenschaft: „Ich werfe den Menschen, die dieses Buch herunterspielen, Neid, Missgunst und Dummheit vor. Wer hat ein Geschichts- und Sachbuch jemals zuvor so geschickt verpackt? Ich bin dafür, es an Schulen in den Unterricht mit einzubeziehen. Vielleicht fangen die “Kinder” an, mal etwas in Frage zu stellen und ihr Hirn zu betätigen. Im Übrigen ist schon vielen Menschen zuvor aufgefallen, dass da Vinci sein Abendmahl etwas anders darstellte , als es die Kirche gerne gehabt hätte.” Ein Stuttgarter Rezensent: „Ich liebe dieses Buch, ... es ist großartig. **Es muss endlich Schluss sein mit der Verfälschung des Glaubens**.”

In der Kritik der katholischen Kirche sieht Michael einen Beleg für die Wahrheit von Browns Thesen: „Es fasziniert und amüsiert mich doch, dass, kaum dass ein Buch auf den Markt kommt, in dem der katholischen Kirche endlich einmal der Spiegel vorgehalten wird und sie ihre eigene Teufelsfratze erkennen muss, die christlichen Fundamentalisten schon wieder ihren Verleumdungsfeldzug starten.”

Die hier gesammelten Stimmen stehen für zahlreiche andere Leser, die sich durch Browns provokante Thesen über das Leben Jesu und die Geschichte der Kirche bestätigt fühlen.
Die Wahrheit finde sich nach Brown versteckt im Neuen Testament und in verbotenen Bibeltexten: Maria Magdalena war für Jesus zweifelsfrei eine intime Vertraute, es gibt sogar Hinweise auf eine Hochzeit. Von ihm erhielt sie noch vor den zwölf Aposteln den Auftrag, die christliche Lehre zu verbreiten. Alten Überlieferungen zufolge wanderte Maria Magdalena nach Frankreich aus. Möglicherweise waren später die Templer ausersehen, die Nachkommen Jesu zu schützen.
Nicht alle Leser aber sehen im „Sakrileg" eine zuverlässige Informationsquelle über die Geschichte des christlichen Glaubens. **„Alle in diesem Roman erwähnten Dokumente sind wirklichkeits- und wahrheitsgetreu wiedergegeben", versichert der Autor** auf den ersten Seiten seines Romans. Offen bleibt, wie freizügig Brown mit den „wirklichkeitsgetreuen Dokumenten" umgeht. „Er hat einfach ein paar Samenkörner historischer Wahrheit genommen und aus ihnen dann fantastische Blüten treiben lassen", urteilt der US-Religionshistoriker Christopher Bellitto.[9]
Grobe Geschichtsklitterung und den Versuch einer Diskreditierung der katholischen Kirche wirft der italienische **Kardinal Tarcisio Bertone** dem Bestseller-Autor Dan Brown vor. In seinem Roman „Sakrileg" habe Brown die gesamte Grals-Tradition verdreht und die Geschichte manipuliert, sagte der Erzbischof von Genua in einem Interview der Tageszeitung „il Giornale". Die Konstruktion, dass Jesus Kinder mit Maria Magdalena gezeugt habe, sei absurd.
Ebenso frei erfunden sei die Behauptung, dass die katholische Kirche das weibliche Element aus der Religion herausgedrängt habe. Bertone erinnerte daran, dass Frauen in den Evangelien eine herausragende Rolle spielten. Als weiteres Beispiel für die Bedeutung der Frau in der Kirche nannte er die Tradition der Marienverehrung.
Als „Ammenmärchen" bezeichnete der Kardinal jene Inhalte, die Brown den apokryphen Evangelien zuschreibt. Falsch sei auch die Behauptung, dass der Kanon der Evangelien unter Kaiser Konstantin beschlossen worden sei. Dieser Vorgang habe vielmehr schon im zweiten Jahrhundert stattgefunden. Bertone betonte, es sei frappierend und Besorgnis erregend, wie viele Menschen die in dem Roman zusammengestellten Lügen und Fälschungen für Wahrheit hielten.[10]
In den folgenden Betrachtungen sollen Dan Browns religiöse Behauptungen vor dem Hintergrund seines Romans verständlich gemacht werden, um sie dann logisch, religionswissenschaftlich und historisch auf ihre Stichhaltigkeit hin zu überprüfen.

# 1. Der Autor

Mit nur vier Romanen ist Dan Brown zum absoluten Topautor der amerikanischen Unterhaltungsliteratur geworden und zieht mit seinen Bestsellern nunmehr auch Europa in seinen Bann. *Über seinen Erfolg sagt er, dass die Ursache seines Erfolgs nicht seine Schreibkunst sei, sondern, so Brown wörtlich: „Geheime Gesellschaften, verstecktes Wissen, verloren gegangene Geschichte, sinistre Verschwörungen, so etwas spricht alle an, vom Chefarzt bis zum Klempner, von der Designerin bis zur Küchenhilfe“.*[11]. Geboren wurde Dan Brown am 22.06.1964 in New Hampshire (USA) als Sohn eines mehrfach ausgezeichneten Mathematikprofessors und einer bekannten Kirchenmusikerin. Mit dem Hinweis auf die unterschiedlichen Berufe seiner Eltern begründet Brown sein **Interesse für Religion und Wissenschaft**. Bereits der kleine Dan war Rätseln und Geheimnissen zugetan. „Bei uns lagen an Weihnachten die Geschenke nicht einfach unter dem Christbaum. Sie waren versteckt. Vater verschlüsselte den Fundort in Bilder- oder Zahlenrätseln, die mussten wir knacken.“ Seine Ausbildung am Amherst College schloss Brown mit einem Bachelor Abschluss in Englisch ab. Nach dem College studierte Brown zwei Jahre **Kunstgeschichte in Sevilla**: „Mich faszinierte immer, wie viele Informationen Künstler in ihren Werken versteckt weitergaben. Zur Zeit der Renaissance etwa, konnte man nicht einfach laut verkünden, was man glaubte. Sonst endete man sehr leicht als Ketzer auf dem Scheiterhaufen.“[12] In den folgenden Jahren unterrichtete er Englisch, ohne sich schriftstellerisch zu engagieren. Im Gegenteil, bis zu seinem Abgang vom College hatte Dan Brown noch keinen Roman aus der modernen Unterhaltungsliteratur gelesen. **Seinen Weg zum Bestsellerautor** beschreibt Brown gerne in folgender Geschichte: Als er 1994 Urlaub auf Tahiti machte, fiel ihm zufällig ein Exemplar von Sidney Sheldons „Die letzte Verschwörung” in die Hände. Er begann zu lesen und hatte das Buch ein paar Stunden später ausgelesen. „Das kann ich auch”, sagte er sich und begann, kaum dass er zu Hause war, die Arbeit an seinem ersten Roman. „Digital Fortress” (deutsch: Diabolos, 2005) wurde 1996 zunächst als E-Book veröffentlicht und erschien später als Taschenbuch bei St. Martins's Press. Vier Jahre später gelang Dan Brown mit „Angels and Demons” (deutsch: Illuminati, 2003) der Durchbruch. Der Roman um den Harvard-Professor Robert Langdon, der einer Verschwörung im Vatikan auf die Spur kommt, entpuppte sich als großer Erfolg. Genauso wie der ein Jahr später veröffentlichte Roman „Deception Point” (deutsch: Meteor, 2003), der einen spektakulären Meteoritenfund zum Inhalt hat. Den endgültigen Durchbruch zum neuen Superstar der amerikanischen Unterhaltungsliteratur gelang Dan Brown mit dem zweiten Auftritt des Pofessors Robert Langdon. „The da Vinci Code” (deutsch: Sakrileg) war der unumstrittene US- Bestseller im Jahr 2003. Vom „Da Vinci Code” verkaufte Dan Brown in den

USA fast sechs Millionen Exemplare und steht seit über vierzig Wochen auf Platz 1 der Bestsellerliste der New York Times. Aber auch in Deutschland war Dan Brown auf Anhieb erfolgreich. **Den Roman habe er geschrieben, um zur Auseinandersetzung über Religion und Glauben anzuregen**, so Brown. Heute lebt Dan Brown mit seiner Frau Blythe, einer Kunsthistorikerin, in Neuengland und bereitet seine Romane durch intensive Reisen und Recherche vor. Zu seinen Hobbys zählen Tennis und Klavier spielen. Seiner Studienzeit in Sevilla verdankt Dan Brown die Liebe zur spanischen Musik. So zählen der spanische Sänger Franco da Vita, die Gypsy Kings und die Sängerin Enya zu seinen Lieblingsmusikern. Aber auch der Literatur ist Dan Brown sehr verbunden. Zu seinen Lieblingsautoren gehören John Steinbeck (wegen der großartigen Beschreibungen), Robert Ludlum (wegen des Handlungsaufbaus) und William Shakespeare (Wegen seiner Wortgewandheit).[13]
Seiner Schriftstellerei geht Brown am liebsten ab fünf Uhr morgens nach. Dazu fährt er von seinem Haus an der Küste von New England zehn Meilen zu einer nüchternen Dichterklause im Nachbarort. Kein Telefon, kein Email-Anschluss, keine Ablenkung. Dafür diszipliniert sechs bis sieben Stunden am Computer, wo ihm die Texte nicht genialisch herausrutschen, sondern Tag für Tag mühsam erkämpft werden: „Ich schreibe für jede Seite, die gedruckt wird, zehn andere, die ich wieder wegschmeiße." Zur Zeit arbeitet Dan Brown an einem neuen Robert-Langdon-Roman mit dem Titel **„The Solomon Key"**, der **2006** in den USA erscheinen soll. Dabei handelt es sich um eine thematische Fortsetzung von „Sakrileg", in der Langdon zum ersten Mal ein Abenteuer in den USA erlebt und sich mit der verborgenen Geschichte Washingtons beschäftigen wird.

In Interviews **bezeichnet sich Dan Brown als Christ**, aber „vielleicht nicht im traditionellen Sinne des Wortes. Wenn Sie drei Menschen fragen: „Was heißt es, ein Christ zu sein?", dann erhalten sie drei verschiedene Antworten. Die einen meinen, man müsse getauft sein. Die anderen sagen, man muss die Bibel für historisch wahr halten. Wieder andere verstehen unter Glauben die Tatsache, dass alle, die nicht an Christus als ihren persönlichen Erlöser glauben, in die Hölle gelangen. Glaube ist ständige Veränderung und jeder folgt dem Glauben, der ihm gefällt... Wir alle versuchen, das große Geheimnis des Lebens zu entschlüsseln, und **jeder folgt dabei seinen eigenen Erleuchtungen**. Ich bekenne mich als ein Schüler vieler Religionen. Je mehr ich lerne, um so mehr Fragen habe ich. Für mich wird die spirituelle Suche ein lebenslang unvollendetes Werk bleiben."[14]
Mit anderen Worten: Dan Brown ist sich eigentlich in keinerlei Hinsicht sicher, was er glauben soll - außer, dass der traditionelle christliche Glaube falsch ist. Da ist er sich überraschenderweise sicher.[15]

# 2. Meteor - Illuminati - Sakrileg

Um Dan Brown und die von ihm propagierte religiöse Weltdeutung besser verstehen zu können, sollen hier zuerst die Themen seiner übrigen Romane kurz skizziert werden. Zutage treten werden dabei unter anderem **Lieblingsideen und Grundkonzepte,** aus denen Brown seine Romane strickt. Seine Geschichten folgen offensichtlich weitgehend einem gemeinsamen Handlungsmuster: Ausgangspunkt ist die Verschwörung im Zusammenhang mit einer großen Institution, die zumeist schon zu Beginn einen ihrer Gegener gewaltsam beseitigen lässt. Dann tritt der schöne und wissende Held auf, der sich gegengeschlechtlich mit einer Person aus dem Umfeld des Ermordeten befreundet. Beide werden von einem skrupellosen Killer gejagt, dem sie letztendlich natürlich entkommen. Um die Verbrecher zu enttarnen und das Verbrechen aufzuklären, müssen zahllose kleine Rätsel gelöst werden. Gegen Ende entpuppt sich ein enger Vertrauter der Helden als verantwortlicher Übeltäter und Mitverschwörer.
Zuerst sollen nun die in sich abgeschlossenen Romane vorgestellt werden, bevor wir uns den Geschichten um den heldenhaften Symbolik- Prof. Robert Langdon widmen.

## **Meteor** (engl. Deception Point, 2002)

Die NASA verschlingt viel Geld. Daher sieht der republikanische Kandidat für das amerikanische Präsidentschaftsamt, Senator Sexton, darin eine Chance, den amtierenden demokratischen Präsidenten, Zachary Hearny, zu schlagen. Doch da macht die **NASA** mit Hilfe von modernster Satellitentechnologie eine sensationelle Entdeckung: Tief **im Eis verborgen liegt ein Meteor** von ungewöhnlicher Größe, der zudem eine außerirdische Lebensform zu bergen scheint. Diesen spektakulären Fund will das Wahlkampfteam um US-Präsident Zachary Hearny nutzen, um den amtierenden Präsidenten aus dem Umfragetief herauszuholen und gleichzeitig die angeschlagene Raumfahrtbehörde in ein gutes Licht zu rücken. Rachel Sexton, die mit ihrem Vater (Hearnys Herausforderer) verfeindete Tochter und Mitarbeiterin des Geheimdienstes, fährt im Auftrag des Präsidenten zum Fundort des Meteoriten. Doch hier lauern Gefahren auf sie, denn eine Macht im Hintergrund will den Fund für ihre eigenen Zwecke benutzen und scheut auch nicht vor Mord zurück.
Spektakuläre Actionszenen und Intrigen wechseln sich mit populärwissenschaftlichen Erklärungseinheiten ab. Die ganze Spannung läuft auf einen relativ platten Dualismus der politischen Kontrahenten heraus, hier der engelhafte Präsident ohne Fehl und Tadel, dort der abgrundtief böse

Politiker, Intrigant und Schurke Sexton. Korruptes Gegenbild zur integren Rachel Sexton ist ihr Chef, der NRO Direktor Pickering.
In der Wahl seines Themas war Brown nicht sonderlich originell. Beispielsweise hat schon Thomas Gifford in seinem Thriller „Gomorrha“ lange vor Brown ein ähnliches Thema (US-Wahlkampftricks zweier Konkurrenten um das Präsidentenamt) aufgegriffen. Und ein Meteor ist schon Hauptgegenstand des Thrillers „Ice Ship“ von Preston/Child gewesen. Wirklich neue Ideen finden sich in Browns „Meteor“ kaum.[16]

## Diabolus

(engl. Digital Fortress, e- book 1996; Buch 2004)

Susan Fletcher - natürlich gut aussehend und hyperintelligent - arbeitet als Kryptologin bei der NSA (National Security Agency), der geheimen Machtzentrale der amerikanischen Geheimdienste. Dort überwacht sie mit einem kleinen Team von Spezialisten TRANSLTR, ein Decodierungsprogramm, mit dem von einem Supercomputer aus weltweit alle Datenströme im Internet ausgespäht und dechiffriert werden. Eines Tages wird sie von ihrem Vorgesetzten, Commander Strathmore, in die Befehlszentrale gerufen. Dort muss sie erfahren, dass TRANSLTR auf einen Code gestoßen ist, den das Programm sogar nach mehreren Stunden nicht entschlüsseln konnte.
Zusammen mit Strathmore versucht Susan, zunächst alle möglichen Fehlerquellen auszuschließen, bevor die höchste Sicherheitsstufe ausgelöst wird. Die Interpretation des **Angriffs auf die EDV-Anlage** erscheint nicht einfach. Zunächst wurde ein nicht dechiffrierbarer, weil mutierender Code, vermutet. Dann scheint es sich um einen Virus zu handeln, der nur deshalb wirken kann, weil man zuvor die Schutzmechanismen gegen Viren deaktivierte, um die Dechiffrierung wirksamer voran zu treiben. Ziel des Angriffs ist nicht die Zerstörung des Computersystems, sondern seiner Schutzmechanismen. Die Situation wird kritisch, als sich die Hinweise verdichten, dass ein ehemaliger Mitarbeiter der NSA, der geniale Kryptologe Ensei Tankado, einen ultimativen Code entwickelt hat, um die **Machenschaften der amerikanischen Geheimdienste bloßzustellen** und auf ihren Machtmissbrauch hinzuweisen.
Strathmore teilt Susan mit, dies sei der erste und einzige nicht entschlüsselbare Code und es gäbe hierfür nur zwei Schlüssel, die sie unbedingt an sich bringen müssten. Der Urheber der Datei, Tankado, hat den einen Schlüssel und sein unbekannter Partner NDAKOTA hat den anderen Schlüssel. Nachdem von diesem nur eine anonyme E-Mail-Adresse vorhanden ist, soll Susan ein Programm starten, das die Identität von NDAKOTA enthüllt.
Parallel dazu entwickelt sich ein zweiter Handlungsstrang. Nachdem Ensei Tankado unter mysteriösen Umständen in Sevilla ums Leben

kommt, überredet Strathmore Susans Freund David Becker, als unverdächtiger Kundschafter nach Spanien zu reisen, um die Hinterlassenschaften des Toten nach eventuellen **Hinweisen auf den Geheimcode** zu untersuchen und den Schlüssel zur NSA zu bringen. Doch David ist nicht der einzige, der auf das Vermächtnis des Toten angesetzt wird. Er hat einen Verfolger, der alle seine Kontakte eliminiert und am Ende auch ihn töten will, um ihm einen Code-Ring aus dem Besitz Tankados abzunehmen. Der Killer seinerseits wird von einer dritten Partei gefilmt. Dies hat eine spannende, temporeiche Schnitzeljagd zur Folge. Zeitgleich suchen die Mitarbeiter im Gebäude ebenfalls nach alternativen Lösungen. Nicht alle arbeiten dabei auf der gleichen Seite. Außerdem ist noch der unangenehme Kollege Greg Hale im Büro aufgetaucht, so dass es immer schwieriger wird, die Situation unter Kontrolle zu halten. Auch hier kommt es zu Opfern. Wie sich erst gegen Ende herausstellt, ist es Commander Strathmore, Chef der weiblichen Hauptperson Susan Fletcher, der gemeinsame Sache mit dem äußeren Angreifer macht. Damit löst sich der Fall ähnlich wie in Dan Browns Roman „Meteor", in dem schließlich NRO Direktor Pickering, Chef der weiblichen Hauptperson Rachel Sexton, als Bösewicht geoutet wird.[17]

## **Illuminati** (engl. Angels & Demons, 2001)

In Genf wird ein Kernforscher grausam ermordet, der eine neue Form von Energie, Antimaterie, entdeckt hat. Auf seiner Brust finden sich merkwürdige Symbole eingraviert, Symbole, die nur der Harvard-Professor Robert Langdon zu entziffern vermag. Was er dabei entdeckt, erschreckt ihn zutiefst: Die Symbole gehören zu der legendären Geheimgesellschaft der Illuminati. Diese geheimnisvolle Bruderschaft, die in früheren Jahrhunderten die Wissenschaft von der Kirche abzuspalten versuchte, trat schon seit Jahrzehnten nicht mehr in Erscheinung und wurde somit von Experten schon lange für tot erklärt. Doch scheint die Gemeinschaft nun wieder zum Leben erweckt. Schnell entdeckt der Direktor des Kernforschungszentrums, dass auch etwas gestohlen wurde: Der tote Wissenschaftler Leonardo Vetra und seine Tochter Vittoria hatten im Rahmen eines Geheimprojektes die biblische Schöpfung selbst - die Schaffung von Materie aus dem Nichts - nachvollzogen. Gleichzeitig hatten die Antimaterie in einer Größenordnung produziert, deren Sprengkraft ein komplettes Stadtviertel in Schutt und Asche legen könnte. Einer der Behälter mit Antimaterie ist verschwunden - und zum gleichen Zeitpunkt ereilt den Direktor ein Anruf aus dem Vatikan, in dem ein nicht identifizierbarer Behälter mit einem ebensowenig erkennbaren Inhalt an einem unbekanntent, nur auf den Überwachungsbildschirmen des Vatikanstaates sichtbaren Ort, entdeckt wurde. Auf dem kleinen schwarzen Kästchen ist eine unaufhaltsam herunterzählende Zeitangabe zu sehen. Die

verantwortlichen Wissenschaftler warnen, dass das gefährliche gestohlene Material nach 24 Stunden in die Luft gehen wird.
Zwischenzeitlich wird der Plan fanatischer Illuminati erkennbar. Für den Tod von vier wichtigen Wissenschaftlern soll die katholische Kirche in den vergangenen Jahrhunderten verantwortlich zeichnen. In tief verwurzelter Wut über diese Untat holen die Illuminati zum ultimativen Schlag gegen die Kirche aus, um sie endgültig zu vernichten. Der Augenblick scheint wohl überlegt, denn gerade zu diesem Zeitpunkt findet in Rom das Konklave der Kardinäle statt, um nach dem Tod des Papstes die Neuwahl zu vollziehen. Doch damit der Demütigung der Kirche nicht genug. Die vier aussichtsreichsten Kandidaten der Neuwahl, die vier Il preferiti, werden entführt. Der Assassine der Illuminati kündigt an, stündlich einen jeden von ihnen auf dem „Pfade der Erleuchtung" öffentlich zu ermorden, bis sich schließlich um Mitternacht der ganze **Vatikanstaat samt den Kardinälen in einer riesigen Antimaterieexplosion im Nichts auflösen** soll. Nur Langdon, der viel über diesen alten Geheimbund weiß, kann es gelingen, den Wahnsinn zu stoppen. Gemeinsam mit Vittoria, die den Mörder ihres Vaters zur Strecke bringen will, reist er nach Rom.
Dort stoßen sie zunächst auf den griesgrämigen und dienstbeflissenen Oberst der Schweizer Garde, der ihnen skeptisch gegenübersteht. Doch der Camerlengo (Kammerdiener und Privatsekretär) des verstorbenen Papstes, der während des Konklaves die Amtsgeschäfte des Papstes bis zur Neuwahl weiterführt, schenkt Langdons These Glauben, zumal mittlerweile die Drohung des Assassinen auch bis in die geheimsten Winkeln des Vatikanstaates vorgedrungen ist.
Es beginnt ein gnadenloser Wettlauf gegen die Zeit. Und nur dem festen Glauben und der Tatkraft des Camerlengo ist es zu verdanken, dass entgegen aller gültigen Kirchengesetze Langdon Zutritt in die geheime Bibliothek des Vatikans erhält, in der uralte Schriften früherer Wissenschaftler wie Da Vinci und Galilei lagern, die ehemals als ketzerische Schriften von der Kirche konfisziert worden waren. Aus den Schriften Galileis und mit dem Wissen Langdons lässt sich der uralte „Pfad der Erleuchtung" entwirren, auf dem die Il preferiti hingerichtet werden sollen. Die nötigen Hinweise wurden von Galileo Galilei in kryptischer Form in einer seiner Schriften versteckt. Allein diesen Text zu finden ist schon kompliziert - doch die Entschlüsselung noch mehr. Und währenddessen tickt die Zeitbombe unter dem Vatikan. Für Robert Langdon beginnen Stunden höchster Anspannung - geistig sowie körperlich. Möglichst rasch muss er die Geheimnisse der alten Schriften enthüllen, um die angekündigten Morde zu verhindern. Gleichzeitig muss er sich auch gegen den Killer der Illuminati behaupten und es ist letztendlich pures Glück, dass er überlebt. Schließlich zeigt sich, dass alle Anschlagsorte

im Zusammenhang mit der Geschichte der Illuminati in Rom stehen. Wie zu erwarten werden Rom und der Vatikan letztlich von Langdon gerettet.[18]

Wer erwartet, durch den Roman tief in die Geheimnisse rund um die legendäre Geheingesellschaft einzusteigen, wird enttäuscht. Populär formulierte Hintergrunderklärungen zur katholischen Kirche und zu nuklearer Forschung nehmen in der Geschichte mehr Raum ein als die Illuminaten. Schuld an der Erwartungshaltung trägt auch der deutsche Titel „Illuminati" - das englische Original heißt „Angels and Demons". Dieser Titel trifft es besser. Der Mord und die fesselnde und temporeiche Jagd nach dem Antimateriebehälter bilden nur den Hintergrund, vor dem um die Frage der **Gegensätzlichkeit von Wissenschaft und Gottesglaube** gerungen wird.[19]

Wie auch in Sakrileg sind Browns Ausführungen zur Geschichte der katholischen Kirche und der Illuminati gespickt mit Wissenssplittern, die den Eindruck historischer Zuverlässigkeit und eingehender Recherche erwecken sollen. Im populären Wissenschaftsmagazin „Galileo" (Pro Sieben) ging Aiman Abdallah im Frühjahr 2005 einigen der von Brown beschriebenen Details nach, mit durchaus zwiespältigem Ergebnis. Hier einige Beispiele:[20]

**- Die Symbole der Illuminaten in der Santa Maria del Popolo**
These: Dan Brown beschreibt, dass in dem Bodenmosaik der Kirche das Symbol der Illuminaten – die Pyramide mit dem allsehenden Auge – zu finden ist. Dies deutet er als Beweis für die Allgegenwärtigkeit des Geheimbundes.
Antwort: Es stimmt nicht! Tatsächlich findet man sowohl in der Kirche als auch vor der Kirche auf der Porta del Popolo nicht das Symbol der Illuminaten, sondern sechs übereinanderliegende Gräber und einen Stern – das Wappen des späteren Papstes Alexander VII. Die Gräber weisen zwar grob die Umrisse eines Dreiecks auf, sind aber von einer Pyramide weit entfernt. Man braucht viel Phantasie, um darin das Symbol der Illuminaten zu erkennen. Die Pyramidenform der Gräber wird meist als ein Symbol für Unsterblichkeit bzw. für den Aufstieg der Seele zu Gott gedeutet. Dies hängt natürlich mit der seit der Antike überlieferten Funktion von Pyramiden als Gräber bzw. mit deren zum Himmel emporstrebender Form zusammen.

**- Obelisken in Rom**
These: Rom wimmelt nur so von Obelisken, bei Dan Brown sind sie Zeichen für die Infiltration der christlichen Kultur durch die Illuminati.
Antwort: Rom wird tatsächlich die „Stadt der Obelisken" genannt. Insgesamt 13 Obelisken sind bzw. waren im Stadtgebiet aufgestellt. Die meisten wurden von römischen Kaisern aus Ägypten nach Rom gebracht. Die Päpste plat-

zierten sie als Wegweiser für die Pilger vor wichtigen Stätten. Dies gilt zum Beispiel für die Obelisken vor dem Lateran oder bei Santa Maria Maggiore. Ein Zusammenhang mit den Illuminaten besteht nicht.

**- Der Geheimgang**
These: Es gibt einen geheimen Gang zwischen dem Castel St. Angelo und dem Vatikan.
Antwort: Das stimmt. "Il Passetto", auch unter dem Namen "Corridoio di Borgo" bekannt, was soviel wie Burgpassage heißt, ist eine Verbindung zwischen dem Vatikan und der Engelsburg. Bonifazius IX hatte sich diesen Durchgang ausgedacht. Ein Jahrhundert später, im Jahr 1527, während der Plünderung Roms, retteten sich viele Mitglieder der Kurie und auch der Papst selbst - damals Klemens VII - indem sie durch die Passage in die Engelsburg flüchteten.

**- Der letzte Wegweiser zum geheimen Hauptquartier der Illuminaten**
These: Laut Dan Brown weist die Steintaube auf dem Fontana dei Fiumi auf der Piazza Navona den Weg zum geheimen Hauptquartier der Illuminaten.
Antwort: Das stimmt nicht. Denn einmal im Jahr schraubt die römische Stadtverwaltung die Taube von der Spitze des Brunnenobelisken, reinigt sie und schraubt sie danach wieder auf. Somit deutet die Taube jedes Jahr in eine andere Richtung.

**- Kopernikus**
These: Kopernikus (1473-1543) sei durch die katholische Kirche ermordet worden.
Antwort: Stimmt nicht. Der Astronom war ein tiefgläubiger Katholik und starb im Alter von 70 Jahren an Gehirnblutungen.

**- Galileo Galilei**
These: Galilei war Mitglied der Illuminaten und wurde von der Kirche aufgrund seiner Auffassungen über den Aufbau des Sonnensystems „hart bestraft".
Antwort: Das stimmt nicht. Galileo Galilei stand 1633 unter Hausarrest - zunächst als Gast des florentinischen Botschafters in der Villa Medici, danach vom 12. April bis zum 22. Juni in einem Drei-Zimmer-Appartement im Vatikan, mit Dienerschaft und Blick auf den Garten; nach seiner unerlaubten Flucht wurde er verurteilt, jede Woche, drei Jahre lang, sieben Bußpsalmen zu beten. Darüber hinaus sollte Galilei einige seiner astronomischen Thesen widerrufen, was er auch tat.[21]
In einer Internetrezension äußert ein Mitarbeiter des CERN zudem Zweifel an den fachlich-naturwissenschaftlichen Ausführungen Browns: „... Wer wie

ich in Rom studiert hat und am CERN arbeitet, kann über die phantasievollen (frei erfundenen) Schilderungen der Orte nur staunen... Gerade was Antimaterie angeht, hätte Dan Brown gut daran getan, mal am CERN zu recherchieren."[22] Eine Italienerin beklagt Browns mangelnde Kenntnisse der Sprache und der vatikanischen Vorschriften zur Papstwahl.[23]

## Von den Illuminati zum Sakrileg[24]

Das Grundmuster der Story ist in beiden Büchern, „Illuminati" und „Sakrileg", fast austauschbar: Ein angesehener Wissenschaftler wird in einem hochtechnisierten öffentlichen Gebäude brutal ermordet, weil ihm ein Geheimnis abgepresst werden soll. Dabei wurde der religiös fanatische Mörder von einer aus dem Hintergrund agierenden Person quasi ferngesteuert, deren Identität erst im Finale alles auf den Kopf stellt. Zur Aufklärung der Verbrechen wird eilends die Hauptfigur der Bücher, der amerikanische „Symbolologe" Dr. Robert Langdon hinzugezogen. Unterstützt von der jungen Tochter bzw. Enkelin des Ermordeten begibt er sich auf eine abenteuerliche und dramatische Suche nach der rätselhaften Geheimgesellschaft, die Anlass für die Morde war. In seinen Romanen transportiert Brown durch Spannung und Action religiöse Zerrbilder und populäre Irrtümer zu kirchengeschichtlichen Fragen.

Die **Themen der Bücher sind zutiefst religiöse Themen**. Es geht um das Verhältnis von Glaube und Wissenschaft, um weibliche Elemente im Gottesbild, das Leben Jesu, die Entstehung der Bibel und - ganz wesentlich - die Rolle von **Geheimgesellschaften als Kritiker und Gegner der Kirche**. Dabei wird die Frontlinie schnell deutlich: Die Geheimgesellschaft steht (in „Sakrileg" noch deutlicher als in „Illuminati") auf der Seite des Guten und kämpft im Untergrund gegen die Unterdrückung von Ideen („Wissen" genannt) durch die böse Kirche. Das Glaubensbekenntnis, das der Autor seinen Protagonisten in den Mund legt, ist im Bereich zwischen esoterischer Alleinheitsschau und neuheidnischer Naturvergötterung angesiedelt.

## Glaube und Wissenschaft

Gegenspieler der katholischen Kirche ist die mysteriöse Geheimgesellschaft der „Illuminati", die mit einer abwegigen Konstruktion zum „mächtigsten satanischen Kult auf Erden" stilisiert werden. Zugleich wird damit der **Satanismus umdefiniert**: Er erscheint jetzt als eine legitime Widerstandsbewegung von angesehenen Wissenschaftlern gegen die unterdrückerische Gewaltherrschaft der Kirche. Dies wird verbunden mit populären (latent antisemitischen) Verschwörungstheorien, die in „Illuminati" eifrig und unhinterfragt propagiert werden. Die Illuminati hätten die Freimaurer ebenso

unterwandert wie die amerikanische Regierung, internationale Banken und Konsortien und sogar den Vatikan. Die Pyramide auf der Ein-Dollar-Note muss immer wieder als Beweis dafür herhalten.
Im Vergleich zu „Sakrileg“ mutet „Illuminati“ trotz allem noch geradezu kirchenfreundlich an. Durch das gesamte Buch ziehen sich Angriffe und Unterstellungen, die häufig in grober Vereinfachung „die Kirche" für machtpolitisch motivierte Manipulationen und Unterdrückung der Geistesfreiheit verantwortlich machen.
Der **„Mythos, der die Grundfesten der Kirche erschüttert“** (so die Werbung für „Sakrileg“) handelt vom Heiligen Gral. Der Gral - so erfahren die erstaunten Leser - sei das alte heidnische Symbol für das Göttlich-Weibliche, das vom Christentum systematisch unterdrückt worden sei. Unter Kaiser Konstantin sei der „Übergang der Welt vom heidnisch-matriarchalen Mutterkult zum patriarchalen Christentum mit einem Propagandafeldzug ohnegleichen durchgedrückt“ worden (S. 172). Dazu habe nicht nur der „blutige Kreuzzug zur ‚Bekehrung‘ der Anhänger der alten heidnischen, das Weibliche verehrenden Religionen“ in den Hexenverfolgungen gehört. Auch die nachträgliche Erklärung der Göttlichkeit Jesu sei von Konstantin auf dem Konzil von Nizäa im Jahre 325 aus machtpolitischen Gründen per Mehrheitsbeschluss durchgedrückt worden. Dazu habe Konstantin sogar eine neue Evangeliensammlung in Auftrag gegeben und finanziert, in der nur die zur Göttlichkeit Jesu passenden Texte aufgenommen werden durften. Fast alle anderen Texte habe Konstantin vernichten lassen. Lediglich die Schriftrollen, die in den Höhlen von Qumran gefunden wurden, hätten das alte Bild bewahrt, weshalb (wer hätte es nicht schon gedacht) der Vatikan versucht habe, die Veröffentlichung zu verhindern. (S. 321ff.)

# 3. Die Handlung

Ein Jahr ist vergangen, seit der Harvard Professor und **Symbolologe Robert Langdon** in die spektakulären Ereignisse bei der Konklave in Rom hineingezogen wurde (Illuminati). Jetzt befindet er sich im Pariser Hotel Ritz, wo er sich nach seinem Vortrag über „Heidnisches Symbolgut in den Steinmetzarbeiten der Kathedrale von Chartres" zur Nachtruhe begeben hat. Ein schrilles Klingeln um 01.30 Uhr reißt ihn nicht nur aus dem Schlaf, sondern beendet jäh auch seine Vorfreude auf das geplante Treffen mit dem Direktor des Louvre, mit dem er sein neues Buchprojekt über „Die Ikonographie der matriarchalischen Kulte" erörtern wollte.
Capitaine Bezu Fache von der Pariser Polizei bittet Langdon um Mithilfe, denn besagter **Direktor** wurde zwischenzeitlich grausam in seinem Museum **ermordet**. Bevor er starb, hinterließ er geheimnisvolle Hinweise, die man nicht zu deuten weiß.
Was der Leser bereits im Prolog erfährt, nicht aber die Polizei, ist die Tatsache, dass Saunière einer Bruderschaft angehört, die seit vielen Jahrhunderten ein streng gehütetes Geheimnis wahrt. Nur vier Personen wissen, wo sich der Gegenstand befindet, den die Gegner der Bruderschaft mit allen Mitteln in ihren Besitz bringen möchten. Als Saunière seinem Mörder, einem vom Opus Dei beauftragten hünenhaften Albino-Killer, gegenübersteht, wird ihm klar, dass die anderen Geheimnisträger bereits getötet wurden und dass sein Wissen mit seinem Tod unwiederbringlich verloren ist. Er weiß, dass er mit seinem Bauchschuss nur noch kurze Zeit leben wird. Während er langsam verblutet, gelingt es dem Direktor noch, einen Caravaggio von der Wand zu reißen, eine geheimnisvolle Inschrift auf dem Boden zu platzieren, eine Kette mit einem geheimnisvollen Schlüssel hinter der „Mona Lisa" zu verbergen und sich im Tod in formvollendeter Angleichung an Leonardo da Vincis Studie zu den menschlichen Proportionen auszustrecken. **Diese geheimnisvollen Zeichen sollen die professionellen Symboldeuter auf den Plan rufen**.
Als Langdon den Tatort und die Hinweise besichtigt, kommt Sophie Neveu, Saunière Enkelin von der Dechiffrierabteilung hinzu, um die vom Direktor aufgeschriebene Zahlenfolge zu deuten. Geschickt warnt sie Langdon und lotst ihn auf die Toilette, wo sie ihm eröffnet, dass Fache Langdon für den Mörder hält und ihn verhaften will. Denn außer dem, was Fache bisher eröffnet hat, hat der Ermordete noch aufgeschrieben: „Robert Langdon suchen!"
**Sophie** ist von der Unschuld Langdons überzeugt. Sie sieht in in der Aufforderung ihres Vaters keinen Hinweis auf den Mörder, sondern eine an sie selbst gerichtete Nachricht, dass sie Langdon zur Unterstützung aufsuchen soll. Langdon kann ihren Erklärungen nicht folgen, bis sie ihm eröffnet, dass **Saunière ihr Großvater** war und die Hinweise für sie ausgelegt hat.

Langdon täuscht seine Flucht aus dem Museum vor und findet zusammen mit Sophie, nachdem die Polizei weggelockt ist, weitere Spuren.[25]
Im Verlauf einer atemlosen Flucht von Frankreich nach England haben Langdon und Neveu knifflige Codes zu knacken, um Saunières Geheimnis zu lüften, der sich als Großmeister der **Geheimorganisation "Prieuré de Sion"** entpuppt. Als Chef der Verschwörer widmete er sich dem **Schutz des Grals**. Im weiterenVerlauf des Buches legt Brown seine Version davon dar, was der Gral eigentlich ist: Eine **Sammlung von uralten Dokumenten** nämlich, ähnlich den berühmten Schriftrollen vom Toten Meer, die aus einer Zeit stammen, bevor Kaiser Konstantin und seine Leute beschlossen, was in die Bibel aufgenommen wird und was man ablehnt. Die Gebeine Maria Magdalenas liegen auch dabei. Die Dokumente sollen u.a. belegen, dass Jesus sich nicht für Gott hielt, sondern einem Kult archaischer Muttergottheiten huldigte. Seine Nachfolgerin und erste Päpstin sei Maria Magdalena. Das uns bekannte Neue Testament sei lediglich zusammengestellt worden, um die wahre Lehre Jesu zu vertuschen.
Eigentlich, so wird dem Sakrileg-Leser vermittelt, sind die erwähnten Dokumente und Knochen lediglich Hinweise auf den ureigenen Gral, die leibliche Nachkommenschaft Jesu. **Maria Magdalena sei der wahre Gral**, der erlesene Kelch, der in sich das sang real (altfranzösische Formulierung für "Gral"), das wahre Blut Christi, geborgen habe, d. h. die Kinder Jesu, die er mit ihr gezeugt habe. Sie sei – in mehrfacher und doppeldeutiger Hinsicht – der Schatz Christi und die Hüterin seines Erbes.[26] Nach dem Tode Christi jedoch habe sich der patriarchale Anspruch der Apostel durchgesetzt und die dominanten Männer der Urkirche haben Maria Magdalena und den Frauen ihren Platz in der Gemeinde nicht nur streitig gemacht, sondern mit Gewalt versucht, die Wahrheit über Christus und seine leibliche Familie zu unterdrücken, um ihre Machtposition zu sichern. Maria Magdalena, die Kinder Jesu und einige wenige Freunde mussten fliehen, um sich vor der Verfolgung durch die Kirche zu retten, die durch die Jahrhunderte fortdauern sollte. Zu Hütern des Geheimnisses, zu Wächtern des heiligen Grals und zu Schützern des sang real, des wahren Blutes Christi, d. h. seiner leiblichen Familie, wurden im Laufe der Jahrhunderte unterschiedliche Gruppen und Geheimbünde, die angesichts der Nachstellungen der offiziellen Amtskirche um ihr Leben zu fürchten hatten: Gnostische Gruppen in der Antike, im Mittelalter die Templer und in der Neuzeit schließlich die Freimaurer.[27]
Eben dieses Geheimnis will jemand der Bruderschaft entreißen. Er nennt sich **„der Lehrer"** und **ist der Auftraggeber mehrerer Morde**. Ein gewisser Silas, im Buch als „Mönch" des Opus Dei bezeichnet, führt einige davon durch. So hat es den Anschein, dass die katholische Kirche durch das Opus Dei verhindern will, dass das Wissen des Grals offenbar wird. Statt dessen will „der Lehrer" die Schlüssel zum Aufbewahrungsort des Gralsschatzes an

sich bringen. So sollen die historischen Geheimnisse um Jesus Christus im Verborgenen gehalten und die Existenz der Kirche gerettet werden. Immer wieder müssen sich **Langdon und Neveu sich vor den mörderischen Anschlägen des Opus Dei Killers in Acht nehmen**. Gleichzeitig werden sie von der französischen Polizei verfolgt, die Langdon als Verbindungsglied zum ermordeten Louvre Direktor sucht.

Die meisten der unzähligen kleinen Kapitel in diesem Roman schließen mit einer Quizfrage, deren Beantwortung die notwendige Voraussetzung dafür ist, dass der Held und seine Gefährtin zum nächsten Kapitel vordringen können: Rätsel, Lösung, nächste Station, Rätsel, Lösung, nächste Station lautet das Rezept dieses Buches, und weil wir, wie stets, nicht viel Zeit haben, geht es in einem atemberaubenden Tempo durch die Kunst- und Kirchengeschichte, durch Paris und London und wieder zurück, und das alles nach nur einer Stunde Schlaf.[28]

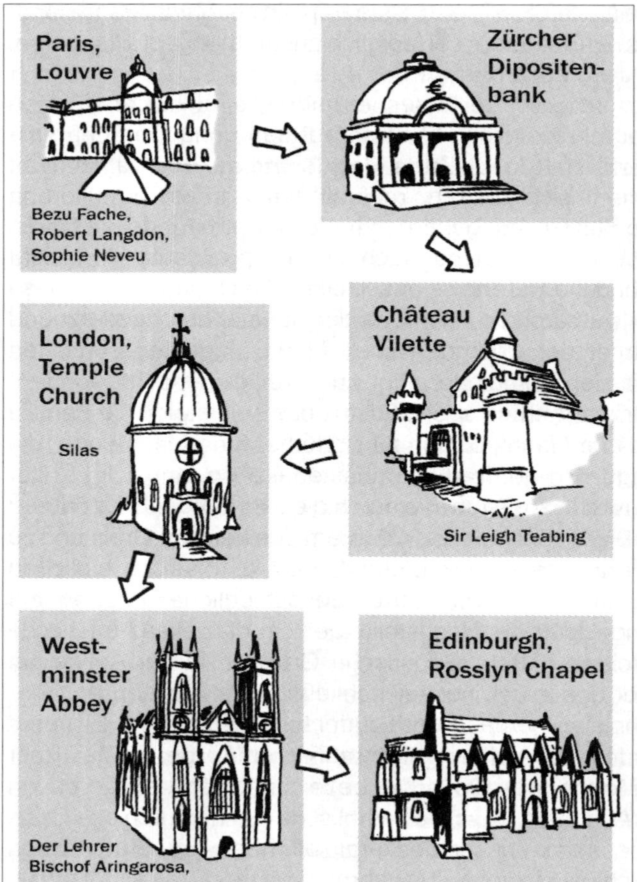


Nach ihrer Flucht aus dem Louvre versuchen sich Sophie und Langdon zur amerikanischen Botschaft durchzuschlagen, um dem Zugriff der französischen Polizei zu entkommen. Nach intensiven Diskussionen über Hexenverfolgung, katholische Kirche und den Gral während einer ausgedehnten Autofahrt durchs nächtliche Paris erreicht das Duo die gut gesicherte **„Zürcher Depositenbank"**. Wo statt einer Lösung nur ein weiteres Rätsel auf sie wartet.

Zur selben Zeit begibt sich Silas,

einem falschen Tipp des verstorbenen Jacques Saunière folgend, zur Pariser **Kirche Saint-Sulpice**. Nachdem sich dieser Ort als Sackgasse entpuppt, ermordet der „Mönch" die als Wachposten in der Kirche postierte Nonne. Nebenbei erfahren wir, dass der momentane **Ordensgeneral des Opus Dei Manuel Aringarosa** als junger Priester den Strafgefangenen Silas aufnahm. Dieser ist seither ein dankbares, sogar mordendes Werkzeug für seinen Wohltäter.

Neben endlosem Rätselraten und ausgedehnten Spekulationen über den Gral und Leonardo da Vinci vertraut Sophie ihrem Kompagnon Langdon an, dass ihre Eltern vor langer Zeit bei einem mysteriösen Unfall ums Leben kamen und sie danach bei ihrem Großvater aufwuchs. Ihr Kontakt zu Saunière war allerdings getrübt, seit sie ihn nackt in einem mysteriösen „hieros gamos" Ritual (= kultische Hochzeit) überraschte.

Als „Freund" des Prieur de Sion-Chefs Saunière schmuggelt der Direktor des betreffenden Bankhauses die Rätselfreunde mit einem gepanzerten Geldtransporter durch die Reihen der zwischenzeitlich angerückten Polizei. Wenig später scheitert sein Versuch, sich die Dokumente anzueignen, die zum Gral führen sollen. Nachdem Sophie und Langdon sich seiner entledigt hatten, statten sie **Sir Leigh Teabing**, dem ultimativen Gralsspezialisten, einen nächtlichen Besuch ab. Der erfreute Teabing hält Sophie eine Vorlesung über sein Steckenpferd: das Matriarchat, die Nachkommen Jesu und die Bedeutung der apokryphen Evangelien. Auf Seite 342, gut halbwegs bei der Jagd nach dem Heiligen Gral, gehen die beiden Oberjäger, der skurrile - also britische - Geschichtsgelehrte Teabing und der allwissende - also amerikanische - Harvard-Professor Langdon, in die Vollen. „Christus und Maria Magdalena müssen ein Kind gehabt haben", sagt Langdon lächelnd zur charmanten Französin Sophie, der Dritten im Bunde, die „wie vom Donner gerührt" dasteht. „Die größte Verschleierungsaktion in der Geschichte der Menschheit", sekundiert Teabing dem Kollegen, **„Jesus Christus war nicht nur verheiratet, er war auch Vater."**[29] Die Kirche, so Dan Brown, sei selbst schuld, wenn er jetzt Christus mit schwerem Geschütz vom Himmel holen muss. Habe sie doch vor nunmehr fast 1700 Jahren aus Jesus von Nazareth, einem „sterblichen Menschen", den Sohn Gottes gemacht.[30]

Je weiter im Roman seine drei Helden durch dieses offene Tor der Erkenntnis in die Familienchronik des menschelnden Jesus vordringen, um so tiefer tauchen sie ins Fantasieland ein. Sie enthüllen, dass Maria Magdalena zur Zeit der Kreuzigung ihres Gatten schwanger war, sich nach dessen Tod Richtung Frankreich ausschiffte und dort eine Tochter zur Welt brachte. Und da Magdalena eben keine Hure, sondern vielmehr eine edle Dame königlichen Geblüts gewesen sei, habe ein paar Jahrhunderte später ein langmähniger Merowingerkönig es für durchaus standesgemäß angesehen, einen

weiblichen Spross aus der Blutlinie Jesus/Maria Magdalena zu ehelichen. Zwar wurden die **fränkischen Merowinger**, die gern die Schädeldecke ihrer Feinde zu Trinkschalen umarbeiteten, von den ebenfalls fränkischen und gut katholischen Karolingern entmachtet. Doch eine Seitenlinie des Geschlechts überlebte die Jahrhunderte bis in unsere Tage: **Jesu Gene sind unter uns!** Und der Heilige Gral, dem Heerscharen mittelalterlicher Ritter erfolglos nachspürten, ist nicht der wundertätige Kelch, den Jesus beim Letzten Abendmahl benutzte. In Wahrheit ist der Gral nur ein Bild für den Schoß Maria Magdalenas, durch den das Erbgut, das „Blut" Jesu, weitergegeben wurde. Die bestürzende Wahrheit einer ununterbrochenen Reihe von irdischen Jesuskindern entdecken im „Sakrileg" ein paar französische Kreuzritter. Sie durchwühlen nach der Eroberung Jerusalems im Jahre 1099 den Tempelberg Zion und finden dort diesbezügliche Dokumente. Sie gründen eine Gesellschaft, die „Prieur de Sion", die bis heute diese Dokumente bewahrt. Weil deren Inhalt die katholische Kirche in den Ruin treiben würde, müssen die Brüder von Sion im Geheimen wirken. Ansonsten drohen Folter und Scheiterhaufen. Die Großmeister der Geheimsekte waren stets Kulturriesen erster Ordnung: Leonardo da Vinci, Sandro Botticelli, Isaac Newton, Victor Hugo, Claude Debussy bis hin zu Jean Cocteau. In deren Tradition stehen nun Sophie Neveu und ihr ermordeter Vater.
Ab und an wagten sie, in ihren Werken die große geheime Wahrheit verschlüsselt unter die Menschen zu bringen. **Leonardos berühmtes Gemälde vom Letzten Abendmahl** enthalte in symbolträchtiger Weise die wahre Bedeutung des Grals: An der Seite Jesu, der mit seinen Jüngern zu Tische sitzt, um ihnen den Kelch zu reichen, ruhe nicht der Lieblingsjünger Johannes, sondern eine Frau – Maria Magdalena, die „apostola apostolorum", die in Wahrheit größte und erste unter den Aposteln! Und diese Gestalt bilde mit Jesus grafisch ein V, das uralte Zeichen für das weibliche Geschlecht![31]
Neben verschiedenen Gralsmythen, Templern, Rosenkreuzern, Freimaurern, Maria Magdalena, Merowingern, Roselyn Chapel, Saint Claire, Plantard usw. werden im Roman auch eine **Vielzahl von Synkretismen** beschrieben, die aus den alten Religionen der Ägypter, Perser und Griechen usw. ins Christentum eingeflossen sind. Die vorgeblich machtpolitische Kanonisierung der Heiligen Schrift und die Erhöhung des Menschen Jesus zum wesenseinheitlichen Gottessohn auf dem Konzil von Nicäa (325) erfahren besondere Erwähnung. Die zitierten „Dossiers Secrets" sind für Browns Helden gleichermaßen zuverlässige Zeugnisse ursprünglichen Christentums wie die koptischen Schriften von Nag Hamadi, die Schriftrollen von Qumran und eine Vielzahl apokrypher, teilweise gnostischer Evangelien.

Doch nun zurück zur Handlung: Ins Gespräch vertieft werden die Protagonisten erst von Silas überrascht und vorläufig in Schach gehalten. Nachdem

der behinderte Teabing den Elitekämpfer außer Gefecht setzen konnte, stürmen die Truppen Capitaine Bezu Faches das Anwesen. Im letzten Moment setzen sich die Freunde zum nahe gelegenen Provinzflughafen ab, wo sie mit einer Privatmaschine Teabings nach London fliegen. Am frühen Morgen besuchen sie die **Londoner Temple Church**, die nächste Etappe auf dieser gnostischen Schnitzeljagd. Überraschend entpuppt sich Teabings Chauffeur Remy als Verbündeter des Opus Dei-Killers, den er befreit. Gemeinsam überfallen beide die Kirche und kidnappen Teabing. Neveu und Langdon wenden sich auf ihrer weiteren Suche an das religionswissenschaftliche Digitalarchiv des King's College. Silas wird vom „Lehrer" verraten und stirbt unter den Kugeln der Polizei, nachdem er zuvor versehentlich seinen Mentor Aringarosa anschoss. **Der Opus Dei-Chef erweist sich zumindest teilweise als Opfer des fanatischen „Lehrers".** Den ausgedienten Remy entsorgt der „Lehrer" durch einen Schluck vergifteten Cognac.
Eine Überraschung erwartet das Gralspaar in der **Westminster Abbey** am Grabmal Newtons. Der „Lehrer" taucht urplötzlich auf, es ist Sir Leigh Teabing, der vermeintliche Verbündete. Er will den Gral für sich und kämpft gleichermaßen gegen den Prieurè de Sion und die katholische Kirche. Nachdem er sich als fanatischer Verschwörungstheoretiker geoutet hat, wird er von Langdon überlistet und von der Polizei festgesetzt. Gegen Ende erweist sich Fache als zuverlässiger Polizist ohne Verbindungen zu den Verschwörern. Die Geschichte endet in der **Rosslyn Chapel**, einer Kirche mit zahlreichen Anklängen an heidnische Überlieferungen und König Arturs geheimnisvolles Avalon. Neben Gnostikern, Templern und Prieurè de Sion erweisen sich hier auch die Freimaurer als treue Gralsritter. Nach einer letzten Rätselrunde wird Sophies Familiengeheimnis gelüftet: In der Verwalterin der Rosslyn Chapell erkennt sie ihre Großmutter, bei der ihr verstorben geglaubter Bruder aufwuchs. Die Witwe des ermordeten Louvre-Direktors bestätigt Sophies Herkunft aus dem Stammbaum Jesu. Die Gralsdokumente aber sind hier nicht zu finden und sollten nach dem Willen des Prieuré nie veröffentlicht werden, um den Verschwörungstheorien und Mythen um den Gral kein Ende zu bereiten. Im Epilog vermutet Langdon den synkretistisch-matriarchalen Gral verborgen unter der **Eingangspyramide des Louvre**, natürlich ohne seine Spekulation verifizieren zu können.
Wie Sophie wird sich gegen Ende des Buches wahrscheinlich mancher Leser fragen, „ob die Suche den Einsatz des Lebens überhaupt wert war." (S. 298) Tatsächlich ist die mörderische, von Jacques Saunière initiierte Schnitzeljagd als treibendes Motiv des Romans nur schwer nachzuvollziehen. Da unterhält der Louvre Direktor eine aufwändige Organisation, verwendet seine letzten Lebensminuten auf einen ausgeklügelten Plan und setzt seine einzige Enkelin größter Gefahr aus, lediglich um ihr die Adresse ihrer Großmutter mitzuteilen. Das alle handelnden Personen

treibende Geheimnis des Grals hingegen bleibt ungelöst und wird trotz aller Vorsichtsmaßnahmen, vielleicht aber auch bewusst von Saunière mit in den Tod genommen. Wenn denn der Gral, wie Brown ihn sich vorstellt, überhaupt existiert, was der Roman offen lässt.

# 4. Die Quellen

Die wenigsten Daten zu seinem Roman hat Dan Brown selbst recherchiert - er schöpft nahezu ausschließlich aus vier dubiosen Quellen (vgl. S.347):

- zum einen bezieht Dan Brown sein Wissen aus „**The Templar Revelation**: Secret Guardians of the True Identity of Christ" (von Lynn Picknett und Clive Prince,1997),
- zum zweiten übernimmt Dan Brown munter ganze Passagen aus „Holy Blood, Holy Grail" (von den ehemaligen BBC-Journalisten Michael Baigent, Richard Leigh und Henry Lincoln, 1982; deutsch: **„Der Heilige Gral und seine Erben"**) und der Fortsetzung „The Messianic Legacy" (1983; deutsch: „Das Vermächtnis des Messias"),
- zum dritten schöpft Brown seine Informationen über Maria Magdalena und den weiblichen Fruchtbarkeitskult ausschließlich von **Margaret Starbird**: aus dem Buch „Goddess in the Gospel: Reclaiming the Sacred Feminine" (1998) und dem Buch „The Woman with the Alabaster Jar: Mary Magdalen and the Holy Grail" (1993),
- zum vierten und letzten bezieht Dan Brown seine Sicht des ewig Weiblichen aus den Büchern von Mary Daly: „**Beyond God the Father**: Towards a Philosophy of Women's Liberation" (1973) und „Gyn-Ecology: The Methaethics of Radical Feminism" (1978).

Viele dieser Bücher sind schon längst wieder vergessen. Andere wurden aufgrund ihrer abenteuerlichen „Beweisführung" in wissenschaftlichen Kreisen erst gar nicht ernstgenommen. Auf dem Niveau eines von Däniken behaupten diese Bücher munter das Gegenteil von dem, was längst gesichert ist - ohne auch nur annähernd gesicherte Belege dafür zu erbringen.
Die angeblichen wissenschaftlichen Abhandlungen, die die Grundlage von „Sakrileg" bilden, hat keiner ernstgenommen - obwohl sie doch so ernst gemeint waren. Nachdem Dan Brown sie in einen Roman packte, der ja unterhalten will und nicht belehren, glaubt plötzlich jeder an die Verschwörung. Browns „historische Wahrheit" ist eine absichtsvolle Konstruktion mit vielen Unwahrheiten, Falschmeldungen und Fehlinterpretationen, die nur ein Ziel haben: Das Fundament des etablierten christlichen Glaubens anzugreifen. Schade für die fragenden und zweifelnden Leser, die ihn ernstnehmen und für glaubwürdig halten.

Brown behauptet, die Grals-These vom „königlichen Geblüt Christi sei in der Gelehrtenwelt ausgiebig und bis ins letzte Detail untersucht worden" (S. 346). Dabei bezieht er sich vor allem auf "Der Heilige Gral und seine Erben". Von Gelehrten kann man bei den Autoren (zwei Fernsehjournalisten) beim besten Willen nicht sprechen. Das Buch ist so grotesk, dass Wissenschaftler sich weigerten, auch nur eine Besprechung zu schreiben.

Die Frankfurter Allgemeine Zeitung verriss das Buch in einer Rezension.[32] Dennoch wurde es damals schon ein Bestseller. Hauptthesen des Buches sind: Jesus sei nicht am Kreuz gestorben; Heirat mit Maria Magdalena; Nachkommenschaft Jesu in Frankreich u.a. (vgl. Heiliger Gral, S. 284). In einem Folgeband spannen die Erfolgsautoren ihre religiöse Sensationsgeschichte weiter. In „Das Vermächtnis des Messias" erweiterten sie ihre These, dass die Handschriftenfunde am Toten Meer Geheimbotschaften über Jesus enthalten würden, und dass sich in Frankreich Jesu angebliche Ur-Ur-Ur-...Urenkel in einer Geheimverschwörung auf die Übernahme der Weltherrschaft vorbereiten würden. Der **künftige Herrscher Europas** als ‚Blutsnachfahre Jesu' sei Otto von Habsburg. Zu den größten Fans der Autoren gehört Thomas Gottschalk, der Baigent Leigh extra in eine seiner Fernsehshows holte und in Deutschland einem Millionenpublikum bekannt machte. Angesichts fehlender Glaubwürdigkeit wurde es zwischenzeitlich still um diese Verschwörungstheorie und ihre Initiatoren. Erst vor dem Hintergrund der Sakrileg-Euphorie wurde das Buch vom Lübbe Verlag erneut aufgelegt. Der Aufdruck „Ein Muss für die Leser von Dan Browns Sakrileg" war eine geschickte Marketing-Strategie. Das Buch erlebte von Oktober 2004 - Januar 2005 alleine 7 Auflagen und stürmte sofort in die Bestsellerlisten.
1992/93 landeten dann Baigent/Leigh den absoluten Weltbestseller mit ihrem Buch „**Verschluss-Sache Jesus** - Die Qumranrollen und die Wahrheit über das frühe Christentum", das alleine auf deutsch über 1 Million mal verkauft wurde und enorme Medienbeachtung fand. Wider besseren Wissens behaupteten die beiden Autoren, dass der Vatikan die Herausgabe der **Qumranschriften** verhindern würde, denn in den jüdischen Texten würde stehen, dass Jesus ein ganz normaler Mensch gewesen sei. Seit Nov. 2001 sind alle Qumran-Texte wissenschaftlich ediert und jeder kann nun selber die Übersetzungen der Qumranschriften lesen und feststellen, dass dort keine Geheimbotschaften über Jesus und Maria enthalten sind.[33]

# 5. Kleine sachliche Schnitzer bei Dan Brown[34]

Aufmerksame Leser werden ganze Passagen des „Sakrilegs" nur mit skeptischem Stirnrunzeln lesen können. Leichtfüßig verabschiedet sich Brown von der Wirklichkeit, selbst da, wo es für den Verlauf der Geschichte nicht notwendig wäre. Zum Katalog der Ungereimtheiten, zu deren Klärung schon allein der Blick in ein Lexikon oder ein kurzes Nachdenken gereicht hätten, gehören falsche Ortsangaben und Jahreszahlen, technische Unmöglichkeiten, historische Fälschungen, Übertreibungen, logische Widersprüche innerhalb weniger Sätze und bloße Flüchtigkeitsfehler. Aus der breiten Palette Brownscher Fehlinformation sollen hier einige Beispiele angeführt werden:

• Der **Albino Silas** wird als weißhaarig und rotäugig beschrieben (S. 10). Obwohl dieses dem Klischee des Albinos entspricht, haben diese zumeist blaue Augen und blonde Haare. Albinos mit weißen Haaren und roten Augen sind gewöhnlich sehr kurzsichtig. Möglicherweise erklären sich so Silas Fehlschüsse (S.12; S.105), denn von einer Brille des Killers wird nichts erwähnt.

• Silas lässt den Louvre-Direktor mit einem **Magendurchschuss** zurück, um ihn langsam zugrunde gehen zu lassen. Überraschend ist bei medizinisch ungebildeten Personen die spontane Analyse eines Magentreffers, zumal beide nach Browns Angaben im Dunkeln stehen und mehrere Meter voneinander getrennt sind. Außer im Roman ließe sich wahrscheinlich kaum ein Killer auf eine so unsichere Behandlung ein, zumal ihn sein Opfer gesehen hat und ein weiterer Schuss für den Mörder vollkommen gefahrlos ist.
Die Gesamtsterblichkeitsrate bei Schusswunden im Unterleib liegt bei zwölf Prozent. Sind keine Blutgefäße getroffen, überleben 95% eine solche Verletzung. Am gefährlichsten sind Beschädigungen der wichtigen Arterien, dann können durch einen raschen Blutverlust Schock und Tod ausgelöst werden. Saunière hätte also keine Chance, noch auf die Schnelle seine Rätselsprüche zu verfassen. Ist er jedoch wirklich nur im Magen getroffen, kann ein durchschnittlich gesunder Mann noch Stunden überleben und hätte genügend Zeit, sich von den Wachmännern befreien zu lassen.

• Während Langdons nächtlichen Parisrundfahrt wehen **Jasmindüfte** durchs offene Autofenster (S. 26). Da muss sich der Symbolik-Professor wohl geirrt haben, denn Jasmin blüht im Juli und August, nicht im April, wo diese Story spielt (S. 25).

• Langdon fährt in südlicher Richtung, am **Opernhaus** vorbei über den Place Vendome, um dann den Louvre zu erreichen (S. 25). Ein Blick auf den Stadtplan hätte Brown gezeigt, dass das Opernhaus nördlich und nicht südlich des Hotels liegt. Außerdem ist der Schlenker zur Oper überflüssig, wenn Langdon dann doch wieder zum Place Vendome fährt, denn dort steht das Hotel, von dem aus er gestartet ist.

• Um alle **65 300 Ausstellungsstücke des Louvre** gebührend zu begutachten, benötige der Besucher fünf Tage, klärt uns Brown auf (S. 29). Eine solche Museumstour ist für den normalen Touristen jedoch unmöglich. Zum einen werden nur 24 400 Werke öffentlich ausgestellt, während die anderen im Magazin lagern. Zum anderen benötigt der Besucher bei einer „gebührenden Betrachtung" von einer Minute pro Kunstwerk rund acht Wochen von je sechs 8-Stunden-Tagen, um dieses Mammutprogramm zu absolvieren.
• Brown behauptet, die **Sicherheitskameras** im Louvre seien ausnahmslos Attrappen (S. 40). Tatsächlich sind in diesem Museum 800 Video-Überwachungskameras installiert, wovon 195 mit Digital-Aufzeichnungssystem ausgerüstet sind. Browns heruntergleitende Gitter, die mögliche Diebe fangen sollen, hingegen entstammen seiner Phantasie.
• Obwohl flach auf dem Bauch robbend, bleibt Langdon mit seinem Jackett am **Sicherheitsgitter** hängen und stößt seinen Kopf daran (S. 42). Dabei müsste sich der sportlich durchtrainierte Langdon schon sehr ungeschickt anstellen, lässt das Gitter doch, wie Brown angibt, noch 50 cm Platz, wobei ein auf dem Boden liegender Mensch nur 25 cm hoch ist.
• Langdon behauptet, das **Pentagramm** (fünfzackiger Stern) repräsentiere die weibliche Hälfte der Schöpfung (S. 54). Fachwissenschaftlichen Lexika zufolge steht das Pentagramm allerdings für den ganzheitlichen Menschen, sowohl für das Männliche als auch für das Weibliche.[35]
• In der englischen Ausgabe erklärt Langdon, die antiken Olympischen Spiele seien zum Tribut an **Venus** abgehalten worden (S. 36). Tatsächlich waren die Spiele Zeus geweiht.
• Das Pentagramm soll nach Langdon fast Emblem der **Olympischen Spiele** geworden sein. Die dann gewählten Ringe wären gewählt worden um das friedliche Miteinander der Spiele wiederzugeben (S. 55). Eigentlich wurden, die fünf Ringe 1913 von Pierre de Coubertin, dem Präsidenten des Internationalen olympischen Komitees erfunden. Ursprünglich standen sie für die ersten fünf Spiele der Neuzeit, später sollten sie die fünf Urkontinente repräsentieren.
• Die katholische Kirche habe in ihrer Anfangsphase das Symbol des **Pentagramms** ins Negative gewendet, um die heidnischen Religionen zu verleumden, gibt Brown an (S. 56). Angesichts dieser Behauptung überrascht es, dass Konstantin der Große als Feind jener heidnischen Traditionen das Pentagramm in seinem Siegel benutzte. Auch findet sich das Pentagramm als Schmuck in zahlreichen mittelalterlichen Kirchen.
• Brown spricht von **Leonardos „gewaltiger Produktivität** an atemberaubenden Gemälden mit religiösen Inhalten". Er habe Hunderte von Auftragswerken für den Vatikan fertiggestellt (S. 68). Tatsächlich war Leonardo aufgrund seiner vielfältigen Aktivitäten eher als unzuverlässiger Künstler bekannt. Im Vergleich zu anderen Künstlern stellte er nur wenige Gemälde fertig.

• Sophie entschlüsselt die von Saunière hinterlassene Zahlenreihe als **Fibonacci-Folge**, die sie mit 1-1-2-3-5-13-21 angibt (S. 89). Mathematisch korrekt fehlen dabei aber Anfang und Ende der Sequenz: 0-1-1-2-3-5-8-13-21 ..., die bei Null beginnt und sich bis unendlich ausdehnt.
• Wenig später klärt Sophie Langdon darüber auf, dass er einen **GPS-Minisender** an sich trage, der seine Position permanent an den Satelliten des Global Positioning Systems überträgt (S. 96). In der realen Welt sind ähnliche Systeme rund zehnmal so groß wie von Brown beschrieben. Außerdem senden diese keine Signale an GPS-Satelliten, die auf den Empfang solcher Signale nicht eingerichtet sind. Statt dessen sendet der GPS-Satellit selbst Signale aus, die von entsprechenden Empfangsgeräten (zumeist in Fahrzeugen) zur eigenen Ortung benutzt werden können.
• Sophie steht am Fenster der **Herrentoilette** am westlichen Ende des Denton-Flügels des Louvre. Dort sieht sie auf eine Kolonne nächtlicher Lastwagen, die auf dem Place du Carousel lediglich durch einen schmalen Bürgersteig von ihr getrennt sind. Wieder klaffen Wirklichkeit und Romanangaben offensichtlich auseinander. Die Herrentoiletten befinden sich nicht am westlichen Ende des Denton-Flügels. Außerdem ist dieser Teil des Museums der Öffentlichkeit nicht zugänglich. Darüber hinaus befindet sich in Hausnähe keine Straße, auf der nachts Kolonnen von Lastwagen fahren.
• Sophie wirft den GPS-Sender auf die Plane eines vorbeifahrenden Sattelschleppers, um der Polizei gegenüber eine **Flucht Langdons vorzutäuschen**. Das Fenster jener nicht existierenden Herrentoilette liegt allerdings rund 15 Meter von der nächsten Straße entfernt. So erscheint es unglaubwürdig, dass ein routinierter Polizist wie Fache dem Symbolik-Professor einen solchen Sprung zutraut.
• Brown beschreibt das **Tarot** als Kartenspiel mit 22 Karten. Symbole wie die Göttin oder das Pentagramm sollten unbemerkt von der Kirche heidnische Inhalte transportieren (S. 129). Tatsächlich besteht das Tarot aus 78 Karten: 22 Karten der Kleinen und 56 Karten der Großen Arkana (Geheimnisse). Die später von Brown in diesem Zusammenhang erwähnten Kelchsymbole stehen eindeutig für Abendmahlkelche. Die heute als "Hohepriesterin" bekannte Karte stellte eigentlich die legendäre Päpstin Johanna da. Die ursprünglich Tarotkünstler interpretierten die Bilder in ihrem Bezug auf die Offenbarung des Johannes. Tarot wurde vor allem in der christlichen Kabbala benutzt. „Zumindest die Bemerkung in dem Roman, das Tarot habe dazu gedient, häretische Symbolik zu verbreiten ... kommt einem besonders hirnverbrannt vor.“[36]
• Langdon doziert seinen Studenten, dass das Verhältnis zwischen männlichen und weiblichen Tieren in jedem **Bienenstock** der Welt der Zahl Phi (1,618) entspricht (S. 130). In der wirklichen Natur wechselt das Geschlechterverhältnis im Bienenstock erheblich in Abhängigkeit von der Jahreszeit. Im Herbst werden alle Drohnen (männliche Bienen) aus dem Stock vertrie-

ben, so dass die männliche Population gegen null tendiert. Im Frühjahr und Sommer leben in einem Bienenstaat neben 50 000 Arbeiterinnen zwischen 300 und 1000 Drohnen. Wenn man, wie Langdon vorschlägt, die Zahl der weiblichen Bienen durch die Zahl der männlichen Drohnen teilt, erhält man eine Zahl zwischen 166 und 50 - aber nicht annähernd 1,618.

• Während der Renaissance waren, nach Brown, die französischen Könige so von der Macht der **Anagramme** überzeugt, dass sie königliche Anagrammatiker anstellten, auf deren Urteil der Monarch bei wichtigen Entscheidungen zurückgriff (S. 136). Allerdings ist Historikern nicht bekannt, dass die französischen Renaissancekönige durchgängig Anagrammatiker beschäftigten. Begeistert von Anagrammen war Ludwig XIII. Sein Anagramm-Spezialist Thomas Billon war allerdings weniger politischer Berater als Unterhaltungskünstler, er sollte den Hof mit amüsanten Anagrammen von Namen unterhalten.

• „Lange bevor man übereinkam, den **Nullmeridian** durch Greenwich zu legen, verlief diese imaginäre Nulllinie durch Paris - mitten durch die Kirche Saint-Sulpice, ... Auch wenn Paris im Jahr 1888 die Ehre des Nullmeridians an Greenwich abgegeben hat." (S. 148) Meridiane sind keine geographisch eindeutig feststehenden Markierungen, sondern durch Übereinkunft von Staaten normierte Zonen. Der erste, uns bekannte Nullmeridian wurde von Hipparchos von Nizäa (2. Jrh. v. Chr.) festgelegt. Er durchschnitt die Insel Rhodos. Der Grieche Ptolemäus (Wirksamkeit 127-141) legte den Nullmeridian auf die Kanarischen Inseln. Zahlreiche mittelalterliche Kartographen folgten ihm in dieser Hinsicht. Im 19. Jahrhundert legten viele Staaten aus Prestigegründen einen eigenen Nullmeridian fest, sodass schließlich 11 verschiedene Varianten in Gebrauch waren. Nur 8% der Schiffe richteten sich zu dieser Zeit nach Paris, aber 72% nach Greenwich. Auf einer 1884 von Präsident Chester A.Arthur nach Washington eingeladenen Konferenz stimmten 22 der vertretenen 25 Staaten für Greenwich. Nur Frankreich und Brasilien enthielten sich der Stimme. Bis 1914 hielten sie als einzige an ihrem nationalen Nullmeridian fest.

• Die geheimnisvolle „**Rosenlinie**" (S. 146), die imstande ist, eine 90-Grad-Drehung zu machen, ist nichts anderes als der so genannte „Triumphale Gang", eine Zeichnung, die auf den Königlichen Landschaftsmaler von Ludwig XIV Le Notre im Jahr 1670 zurückzuführen ist. Die Rosenlinie ist nicht deckungsgleich mit dem genannten Nullmeridian.[37]

• Professor Langdon spricht ständig von **da Vinci** (S. 165). Der korrekte Name des Künstlers ist Leonardo di sehr Piero aus der Stadt Vinci. In der gesamten Kunstwelt lautet sein Kurzname Leonardo.

• Kunstkenner Langdon enthüllt seinen Lesern den heimlichen Zusammenhang von Männlichem und Weiblichem durch Leonardo in der **Mona Lisa**, indem er die Buchstaben des Namens so umstellt, dass daraus **AMON L' ISA** wird, eine angeblich androgyne Vereinigung zwischen der ägyptischen

Göttin Isis und dem Gott Amon (S. 167). Diese Theorie ist insofern absurd, da das Bild zu Leonardos Lebzeiten noch gar keinen Titel trug.

• Sophie und Langdon entdecken mit Hilfe eines **UV-Strahlers** Blut auf dem Boden vor der Mona Lisa (S. 167). Um diesen Effekt zu erzielen, muss die zu untersuchende Flächen erst mit Fluorescein-Lösung und dann mit Wasserstoffperoxyd eingesprüht werden. Beide Substanzen fehlten Sophie, auch hatte sie gar keine Zeit für eine solche Vorbehandlung.

• Auf einer Plexiglasscheibe vor der Mona Lisa entdecken die Helden ein grundlegendes Bekenntnis des Prieuré de Sion: „So dark the con of man" (S. 171). **Con** wird von Langdon schnell als „Betrug" übersetzt. Als klassischer Gelehrter sollte er aber wissen, dass „con" bis zum Ende des 19. Jahrhunderts eher in der Bedeutung von „verstehen / sich einprägen" benutzt wurde. So bekäme dieser Leitsatz eine ganz andere Bedeutungsrichtung: „Wie geheimnisvoll ist das Wissen der Menschheit?".

• Der von Silas in der Kirche Saint Sulpice gelesene **Bibelvers** besteht vollständig nicht, wie bei Brown angegeben, aus 8, sondern aus 17 Wörtern (S. 178).

• In Browns englischer Originalversion verbraucht der **Smart** 1 Liter auf 100 km, in der deutschen Ausgabe benötigt das Auto schon 3 Liter, offiziell fährt der Zwerg mit 5,3 Liter auf 100 km (S. 188).

• Auf der Suche nach der **amerikanischen Botschaft** lässt Brown seine Protagonisten auf der Rue de Rivoli zu einem „großen Kreisverkehr" fahren, dann auf den Champs Elysée abbiegen und anderthalb Kilometer später in das Diplomatenviertel gelangen (189-191). Scheinbar benötigt Sophie einen besseren Stadtplan, denn am „großen Kreisverkehr" hatte sie den Place de la Concorde erreicht, an dessen nördlicher Seite die amerikanische Botschaft steht.

• Wenig später verfahren sich die beiden Helden erneut. So suchen sie die **Rue Haxo** in einem westlichen Vorort von Paris, nahe des Roland-Garros-Tennisstadions. Um dahin zu gelangen, wollen sie durch den Bois de Boulogne fahren (S. 213). Um das Stadion zu erreichen würde sich eher die schnelle Pariser Ringautobahn, der Périphérique, anbieten. Doch selbst mit dieser Abkürzung würden sie vergeblich suchen, da sich die Rue Haxo auf der Ostseite der Stadt befindet.

• In einer ruhigen Minute referiert Langdon über den **Prieuré de Sion**. Sie seien 1099 in Jerusalem gegründet worden und blicken zwischenzeitlich auf eine Geschichte von mehr als einem Jahrtausend zurück (S. 218). Wenn dieser Geheimorden tatsächlich 1099 entstanden wäre, könnte er kaum mehr als 1000 Jahre alt sein, da seither lediglich 906 Jahre vergangen sind.

• Bischof Aringarosa weist Silas darauf hin, dass auch **Noah Albino** gewesen sei (S. 230). In den biblischen Berichten findet sich dazu keine Angabe. Einzig ein Anhang des apokryphen Henoch-Buches spricht davon, dass

Noah weiße Haut und rote Augen gehabt habe. Schwer vorzustellen allerdings, dass ein linientreuer Katholik wie Aringarosa zweifelhafte apokryphe Schriften als Autorität zitiert.

• Das **Kryptex** aus weißem Marmor soll nach Sophies Auskunft eine auf Pergament geschriebene Botschaft enthalten, die um eine mit Essig gefüllte Phiole gewickelt ist. Wird das Gefäß gewaltsam geöffnet, zerbricht die Phiole und verwandelt das Pergament in einen matschigen Klumpen (S. 277). Papyrus aber wird aus verflochtenen Streifen des Marks der Papyrusstaude hergestellt. Die Fasern bestehen größtenteils aus Zellulose, die sich in Essig nicht sofort zersetzen würde. Glaubhafter wäre eher die Behauptung, der Papyrus sei mit Tinte beschrieben, die sich im Essigbad auflöst.

• „Die Prüfungen wurden von Mal zu Mal schwieriger und gipfelten in der Einführung in den zweiunddreißigsten Grad." (S. 283) - Die **Freimaurerei** gipfelt allerdings nicht im 32., sondern im 33. Grad.[38]

- Langdon sucht das **Château Villette**, das Anwesen Leigh Teabings in der Nähe von Versailles (S. 299). Tatsächlich muss er von Versailles aus noch rund 30 Kilometer fahren.

• Teabing behauptet, Jesus sei erst auf dem **Konzil von Nizäa** zum **Sohn Gottes** ernannt worden. „Moment mal. Soll das heißen, die Göttlichkeit Jesu ist das Ergebnis einer Abstimmung? - Mit einer ziemlich knappen Mehrheit obendrein, fügt Teabing hinzu." (S. 321) Die Bezeichnung von Jesus Christus als Sohn Gottes findet sich ausgehend vom Neuen Testament durch die gesamte Kirchengeschichte, auch lange vor Nizäa. Die angeführte Abstimmung ging 316: 2 aus, also keineswegs knapp.

• Brown datiert die **Schriftrollen von Qumran** auf 1950 (S. 322). Tatsächlich wurden die ersten Fragmente bereits 1947 entdeckt. Weitere Funde aus diesem Gebiet schlossen sich in den folgenden zehn Jahren an.

• Teabing behauptet, **Konstantin der Große** habe Jesus Christus vier Jahrhunderte nach dessen Tod zum Gottessohn erhoben (S. 322). Dass Konstantin mit überwältigender Zustimmung der Christen lediglich das schon bestehende Bekenntnis zu Jesus als dem Gottessohn bestätigt, wurde schon erwähnt. Unabhängig davon kann Teabings Zeitrechnung nicht stimmen. Zwischen dem Tod Jesu und dem Konzil von Nizäa (325) sind nur knapp 300 Jahre vergangen, keine vier Jahrhunderte.

• Sophie erinnert sich, „dass die französischen Behörden unter Druck der katholischen Geistlichkeit einen amerikanischen Spielfilm mit dem Titel **'Die letzte Versuchung Christi'** verboten hatten." (S. 338) Als der Film von Martin Scorsese im Jahr 1988 in die Kinos kam, ließ kirchlicher Widerspruch nicht lange auf sich warten. Der Film stützt sich auf einen Roman von Nikos Kazantzakis, in dem Jesus als normaler Mann Maria Magdalena begehrt. Die griechisch-orthodoxe Kirche exkommunizierte Kazantzakis, der er nominell angehörte. Der Vatikan verbot seinen Mitgliedern den Film, zahlreiche, auch gewalttätige Proteste schlossen sich an. Verboten wurde der Streifen allerdings nur in Chile und Israel.

• „Das aus den vier Buchstaben **YHWH** bestehende jüdische Wortkürzel - der heilige Name Gottes - setzt sich zusammen aus den Buchstaben des Wortes Jehova, einer androgynen Vereinigung des männlichen Jah und des vorhebräischen Wortes für Hava." (S. 422) Aus Scheu vor einem möglichen Missbrauch, vermieden es die Juden, den Namen Gottes, YHWH, auszusprechen. Wer aus den Schriften des Alten Testaments zitierte, lass statt des Gottesnamens „adonai" (= Herr). Das Wort oder der Namen „Jehova" wird im Alten Testament nicht erwähnt. Jehova ist ein Kunstwort, das Forscher im 19. Jahrhundert kreierten, als sie fälschlicherweise die Konsonanten von YHWH mit den Vokalen des hebräischen „adonai" (= Herr) mischten. „Hava" soll ein vorhebräisches Wort sein. Offen bleibt, an welche Sprache Brown hier denkt. Am wahrscheinlichsten handelt es sich bei YHWH um eine Ableitung des hebräischen Wortes für „sein" (vgl. 2Mo 3,14). Den Gottesnamen als Verknüpfung von Männlichem und Weiblichem zu interpretieren, ist definitiv falsch.[39]

• Nachdem die Grals-Detektive in England von einem Polizeikonvoi erwartet werden, fliegt Teabings Pilot das **Düsenflugzeug** direkt in den Hangar, um dort mit eigener Schubkraft zu manövrieren (S. 449). Kein Düsenpilot allerdings, der sich im Vollbesitz seiner geistigen Kräfte befindet, würde so etwas versuchen. Im Innern der Flugzeughalle würden die Düsenwirbel alle freistehenden Gegenstände in tödliche Geschosse verwandeln und wahrscheinlich sogar das ganze Gebäude zum Einsturz bringen.

• Brown betont die Modernität der in Villette gefundenen **Abhöreinrichtung**. Da verwundert es, dass die aufgenommenen MP3-Files auf Audiocassetten gespeichert wurden (S. 491ff) statt auf CD oder DVD, wie es heute selbst ein Amateur machen würde.

• Die von Dan Brown beschriebene **digitalisierte Bibliothek** für Religionswissenschaft im King's College (S. 507) existiert im realen Leben nicht.

• Nach Browns Informationen soll die **Begräbnisfeier Newtons** (1727) durch Alexander Pope geleitet worden sein, der auch die Trauerrede hielt (S. 525). Tatsächlich war der Haupttrauernde Sir Michael Newton, die Predigt hielt der Bischof von Rochester. Erst vier Jahre nach Newtons Tod wurde Pope hinzugezogen mit der Bitte, einen Text für die Grabinschrift zu verfassen.

• Niemals haben Heiden um den **Carrousel du Louvre** getanzt, um ein Fruchtbarkeitsritual zu Ehren der großen Göttin abzuhalten, wie Brown glauben machen will (S. 603). Während der städtebaulich relativ jungen Geschichte des Carrousel gab es in ganz Paris keine nennenswerten heidnischen Aufführungen dieser Art.[40]

## 6. Antikatholischer Affekt

Es gehört beinahe zum guten Ton, aufgrund angeblich tiefschürfender Studien immer neue Intrigen, Mordkomplotte und korruptes Verhalten innerhalb der katholischen Kirche aufdecken zu wollen. Wer sich eines solchen Themas annimmt, rutscht unweigerlich auf die Bestsellerliste: Sei es nun, um wie „Der Name der Rose" die Dekadenz mittelalterlicher Klöster bloßzulegen, die „Wahrheit" über die Päpstin Johanna ans Licht zu heben oder – um die Bosheit und Heuchelei des Vatikans in unseren Tagen zu entlarven – die These von der Ermordung Johannes Pauls I. zu vertreten. Die Mischung scheint anzukommen: Geld, Macht, Korruption, Dekadenz, sexuelle Hemmungslosigkeit, und um das alles in der Öffentlichkeit zu verschleiern, ein Geheimorden, der mit Bestechung und gekauften Killern seine Ziele erreicht.[41]

Seine **Meinung zum christlichen Glauben**, insbesondere zur katholischen Kirche, verschweigt **Dan Brown** nicht. Sowohl in Interviews als auch in seinem Roman „Sakrileg" kritisiert er die etablierte Kirche mit nachvollziehbaren und auch mit erfundenen Vorwürfen. Vielen chronischen Kirchenkritikern wird Brown mit seiner Bestätigung der immer wiederkehrenden Schlagworte von Kreuzzügen, Schwertmission, Hexenverfolgung, Benachteiligung der Frauen und stattlicher Kollaboration aus dem Herzen sprechen.

Die Skepsis gegenüber dem Glauben resultiert bei Brown offenbar zu einem wesentlichen Teil aus Erfahrungen **religiösen Eifers**, der wahnhafte Züge annehmen kann. Das wird in seinen Büchern deutlich: Die Gehbehinderung und der Kirchenhass des Prof. Kohler vom CERN wird mit strenggläubigen Eltern erklärt, die im alleinigen Vertrauen auf Gebet und Gottes Hilfe eine mögliche medizinische Behandlung ihres Kindes abgelehnt und die bleibende Behinderung dann als göttliche Strafe für mangelnden Glauben des Sohnes interpretiert haben (Illuminati, S. 563ff.). Im „Sakrileg" wird vornehmlich der katholischen Kirche viel Negatives zugetraut. Seit 2000 Jahren habe sie ihre Gegner mit Gewalt bekämpft (S. 48, 69). Selbstverständlich lässt sie sich bestechen und ist bereit andere mit **Geld** zu manipulieren (S. 61). Bewusst versuche sie Freiheit und Forschung zu unterdrücken (S. 171). Stillschweigend gehe die Kirche über Fälle **sexuellen Missbrauchs** von Priestern hinweg (S. 71). Durch ihre Lehre fördere sie **psychische Erkrankungen**, beispielsweise Dämonenwahn (S. 80) oder sexuelle Verklemmung (S. 105). Auch die verschiedenen **Morde** in beiden Büchern sind fast ausnahmslos religiös-ideologisch motiviert: Sie seien als Opfer für das höhere Ziel notwendig. All diesen Fällen ist gemeinsam: Die Liebe als Herzstück christlicher Verkündigung und Motivation christlichen Handelns kommt zu kurz.

Seiner scharfen Kritik an der etablierten Kirche stellt Brown ein **idealisiertes Heidentum** gegenüber. Als Alternative zum Kirchenglauben wird ein naturmystisches Weltbild propagiert, in dem das Heidentum als die sanfte, natürliche, ursprünglichere (da ältere) und weiblichere Religion idealisiert aufscheint. Dies schließt auch sexualmagische Vorstellungen ein: So wird spätantike Tempelprostitution zum „Hieros Gamos“ verklärt, durch den Mann und Frau spiritueller Ganzheit teilhaftig würden (Sakrileg S. 173) und der rituelle öffentliche Vollzug des Geschlechtsaktes wird (völlig losgelöst von Liebe und Zuneigung) als uralter Weg zur Gotteserkenntnis gepriesen (Sakrileg 421f.). Während Langdon sich stark für das Heidentum begeistert, ist seine Begleiterin in „Illuminati“ eine Yogalehrerin. Sie steht damit für den Typus der im fernöstlichen Bereich nach religiöser Inspiration suchenden Mittdreißigerin. Auch dies gehört zu **Strömungen des Zeitgeistes**.

Neben Kirchenkritik und Neuheidentum bilden die **Geheimgesellschaften** das dritte Zugpferd dieser Religionsthriller. Die Spannung der Neugier, die Geheimnisvolles automatisch auslöst, hat schon immer Geheimgesellschaften einen besonderen Nimbus verschafft - egal, ob diese nun in der Wirklichkeit oder nur in der Einbildung existierten. Mit der Einbeziehung arcaner Orden ist ein Themenfeld aufgestoßen, das spekulativen Neigungen viel Futter und ebensoviel Möglichkeit zum Irrtum gibt.[42]

Angesichts einer weitgehenden Deckungsgleichheit von zeitgenössischer Skepsis an der organisierten Kirche und der von Brown angebotenen Verschwörungstheorie sind viele Leser geneigt, den Gralsgelehrten Langdon und Teabing Glauben zu schenken, ohne sich mit gesundem Menschenverstand und entsprechender Fachliteratur ein zutreffenderes Bild von Kirche und Bibel zu machen. Abgesehen von der intellektuellen Mühe, könnte manchen auch die Unbequemlichkeit von einer tiefergehenden Auseinandersetzung abhalten, die sich ergibt, wenn **liebgewonnene Vorurteile** relativiert werden müssen.

Ehrlicherweise muss erwähnt werden, dass zwar alle Helden des „Sakrilegs“ kräftig über die katholische Kirche herziehen, letztlich der katholische Hauptrakteur, Bischof Aringarosa, aber eher als **leichtgläubiges Opfer** dargestellt wird. Mehrfach wird erwähnt, dass der Kirchenmann nur mitmachen will, wenn keine Gewalt angewendet wird (S. 484, 554). Schließlich wird er auch von seinem Geschäftspartner, dem „Lehrer“ belogen und betrogen. Eigentlicher Bösewicht und Anstifter von Verfolgung und Morden ist der neuheidnische Gralsfanatiker Teabing (S. 544, 566f, 571, 594f).

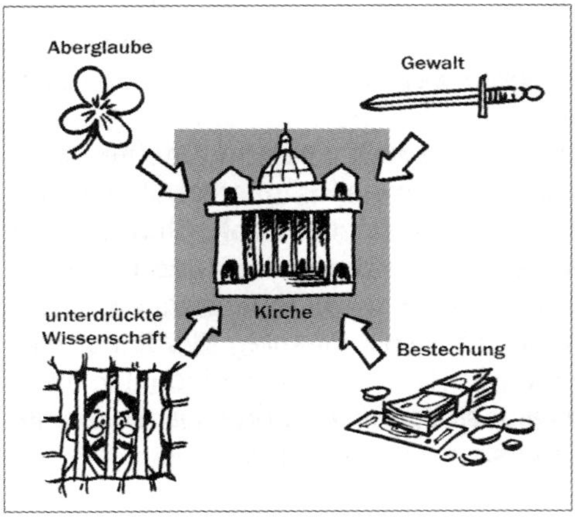

## 7. Maria Magdalena: War Jesus verheiratet?

„Die größte Verschleierungsaktion in der Geschichte der Menschheit. Jesus Christus war nicht nur verheiratet, er war auch Vater eines Kindes. ... Maria Magdalena war das heilige Gefäß ... Sie war der Schoß, der den Stammhalter geboren hat." (S.342)
Jesus heiratete und zeugte mit Maria Magdalena ein Kind, so Brown, dessen Nachfahren noch heute in Frankreich leben sollen. Die katholische Kirche versuche mit aller Gewalt und allen Mitteln (auch durch Mord) dieses Geheimnis von Jesus zu hüten, denn wenn herauskäme, dass Jesus nur ein normal-sterblicher Mensch war, dann würde die „katholische Kirche in die größte Krise ihrer 2000-jährigen Geschichte stürzen" (S. 365).

Der „**Mythos, der die Grundfesten der Kirche erschüttert**" (so auch die Werbung für „Sakrileg") handelt vom Heiligen Gral. Der Gral - so erfahren die erstaunten Leser - sei das alte heidnische Symbol für das Göttlich-Weibliche, das vom Christentum systematisch unterdrückt worden sei. Unter Kaiser Konstantin sei der „Übergang der Welt vom heidnisch-matriarchalen Mutterkult zum patriarchalen Christentum mit einem Propagandafeldzug ohnegleichen durchgedrückt" worden (S. 172).
Der Heilige Gral sei kein Gefäß, sondern eine Frau, „die ein Geheimnis von solcher Brisanz bewahrt hat, dass die Enthüllung [dieses Geheimnisses] das Christentum seiner Grundlage beraubt hätte!" (S. 329) Was ist dieses angeblich so spektakuläre „Geheimnis", das die Kernthese des Buches bildet? Es ist die Behauptung, dass Jesus mit Maria Magdalena verheiratet gewesen sei und mit ihr auch Nachfahren gezeugt hätte, die über das fränkische Königsgeschlecht der Merowinger bis in die Gegenwart hinein überlebt hätten. Die **Gralslegende** sei nichts anderes als eine **verschlüsselte Beschreibung dieser Tatsache**. Um das Wissen von der wahren Bedeutung des Heiligen Grals und die Dokumente, die diese Dinge belegen könnten, im Untergrund zu bewahren, sei die Geheimgesellschaft des Prieuré de Sion gegründet worden.
Warum die These, dass Jesus verheiratet gewesen sei, ungeheure Macht verleihen oder eine Offenbarung dieses „Geheimnisses" gar das Christentum zerstören sollte, bleibt freilich etwas schwer einsichtig. **Schließlich geht es im Christentum doch nicht um die sexuelle Unberührtheit Jesu**, sondern um die Erlösung durch seinen Kreuzestod und die Auferstehung. Diese Kernaussagen des christlichen Glaubens finden in Sakrileg allerdings keine besondere Beachtung. Statt dessen wird sehr irdisch über einen „legitimen Machtanspruch" (S. 352) der Familie Jesu spekuliert und eine tendenziell ins Rassenmythische abgleitende Blutslehre entwickelt.[43]

## Argumente für die Ehe Jesu

Prof. Dr. Mynarek, ehemaliger Theologie-Professor, geht ähnlich wie Dan Brown von der Annahme aus, Jesus Christus sei in Maria Magdalena verliebt gewesen und habe eine sexuelle Beziehung zu ihr unterhalten: „Jesus war kein Asket, **kein Verächter der Sinnlichkeit** und der leiblichen Freuden – einen „Fresser und Säufer" nennen ihn in den Evangelien seine Gegner. Auf seinen Wanderungen war der Meister stets von Jüngern und Jüngerinnen umgeben, sozusagen Tag und Nacht auf Tuchfühlung." Und zur Beziehung zwischen Jesus und Maria Magdalena: „Wer die Begegnung zwischen ihr und dem Auferstandenen bei Johannes (20,11–18) unvoreingenommen liest, wird zugeben, dass wir hier eine der romantischsten Liebesgeschichten der Weltliteratur vor uns haben."[44]

Wer allerdings den von Mynarek angeführten Bericht der Begegnung zwischen Maria und Jesus liest, wird schwerlich Anhaltspunkte für eine eheähnliche Partnerschaft beider finden können. Marias Suche nach dem Leichnam Jesu als auch ihre Freude über die Begegnung mit dem Auferstandenen lässt sich vollkommen zufriedenstellend mit der in den Evangelien beschriebenen Beziehung zwischen Maria und Jesus erklären. Demnach ist die **Frau aus Magdala** eine eifrige Schülerin und Anhängerin des Propheten aus Nazareth. Zudem ist sie ihm **dankbar für ihre Befreiung** von Besessenheit und Vergebung ihrer Schuld, unter der sie außerordentlich gelitten zu haben scheint (Mk 16,9; Lk 8,2; Joh 20,13.16). Wirkliche Hinweise auf eine darüber hinausgehende Beziehung finden sich in den biblischen Evangelien nicht, weshalb Dan Brown mit seiner Ehethese auf umstrittene und deutlich spätere Überlieferungen zurückgreifen muss.

Brown klärt seine Leser auf, dass es zur Zeit des Neuen Testaments für einen Juden, insbesondere für einen frommen **Rabbiner** vollkommen **undenkbar** gewesen sei, **nicht zu heiraten** (S. 337). Tatsächlich wurde die Ehe in der gesamten Geschichte des Judentums grundsätzlich positiv gewertet. Anders als im späteren Katholizismus waren auch Priester und religiöse Lehrer verheiratet. Nie aber war die Ehe verpflichtende Vorschrift für fromme Israeliten. Berichte über **alttestamentliche Propheten** wie Elia oder Samuel erwecken durch die Art ihres Dienstes den Eindruck, als lebten sie ohne Frauen (vgl. 1Kön 17f; 2Kön 1; 1. Sam 1ff). **Jeremia** soll auf Befehl Gottes ehelos bleiben, um sein Volk auf die drohende Verschleppung hinzuweisen (Jer 16,2ff). Auch im späteren, außerbiblischen Judentum werden **unverheiratete Rabbinen genannt.**[45] Im Neuen Testament scheint Johannes der Täufer ohne Frau in der Wüste gelebt und gepredigt zu haben (Mt 3,1ff; Lk 3,1ff). Von **Paulus**, der immerhin pharisäischer Gelehrter war, wissen wir aus seiner bisher unbestrittenen Selbstaussage, dass er unverheiratet war (1Kor 7,1.7ff; 9,5), ohne dass sein Zivilstand für Juden oder Christen zum Problem geworden wäre. Kaum vorstellbar, dass innerhalb einer Generation die frühe judenchristliche Gemeinde eine so radikale Veränderung von der totalen Ablehnung zur stellenweise Hochachtung der Ehelosigkeit durchlaufen haben sollte (Mt 19,12; 1Kor 7,1.27). Außerdem ist auch von dem frommen jüdischen Orden der **Essener** aus der religiösen Umwelt der christlichen Apostel bekannt, dass viele ihrer männlichen Anhänger erst sehr spät oder gar nicht heirateten.[46] Selbst die von Brown hochgeschätzten apokryphen Schriften erwähnen ledige Männer aus dem Umfeld Jesu. So wird beispielsweise in der Pistis Sophia positiv vom **„jungfräulichen Jünger Johannes"** berichtet.[47]

Im Gegenzug kann Dan Brown auch auf **keinerlei zeitnahe Quellen** verweisen, die eine Ehe Jesu belegten, weder aus jüdischem noch aus heidnischem oder christlichem Hintergrund. Dabei finden sich in den antichristlichen Polemiken jener Zeit durchaus Spekulationen über einen ominösen irdischen Vater Jesu, über manipulierte Wunder oder eine künstlich inszenierte Auferstehung. Hinweise auf Jesu Ehefrau hingegen finden sich nicht, obwohl eine noch machtlose Kirche kritische Stimmen noch nicht hätte unterdrücken können. Erst relativ spät finden sich vage Andeutungen über eine mögliche Ehe Jesu. Spätere christliche Generationen bemühten sich, die wissensmäßigen Lücken über Kindheit, Jugend und Privatleben Jesu durch fromme Phantasie zu füllen. Da die Ehe in jener Zeit zwar nicht vorgeschrieben, doch aber Normalfall der meisten Christen war, wurde Jesus zuweilen auch eine Frau angedichtet. Auf der Suche im Neuen Testament standen diesbezüglich nur wenige freie Frauen zur Auswahl, sodass sich Spekulanten schon bald auf Maria Magdalena als Ehekandidatin einigten. In manchen neueren Publikationen wird entsprechend gegenwärtigen Partnerschaftsvorstellungen mit der Purpurhändlerin **Lydia** noch eine **zweite Lebensabschnittsgefährtin Jesu** ins Gespräch gebracht. Für beide Beziehungen existieren allerdings keinerlei ernstzunehmende historische Belege.

Ein weiterer Ehegrund ist für Brown Jesu Verantwortung, das rechtmäßige **Herrschergeschlecht Davids weiterzuführen**. „Als unmittelbarer Abkömmling der Könige Salomon und David hatte Jesus einen legitimen Anspruch auf den jüdischen Königsthron." (S. 318) - Sicher, die von Brown konstruierte Abstammungslinie stimmt, auch wenn Joseph nicht der leibliche Vater Jesu war. Davon abgesehen, war er aber nur einer von zahlreichen möglichen Thronanwärtern. Welchen Rang Jesu Erbrecht gegenüber seinem Vater, seinen Brüdern und Cousins hat, darüber wird uns weder in der Bibel noch in zeitgenössischen außerbiblischen Quellen irgendetwas verraten. Sicher ist, dass sich zahlreiche zur Zeit Jesu lebende Männer aus dem Stamm Benjamin der Verwandtschaft mit König David rühmen konnten. Wer von ihnen

nach den zwischenzeitlich vergangenen Jahrhunderten legitime Ansprüche auf den Thron hatte, war damals vollkommen ungeklärt. Jesus selbst lehnt einen Regierungsantritt in Israel deutlich ab (Lk 17,20; Joh 6,15; 18,36). Laut Brown wurde Jesu Leben wegen seiner Stammeszugehörigkeit von „Tausenden seiner Anhänger im ganzen Land" aufgezeichnet. Abgesehen davon, dass sich von den behaupteten **tausenden von Jesusbiographien** lediglich unsere vier bekannten Evangelien erhalten haben (alle apokryphen Schriften folgen erst mit weitem zeitlichen Abstand), muss die Frage erlaubt sein, ob auch gleich viele Dokumentationen über das Leben des Vaters, Großvaters, Urgroßvaters ... Jesu angefertigt wurden, da doch auch sie legitime Herrscheranwärter Israels gewesen sein müssten. Heute wissen wir von solchen Schritten jedenfalls nichts.
In Ermangelung deutlicher biblischer Hinweise auf eine Ehe Jesu versuchen verzweifelte Freunde dieses Gedankens zu argumentieren: Was im Neuen Testament nicht geleugnet wird, könnte wahr sein. Da sich in den Evangelien auch **keine klaren Aussagen gegen eine Ehe des Gottessohnes** finden, erhoffen sie sich einen historischen Freiraum, der eine Eheschließung zumindest möglich sein lässt. Allein der Hinweis, dass etwas hätte sein können oder dass ein Sachverhalt nicht deutlich zurückgewiesen wird, ist keine hinreichende Begründung, gerade diesen Sachverhalt anzunehmen. Nur Amateure unter den Historikern operieren mit solchen Geschichtskonstruktionen (Argumentum ex silentio). Kein ernsthafter Forscher käme auf die Idee, ohne stichhaltige zeitnahe Quellen Paulus einen Arztberuf oder Timotheus eine große Kinderzahl anzudichten, nur weil in historischen Dokumenten nicht das Gegenteil behauptet wird. Sicher, auch aus dem Leben Jesu können wir mit zweitausendjährigem Abstand nicht mehr alle Einzelheiten rekonstruieren. Der ernsthafte Forscher sollte über das, was er nicht wissen und bisher aus Mangel an geeigneten Quellen auch nicht erforschen kann, lieber schweigen als sich von seinen weltanschaulichen Wunschvorstellungen leiten zu lassen.

Doch selbst wenn wir uns auf Browns Ehegeschichte Jesu einließen, kann der Roman nicht plausibel machen, warum diese Beziehung den christlichen

Glauben und die katholische Kirche zusammenbrechen lassen sollte. In der Theologie ist diese Frage nur von untergeordneter Bedeutung. Kein wichtiges Dogma beschäftigt sich mit der Ehelosigkeit Jesu. Im **Zentrum des christlichen Glaubens** steht nicht sein Zivilstand, sondern die Position Jesu als Sohn Gottes und seine Bereitschaft, sich stellvertretend für schuldige Menschen vor Gott bestrafen zu lassen. Selbst wenn Jesus wider allen bisherigen historischen Wissens verheiratet war oder Kinder hatte, würde das die christliche Theologie nur marginal berühren. Ein Zusammenbruch christlicher Kirchen aufgrund einer solchen Erkenntnis wäre kaum zu erwarten. Allerdings spricht auch nichts für eine generelle Wertschätzung seiner hypothetischen leiblichen Nachkommen, sofern es sie denn gäbe. Bei Jesus selbst treten seine leiblichen familiären Verbindungen zu Eltern oder Geschwistern deutlich hinter seiner **Beziehung zu seinen Anhängern** als geistlichen Geschwistern zurück. Auch in der jungen christlichen Gemeinde genießen Jesu Familienangehörige keine generelle Sonderstellung. Von seinen zahlreichen Geschwistern tritt lediglich sein Bruder Jakobus besonders hervor (Mt 13,55; Apg 21,18; Gal 1,19; 2,9), eher allerdings aufgrund seines vorbildlichen Christenlebens als aufgrund seines Stammbaums.

## Maria Magdalena als Ehefrau Jesu

Teabing: Die Ehe zwischen Jesus und Maria Magdalena ist „eine historisch verbürgte Tatsache." (S. 335) Wer sich von Browns Argumenten von Jesu vorgeblicher Ehe überzeugen lässt, steht weiterhin vor der schwer lösbaren Frage, wen Jesus denn geheiratet haben sollte. Brown tippt auf Maria Magdalena, kann zur Begründung dieser Vermutung jedoch lediglich auf ein paar interpretationsbedürftige Andeutungen verweisen, die erst über hundert Jahre nach dem Tod Jesu verfasst wurden.
Tatsächlich gibt es Texte, in denen die Maria Magdalena nicht als eine von mehreren Frauen im Gefolge des Heilands, sondern als dessen enge „Gefährtin" dargestellt wird. Diese Texte nennt man „apokryphe" (= verborgene ) Bücher oder kurz Apokryphen. Einige dieser Schriften wurden erst im vergangenen Jahrhundert wieder entdeckt. Der wichtigste Fund waren 13 Pergamentrollen in einem Tonkrug, die 1945 in Nag Hammadi (Oberägypten) gefunden wurden. Diese Rollen enthielten unter anderem bis dahin unbekannte Berichte über das Leben Jesu in koptischer Sprache. Die ältesten dieser Texte wurden wahrscheinlich Mitte des zweiten Jahrhunderts nach Christus angefertigt, die jüngeren erst wesentlich später. In einer dieser Apokryphen, dem so genannten **Philippus-Evangelium**, heißt es: „Die Gefährtin Christi ist Maria, die aus Magdala. **Der Herr liebte Maria mehr als alle Jünger** und er küsste sie häufig auf den Mund. Als die Jünger das sahen, sagten sie ihm: 'Warum liebst du sie mehr als uns alle?'" Dan Brown leitet daraus ab, Maria

Magdalena sei die Ehefrau Christi gewesen und das Paar habe Kinder gehabt, einfach, weil ein 30-jähriger Mann in der jüdischen Gesellschaft von damals verheiratet zu sein und Nachwuchs zu haben hatte.
In mehreren Apokryphen wird Maria Magdalena als bevorzugte Gesprächspartnerin und rechte Hand von Jesus bezeichnet: Sie stellt die meisten Fragen, sie wird vom Heiland immer wieder vor allen anderen gelobt, sie verteilt nach seinem Tod die Missionsgebiete unter den Jüngern. Brown: „**Jesus war sozusagen der erste Feminist**. Nach Aussage jener alten unverfälschten Evangelien hat Christus nicht Petrus zum Sachwalter seiner Kirche eingesetzt, sondern Maria Magdalena." Doch nach der kirchlichen Lehrmeinung war und ist Petrus der Fels, auf den Jesus seine Kirche bauen wollte. Nieder also mit Maria Magdalena! „Zur Abwehr der nachhaltigen Bedrohung stellte die Kirche Maria Magdalena beharrlich als Dirne dar und vernichtete sämtliche Dokumente, die sie als Gattin Christi ausweisen konnten", sagt der Privatgelehrte Teabing im Roman.[48]
„Jeder, der des Aramäischen mächtig ist, wird Ihnen bestätigen, dass das Wort **Gefährtin** in jenen Tagen nichts anderes als **Ehefrau** bedeutete" (S. 338) - Brown erwähnt hier nur die von mehreren Übersetzungsmöglichkeiten, die gut in sein Konzept zu passen scheint. Grundsätzlich bedeutet „Gefährtin", dass Jesus und Maria Magdalena in bestimmter Hinsicht eine Gemeinsamkeit hatten. Der Zusammenhang des Philippus-Evangeliums (übrigens eine Schöpfung des späten 3. Jahrhunderts und damit von historischer Belanglosigkeit) und Parallelen in anderen Schriften (Irenäus bezeichnet Lukas als Gefährten des Paulus, Markus als Gefährten des Petrus etc.) der damaligen Zeit macht deutlich, dass es sich gerade nicht um eine Ehefrau, sondern um eine „**Gefährtin der Spiritualität**" handelte.[49]
Mit seinen apokryphen Quellen geht Brown recht unsachgemäß um. Er übersieht beispielsweise, dass gerade die von ihm zitierten gnostischen Schriften weitgehend die menschliche Realität Jesu leugnen. Nach ihrem Konzept hatte Jesus, der Erlösergott, einen reinen Geistleib. Den irdischen materiellen Körper sahen sie als minderwertig und deshalb Gottes unwürdig an. **Eine geschlechtliche Zeugung irdischer Nachkommen passt deshalb kaum in das religiöse Konzept der Gnostiker**. Browns löst seine Zitate bewusst aus ihrem Kontext heraus, in dessen mystischem Original ein Kuss weit eher als symbolischer Akt der Wissensvermittlung verstanden wird denn als Beschreibung eines erotischen Abenteuers, zumal solche öffentlichen Liebesbekundungen in der jüdischen Umwelt jener Zeit eher unüblich waren. Die bloße Beteuerung, Jesus habe Maria geliebt, kann kaum auf eine sexuelle Verbindung gedeutet werden, da mit demselben Ausdruck auch Jesu Beziehung zu seinen anderen männlichen Jüngern (Mk 10,21; Joh 8,42; 11,3.5; 13,23) oder zur christlichen Gemeinde (Eph 5,2.25) beschrieben wird. Hier wird offensichtlich **symbolisch** sogar von

einer Hochzeit zwischen **Jesus als Bräutigam und der Gemeinde als Braut** (Mt 9,15; 25,1ff; Offb 19,7; 21,9, 22,17) gesprochen, offensichtlich auf einer spirituellen, nicht aber auf einer körperlichen Ebene. Darüber hinaus soll der Christ jeden Menschen, selbst seinen Feind lieben (Mt 19,19; 22,39). Ausdruck der liebenden Verbindung innerhalb der Gemeinde konnte in neutestamentlicher Zeit sogar der **gegenseitige Kuss** sein (Röm 16,16; 1Kor 16,20), allerdings ohne sexuellen Hintergrund.
Über Bibel und apokryphe Schriften hinaus verweist Brown auch auf Leonardo da Vinci als wichtigen Trauzeugen der Ehe zwischen Jesus und Maria Magdalena. Interpretationsbedürftige Andeutungen aus Leonardos Gemälden allerdings können wohl für niemanden als ernst zu nehmendes Argument für eine Ehe Jesu herangezogen werden. Da es keinerlei schriftliche Äußerungen Leonardos gibt, in der der Künstler eine solche Beziehung Jesu für wahrscheinlich hielt, stehen Browns Bildmeditationen sowieso auf wackeligen Füssen. Doch selbst wenn Leonardo eine Liebschaft zwischen Jesus und Maria Magdalena annahm, was mehr als umstritten ist, hatte **Leonardo über 1500 Jahre nach dem betreffenden Ereignis** keinerlei historische Belege für eine solche Sichtweise. Dem entsprechend können seine Gemälde über das historische Leben Jesu keinerlei Auskunft geben.
Das von Brown für seine Liebesgeschichte herangezogene **Geheimdossier** des Prieuré de Sion enthält zwar eine lange Namensliste, die nachweislich allerdings erst in neuerer Zeit verfasst wurde.[50] Echte, historisch relevante Dokumente, beispielsweise aus der Antike oder dem Mittelalter, enthält es nicht. Darüber hinaus wird es heute selbst von ihrem Verfasser nicht mehr ernstgenommen.[51]
Der Religionswissenschaftler und Qumranforscher Prof. Claus-Hunno Hunzinger kommentiert Dan Browns Thesen, Jesus sei mit Maria Magdalena verheiratet und hätte eine Geheimgesellschaft gegründet: „Die Leute sind von einer solchen religiösen Ahnungslosigkeit, dass sie jeden Blödsinn glauben und auf den Leim gehen. Gegen Argumente kann man wissenschaftlich argumentieren, gegen pure Phantasien hat man nichts entgegenzusetzen, das ist wie der Kampf von Don Quichote gegen die Windmühlen."

## Die Diffamierung Maria Magdalenas

Den offensichtlichen Mangel historischer Hinweise auf eine Ehe Jesu mit Maria Magdalena führt Brown auf eine Unterdrückungskampagne der katholischen Kirche zurück, die Quellen verschwinden ließ (ohne dass Brown allerdings sagen könnte wann, durch wen und was verschwand) und Maria nachhaltig als Prostituierte diskreditierte.
„**Maria Magdalena war keine Dirne**. Diese schlimme Verfälschung ist das Ergebnis einer bewussten Verleumdungskampagne der Kirche, die Maria

Magdalena in den Schmutz ziehen musste, um das gefährliche Geheimnis dieser Frau unter den Teppich zu kehren." (S. 334, vgl. 341; 347) - Zwölfmal wird Maria Magdalena im Neuen Testament mit Namen genannt[52] (davon kein einziges Mal als Dirne bezeichnet). Eine zweite Frau mit Namen Maria ist die Schwester von Martha und Lazarus, die zu dritt in Bethanien lebten (Joh 11,1). Schließlich findet sich noch eine dritte Frau, deren Name uns verschwiegen wird. Die „Sünderin", wie sie genannt wird, salbt Jesus aus Dankbarkeit und Verehrung die Füße (Lk 7,37-50). Während die Ostkirche alle drei Frauen als eigenständige Personen verehrte und ihnen jeweils ein eigenes Fest widmete (21. März: Die ungenannte Sünderin; 18. März: Maria von Bethanien; 22. Juli: Maria Magdalena), hat die Westkirche (also die römische Kirche) Maria von Bethanien mit Maria Magdalena identifiziert. Davon, dass diese Maria mit der Sünderin gleichzusetzen ist und diese eine Dirne war, ist in der offiziellen Lehre der Kirche nie die Rede gewesen. Im Volksbrauch und bei einzelnen Kirchenvätern gab es allerdings diese Zuordnung. Einmal davon abgesehen - selbst wenn Maria Magdalena und die „Sünderin" ein und dieselbe Person wären, wäre damit keine zwangsläufige Herabwürdigung verbunden, denn sie bleibt ja nicht „Sünderin", sondern wird zu Jüngerin Jesu. Petrus wird ja auch nicht herabgewürdigt durch seine Verleugnung Jesu (immerhin nennt Jesus ihn sogar einmal „Satan"). Dass die uns überlieferten Evangelien, die Brown für eine Verunglimpfung der Magdalena hält, gerade sie zur ersten Zeugin des Auferstandenen macht (noch vor Petrus und den anderen Aposteln), passt überhaupt nicht in sein Konzept. Hätte man Maria Magdalena verdrängen wollen, hätte man sie einfach aus den Evangelien streichen können oder in den Bericht über die „Sünderin" den Namen Maria einfügen oder ihr Verhalten an den Stellen diskreditieren können, an denen die Evangelien offen von ihr berichten.
Eine ausführliche Auseinandersetzung mit Browns Spekulationen über Maria Magdalena bietet auch Darell L. Bock, Professor für Neues Testament. Unter anderem stellt er fest: „Maria Magdalena war eine gläubige Jüngerin, eine Zeugin für Kreuz, Begräbnis und Auferstehung Jesu. ... Sie war nicht mit Jesus verheiratet; zumindest gibt es keinen Beweis in der Bibel oder außerhalb ihrer dafür."[53] Zusammenfassend führt Bock aus: „Zwei historische Behauptungen des Thrillers halten stand: 1. Frauen wurden in ihrer Stellung emporgehoben durch das, was Jesus lehrte (jedoch möglicherweise nicht so sehr, wie manche annehmen möchten). 2. Maria Magdalena war keine Prostituierte. Die übrigen Grundlagen der Geschichte sind aus Sand hergestellt."[54]

## 8. Die geheimen Evangelien und die eigentliche Wahrheit

Browns gesamte Verschwörungstheorie gründet auf der historischen Glaubwürdigkeit der von ihm zitierten apokryphen Evangelien. Fallen deren Aussagen zum Ehestand Jesu, können alle Spekulationen um Templer, Freimaurer und Prieuré de Sion vergessen werden, da diese auf den Aussagen der apokryphen Evangelien aufbauen. Schon unabhängig von den zu diskutierenden Behauptungen zu Maria Magdalena sind diese Schriften höchst problematisch. Erstens erwähnen sie, abgesehen von gelegentlichen Küssen, **nichts von einer Ehe Jesu**. Zweitens wurden diese Schriften von der überwiegenden Zahl ihrer damaligen Leser **als unglaubwürdig verworfen**. Drittens können sie sich im Gegensatz zu den biblischen Evangelien auf **keinerlei Augenzeugen** stützen und sind zudem noch anonym verfasst worden, womit sich der Autor jeder Verantwortlichkeit entzieht. Diesen Schriften Glauben zu schenken, wäre etwa so absurd, als wolle man 2006 einem anonymen Schriftsteller glauben, der ohne weitere Begründungen behauptet, Napoleon sei nicht Kaiser Frankreichs, sondern Englands gewesen. Alle schriftlichen Unterlagen seien in einer großen Verschwörung verfälscht worden, weil die Franzosen die Schmach einer Niederlage gegen die Briten verschleiern wollten. Zwar gibt es, außer ein paar selbst fabrizierten Manuskripten, keinerlei nachprüfbare Dokumente und alle Zeitgenossen Napoleons behaupten das Gegenteil, aber bei einer solch großen Vertuschungsaktion kann man auch nichts Anderes erwarten. Wer wollte dieser Geschichtskonstruktion mehr glauben als den Augenzeugen?

Bereits Konstantin der Große habe „Tausende von Handschriften" (S. 322) im 4. Jh. vernichten lassen, die von dem gewöhnlich menschlichen Jesu berichtet haben und im kaiserlichen Auftrag sei die Bibel in den römischen Schreibstuben verfälscht worden. Auf dem Konzil von Nizäa (325 n. Chr.) habe Kaiser Konstantin angeblich den sterblichen Jesus per Dekret zum Sohn Gottes erklären lassen. Unsere Bibel sei eine Fiktion und **die Wahrheit über Jesus würden nur die religiösen Schriften enthalten, die Konstantins Verfälschungs- und Vernichtungsaktion entgangen seien**, wie die weltberühmten Schriftrollen von Qumran und die Funde von Nag Hammadi in Ägypten (S. 323, 337). „In einer Höhle bei Qumran in der Wüste von Judäa wurden im Jahr 1950 die Schriftrollen vom Toten Meer entdeckt. Und dann gibt es natürlich noch die koptischen Schriftrollen von Nag Hammadi. Abgesehen davon, dass diese Dokumente die wahre Gralsgeschichte erzählen, sprechen sie in einer sehr menschlichen Weise vom Wirken Jesu. Natürlich hat der Vatikan in Fortsetzung seiner Tradition der

Verschleierung und Informationsunterdrückung mit allen Mitteln versucht, die Veröffentlichung dieser Schriften zu verhindern. Grund dazu hatte er genug. Anhand der Schriftrollen treten augenfällige historische Ungereimtheiten und Fälschungen zutage, die klar erkennen lassen, dass unser heutiges Neues Testament von Männern zusammengestellt und herausgegeben wurde, die eine politische Absicht damit verbunden haben. Zur Untermauerung ihres eigenen Machtanspruchs musste aus dem Menschen Jesus Christus der Sohn Gottes gemacht werden." (S. 322f)

## Unklare Überlieferung tausender Evangelien?

**Unzählige Biographien des jüdischen Königs**
„Als der Messias der Prophezeiung ließ er [Jesus] Könige stürzen, führte Millionen Menschen zu einem neuen Aufbruch und begründete eine neue Weltanschauung ... Jesus hatte einen legitimen Anspruch auf den jüdischen Königsthron. Kein Wunder also, dass sein Leben von Tausenden seiner Anhänger im ganzen Land aufgezeichnet wurde." (S. 318) - Teabings Darstellung widerspricht allen zur Verfügung stehenden Daten aus jener Zeit. Weder ist auch nur ein Monarch bekannt, der in jener Zeit durch Jesus zu Fall gekommen sein könnte, noch gab es Millionen von Anhängern. Wahrscheinlich lebten nicht einmal gesamtheitlich so viele Menschen in der Region. Hätte er tatsächlich über eine solch immense Anhängerzahl verfügt, wäre es der kleinen römischen Garnison in Jerusalem unmöglich gewesen, Jesus gefangen zu halten oder ihn gar öffentlich zu töten. Wie nah Jesus der unmittelbaren Thronlinie Davids stand, kann heute kein Historiker mehr rekonstruieren. Auch Teabing muss sich in Browns Roman diesbezüglich auf seine bloße Intuition verlassen. Jesus selbst weist einen Anspruch auf den jüdischen Thron mehrfach zurück (Joh 6,15; 18,36). Jüdische und römische Quellen schweigen ebenfalls über einen jüdischen Königsanwärter in jenen Tagen, obwohl Jesu mit Millionen Anhängern (zumindest nach Brown) doch öffentlich aufgefallen sein müsste. **Tausende von Jesusbiographien im ersten Jahrhundert existieren lediglich in Browns Phantasie.** Nicht der geringste historische Hinweis darauf lässt sich heute nachweisen. Weder die Freunde noch die Gegner der Christen erwähnen eine solche Zahl von Evangelienvarianten. Selbst Jahrhunderte später kommen nicht einmal 10% der von Brown angenommenen Rekonstruktionsversuche des Lebens Jesu zusammen.[55]
„Es gab mehr als achtzig Evangelien, die für das Neue Testament zur Auswahl standen, dennoch kamen nur vier zum Zuge - die Evangelien des Matthäus, Markus, Lukas und Johannes." (S. 318) - In der Zeit, in der sich die **vier Evangelien** durchsetzten - **bereits 150 nach Christus,** war diese Frage geklärt (siehe „Briefe gegen Markion"), allerspätestens mit Irenäus

ein paar Jahrzehnte später - gab es die meisten der angeblich 80 anderen Evangelien noch gar nicht. Zur dieser Zeit existierten nach Jenkins lediglich 17 konkurrierende Schriften.[56] Beschränken wir uns gar auf die Augenzeugen oder Zeitgenossen Jesu, stehen mit Ausnahme einiger Fragmente nur noch die vier bekannten Evangelien zur Verfügung.

**Die Zuverlässigkeit des Neuen Testaments**

„Die Heilige Schrift hat sich angesichts zahlloser Hinzufügungen, Korrekturen und Neuübersetzungen verändert und fortentwickelt." (S. 318) Tatsächlich verzeichnen textkritische Ausgaben des Neuen Testaments tausende von Textvarianten, deren weit überwiegende Zahl auf Abschreibfehler und stilistische Verbesserungsversuche zurückzuführen sind. Gelegentlich scheinen auch theologisch motivierte Veränderungen versucht worden zu sein. Eine grundsätzliche Verfälschung, wie die von Brown behauptete, kann durch keinerlei textkritischen Befund gestützt werden. Statt dessen ist eine **beeindruckende Kontinuität zwischen den frühesten Evangelienhandschriften** (lange vor Konstantin dem Großen) **und den späteren Ausgaben** ganz offensichtlich. Keine der bisher gefundenen Varianten der biblischen Evangelien enthält einen auch noch so vagen Hinweis auf eine Ehe mit Maria Magdalena, auf leibliche Nachkommen Jesu oder eine matriarchale Theologie.

In einer Höhle in Qumran fand man ein Fragment mit einem Teil des Markus-Evangeliums - spätestens 70. n Chr., vermutlich schon früher - mit der gleichen Kapiteleinteilung wie heute. Die ältesten Evangelien-Funde (70-100 n. Chr.) zeigen Texte, die nur in unwesentlichen Details von unserem heutigen Bibeltext abweichen. Keineswegs hat dieses ständige Verändern sogar bis 325 n. Chr. angedauert, wie Brown suggeriert.

**Keine Einigkeit beim Neuen Testament?**

„Es hat nie eine endgültige Version des Buchs der Bücher gegeben" behauptet im Roman der Gralskenner Teabing (S. 318). Diese Feststellung ist so offensichtlich falsch, dass ein einziger Blick ins Lexikon genügt, die Angelegenheit aufzuklären. Alle christlichen Konfessionen erkennen dieselben 27 Bücher des NT als kanonisch, maßgeblich und normativ an. Die erste Erwähnung einer Liste der neutestamentlichen Schriften findet sich keine 150 Jahre nach dem Tod Jesu - das sogenannte **Fragmentum Muratorianum, ca. 180 n. Chr.** Es gab - vor allem über Briefe späterer Päpste - noch einigen Klärungsbedarf, so dass erst auf den Synoden von Hippo (393), Karthago (397 und 419) und für die Ostkirche mit dem Osterbrief des Athanasius (367) feststand, was genau zur Bibel gerechnet werden konnte. Dabei legten die Synoden keine neuen Zusammenstellungen des Neuen Testaments vor, sondern bestätigten die **schon seit Jahrhunderten in der Gemeinde als zuverlässig erkannten und benutzten Schriften**.

Die von Brown herangezogenen Apokryphen standen zu keiner Zeit auch nur zur Diskussion, um Bestandteil der Bibel zu werden.[57]

**Fälscht Kaiser Konstantin die Bibel?**
Nach Brown war der römische Kaiser Konstantin denkbar ungeeignet, um die „Auswahl" der neutestamentlichen Bücher zu begleiten. „Er [Konstantin] war ein **Leben lang Heide**", stellt Brown fest. - Der Kaiser hatte vor der Schlacht an der Milvischen Brücke eine Kreuz-Vision; nachdem er in der Schlacht siegreich blieb, nahm er nach und nach den christlichen Glauben an, bis schließlich Eusebius, sein Bischof, ihn zu Lebzeiten als „ernsthaften und gläubigen Christen" beschrieb. Darüber hinaus setzte er sich für die vorher verfolgten Christen ein, ließ auf Staatskosten zerstörte Kirchen wieder aufbauen und vorher konfiszierte Bibelhandschriften vervielfältigen. Auch bekennt er sich selbst zum christlichen Glauben, lässt sich von bekannten Christen beraten und besucht regelmäßig die Gottesdienste.[58]
„Man hat ihn **auf dem Totenbett getauft**, als er sich nicht mehr wehren konnte." (S. 318) - Konstantin wollte im Jordan in Israel getauft werden - das war ihm leider nicht möglich. So ließ er schließlich, dem Tode nah, kurz nach Ostern 337 den Bischof rufen, zog sein purpurrotes Gewand aus und zog sich das weiße Taufgewand an (wohlgemerkt - alles eigenhändig) und ließ sich von Eusebius, dem Bischof von Nikomedia, taufen. Wenige Tage später starb er. Konstantins späte Taufe hing auch mit der damals verbreiteten Auffassung zusammen, die Taufe würde buchstäblich alle Sünden abwaschen, für alle danach begangenen Fehler müsse der Christ selbst im Jenseits büßen. Der Kaiser, der in seinem alltäglichen Regierungsgeschäft für manche Ungerechtigkeiten verantwortlich war, **wollte so mit möglichst geringem Gepäck vor Gott erscheinen.**[59]
Konstantin ist nach Brown verantwortlich für die heute bekannte Zusammenstellung des Neuen Testaments. „Das Neue Testament, so wie wir es heute kennen, geht auf den heidnischen römischen Kaiser Konstantin zurück." (S. 318) - Die vier Evangelien (und darauf kommt es hier an) wurden 150 Jahre vor Konstantin festgelegt. Irenäus schreibt (um 180): „Die Evangelien können weder mehr noch weniger der Anzahl nach als genau vier sein." Andererseits wurden noch lange nach Konstantins Tod neben den kanonischen Evangelien apokryphe Geschichten über und um Jesus als populäre Lektüre gelesen. Der Kirchenhistoriker Kurt Aland: „Es darf nicht übersehen werden, dass man in manchen Teilen der Kirche bis ins 7. Jahrhundert hinein einen durch die Aufnahme von apokryphen Schriften erweiterten Kanon besaß." Mit einer großangelegten Ausrottungsaktion apokrypher Schriften hatte die **Feststellung der Zuverlässigkeit der neutestamentlichen Evangelien zu Konstantins Zeiten** nichts zu tun.

Die Lehre vom Sündenfall ist nach Brown ein Beispiel für die Lehrverfälschungen dieser Zeit. „Nicht Gott, sondern Männer - genauer gesagt Kirchenmänner - haben die **Erbsünde erfunden**, der zufolge Eva vom Apfel der Erkenntnis gegessen ... hat" (S.328) - Nun, es können keine Kirchenmänner gewesen sein, die diese Geschichte erfunden habe. Sie steht im Alten Testament und ist lange vor Christus bezeugt - also auch Jahrhunderte bevor es so etwas wie Kirchenmänner gegeben hat. Außerdem hat Eva nicht vom „Apfel" der Erkenntnis gegessen - um welche Frucht es sich handelt, wird in der Bibel nicht erwähnt (1Mo 2,17f; 3,3f).[60]

## Kaiser Konstantins christlich-heidnische Mischreligion?

„Zu Konstantins Zeiten war die offizielle römische Religion der Sonnenkult des Sol invictus, des unbesiegbaren Sonnengottes, und Konstantin war der Hohepriester dieser Staatsreligion." (S. 318) - Zu Konstantins Zeiten war die offizielle römische Religion der Glaube an die römischen Götter namens Jupiter, Mars, Merkur etc. Es gab zwar den **Sol invictus-Kult**, aber nicht als offizielle Religion.[61]

Konstantin „hat die heidnischen Symbole, Festtage und Rituale mit der sich herausbildenden christlichen Tradition verschmolzen und auf diese Weise eine Art Mischreligion geschaffen, die für beide Seiten akzeptabel war." (S. 319) - Die Christen hatten unter dem Vorgänger Konstantins, Diocletian, viel zu leiden; es war die letzte schwere Christenverfolgung in Rom von enormen Ausmaße. Christen waren reihenweise für ihren Glauben gestorben. Da soll es wirklich möglich gewesen sein, dass diese **standhaften Anhänger Jesu sich auf eine neue, vom Nachfolger des Schlächters erfundene Religion einfach so einließen?** Außerdem ließ Konstantin die bestehenden römischen und griechischen Religionen unangetastet, sodass

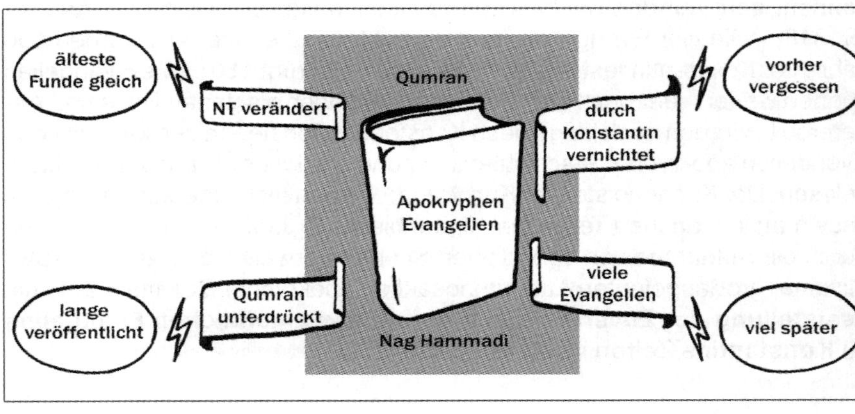

kaum einer ihrer Anhänger zu dem noch kurze Zeit vorher verachteten christlichen Glauben übertrat. Im Gegensatz dazu waren die darauf folgenden Jahrzehnte angefüllt mit erhitzten Kontroversen zwischen den Vertretern des Christentums und den Anhängern anderer antiker Kulte.

**Mithras und Jesus**

„Am Christentum gibt es wirklich kaum etwas Eigenständiges. Der vorchristliche Gott Mithras - man nannte ihn den Sohn Gottes und das Licht der Welt - wurde an einem fünfundzwanzigsten Dezember geboren, kam gewaltsam ums Leben, wurde in einem Felsengrab bestattet und ist nach drei Tagen von den Toten wieder auferstanden ... Sogar der wöchentliche Feiertag stammt aus dem Repertoire der Heiden." (S. 320) - Auch andere **oberflächliche Ähnlichkeiten** zwischen verschiedenen Göttern und Kulten lassen keinen zuverlässigen Rückschluss zu, ob und was Christen von anderen Religionen übernommen haben. So ist der Kalender in seinen Tagen begrenzt und bei der großen Zahl damaliger Götter hatte irgendjemand auch an jedem anderen Tag Geburtstag. Ein **Felsengrab** war damals durchaus üblich, insbesondere für herausragende Personen, sodass Christen diese Bestattungsart nicht von anderen Göttern abgucken mussten. Die **Bezeichnung „Sohn Gottes"** war den Christen schon lange vor ihrer Begegnung mit Mithras aus dem Alten Testament vertraut (Ps 89,27; Hos 2,1). Zwar ist es richtig, dass Konstantin den **Sonntag** zum offiziellen Feiertag erklären ließ. In Erinnerung an die Auferstehung Jesu kamen die Christen aber schon lange vorher am ersten Tag der Woche zu ihren Versammlungen zusammen (Mt 28,1; Joh 20,1.19; Apg. 20,7; 1Kor 16,2). Auch Berichte der Kirchenväter aus dem ersten und frühen zweiten Jahrhundert bestätigen die sonntäglichen Gottesdienstfeiern, lange vor Konstantin.[62] „Bevorzugter Tag der Zusammenkünfte war von Anfang an der Sonntag, der als **Tag der Auferstehung Jesu** den jüdischen Sabbat ablöste und zur dies dominica wurde. Selbstverständlich besaß er anfangs keinen Festtagscharakter. Er war für die arbeitende Bevölkerung bis zur Privilegierung durch Konstantin im Jahre 321 ein Werktag wie jeder andere. Hervorgehoben wurde er allein durch die Feier der Eucharistie, die ... vor Tagesanbruch stattfand, zu einer Zeit also, zu der auch Abhängige, Sklaven und Lohnarbeiter am Gottesdienst teilnehmen konnten."[63] Selbst die von Brown hoch geachteten gnostischen Evangelien erwähnen den christlichen Sonntag. - Doch scheinbar beruft Brown sich nur auf diese Quellen, wenn sie ihm genehm erscheinen. - Die Einführung der Sieben-Tage-Woche im Römischen Reich ist übrigens jüdischem Einfluss zu verdanken (im 2. Jhdt.). Die sonntägliche Feier des Sol invictus wurde erst 274 durch Kaiser Aurelian verfügt und war 50 Jahre später, als Konstantin Kaiser wurde, noch nicht so unhinterfragbar, dass Christen ihn hätten übernehmen müssen.[64] Die Judenchristen hielten darü-

ber hinaus aus kulturellen Gründen auch die Sabbatruhe und Christen, die in jüdischem Umfeld wohnten, verzichteten zumeist auch auf eine überflüssige Provokation ihrer jüdischen Nachbarn und machten den Sabbat frei. Zu einer Zeit, als die Christen gesellschaftlich im Trend waren und die römischen Religionen schon lange nicht mehr in der Gunst der Bevölkerung standen, hatte die Kirche eine dermaßen starke Stellung, dass es vollkommen absurd ist anzunehmen, sie hätte nun, ihre durch zahllose Verfolgungen geretteten Überzeugungen aufgegeben, um sich ohne staatlichen Druck einer neuen Mischreligion anzuschließen.
Seine Annahme, das Christentum sei durch den **Mithraskult** beeinflusst worden, kann Brown lediglich durch einige äußere Entsprechungen begründen. Tatsächlich sind mit Kaiser Konstantin (312) zahlreiche Soldaten vom Mithraskult zum christlichen Glauben übergetreten. So ist es durchaus möglich, dass einzelne dieser neuen Christen verschiedene der ihnen bekannten Gedanken und Riten mit dem neuen Glauben verbanden. Hier handelt es sich allerdings um private Einzelfälle. Eine Religionsvermischung im großen Stil hat sicher nicht stattgefunden. **Bei näherer Beschäftigung fallen dann auch die gravierenden Unterschiede stärker ins Auge als die eher oberflächlichen Ähnlichkeiten beider Religionen.**[65] Der Gott Mithras ist persischen Ursprungs. Mithras wurde zu Anfang der Welt aus der Spitze eines Felsens geboren (Christen: Jesus lebte ewig und war schon vor der materiellen Schöpfung gegenwärtig). Als Abgesandter des Himmelsgottes kämpft er gegen den Herrn der Finsternis (hier **Vielgötterei**, Christen: Monotheismus). Mithras wird zum Schutzherr der Adligen, **nur Männer** konnten sich dem Kult anschließen (Christen: Glaube steht Männern und Frauen, Sklaven und Herrschern offen). Ein Überrest des Göttlichen, der in der menschlichen Seele wohnt, wird von Mithras über sieben kosmische Weihen zurück zu seinem göttlichen Ursprung begleitet. Jede **Weihestufe** wurde im Kult durch eine mutprobenähnliche Initiation vollzogen: An dem entkleideten Kandidaten nahm man eine Scheintötung vor, stieß ihn mit gebundenen Gliedmaßen in einen wassergefüllten Graben oder hielt ihm eine brennende Fackel vor das Gesicht. In einer weniger beängstigenden Zeremonie bestrich man Hände und Zunge des Anwärters, als Zeichen symbolischer Reinigung, mit Honig. (Christen: Innerhalb der Gemeinde gibt es keine Weihestufen, die nacheinander erklommen werden müssen. In dem von Gott getrennten Menschen wohnt kein göttlicher Rest.) Die Mithrasmysterien waren ein **Geheimkult**, dessen Lehren und Praktiken nicht weitergegeben werden durften (Christen: Inhalte des Glaubens werden in Schrift und Wort offen vermittelt). Um an der Macht des Gottes Anteil zu nehmen, entzündeten die Mysten ihre Fackeln am **„göttlichen" Feuer** auf dem Altar des Kultraumes (Christen: Der Altar erinnert an den stellvertretenden Tod Jesu). Mithras größte Tat war die **Tötung des Urstiers**. Er

verfolgte den Stier über die Erde und lud ihn sich dann auf die Schulter. Mithras bringt den gefangenen Stier in eine Höhle, wo er ihn tötet. Hund und Skorpion trinken Blut und Samen des Opfertiers. Diese Szene findet sich auf den meisten Kultbildern der Glaubensgemeinschaft. Der Urstier wird geopfert zur Erneuerung des Lebens der Welt. Aus seinem Blut und Samen regenerieren sich alle Bereiche der Erde. So muss der kraftlos gewordene Boden jedes Jahr erneuert werden. Vom Mithraspriester musste das Stieropfer regelmäßig wiederholt werden. Mithras wie auch seine Priester trugen eine **phrygische Mütze**; eine aus dem Hodensack des Opfertieres hergestellte Kopfbedeckung, die die Lebenskräfte des Stiers auf den Menschen übertragen sollten. Manchmal wird Mithras auch mit dem Stier identifiziert, der sich für den Fortbestand der Erde töten lässt. Mythisch kehrt er in dem jährlich erneut getöteten Opferstier wieder und vermittelt für seine Anhänger so die Hoffnung auf ein erneutes Leben nach dem irdischen Tod. Es gab auch ein Kultmahl, in dem die Männer Wein und Brot aßen, um sich an das Stieropfer zu erinnern.[66]

Bis auf eine oberflächliche Ähnlichkeit, gibt es weder vom Brauch noch vom Glaubensinhalt irgendeine Verwandtschaft zwischen Mithraskult und Christentum. Die Übernahme einzelner religiöser Elemente aus der Mithrasreligion ist auch noch aus anderen Gründen sehr unwahrscheinlich. **1.** Im Gegensatz zu anderen Mysterienkulten hatte der Mythraskult nach dem Glaubenswechsel des Kaisers keinen großen Zulauf mehr und verschwand im Laufe des 4. Jahrhunderts weitgehend. **Einem untergehenden Kult nachzueifern kann weder neue Mitglieder anziehen noch die eigene Organisation stabilisieren**. Solch eine Synthese macht keinen Sinn. **2.** Schon Kirchenväter wie **Justin oder Tertullian wenden sich in ihren Schriften gegen den Mithraskult** und deuten vage Ähnlichkeiten als irreführende Kopie des Teufels. In diesen frühen Begegnungen waren die von Brown genannten Ähnlichkeiten also schon vorhanden und wurden nicht erst unter Konstantin eingeführt. **3.** Der Bildersturm siegreicher Christen zur Zeit Konstantins richtete sich insbesondere gegen die Altäre und Kultbilder des Mithras. Es scheint **wenig glaubhaft, dass die Christen das, was sie bekämpften, insgeheim übernahmen**.

Dieser Sichtweise wird auch von den meisten Historikern und Religionswissenschaftlern geteilt. „Was Mithraskult und Christentum angeht, so sind wir heute gewohnt, das Christentum als eine Religion ... anzusehen, die - was gerade die Forschungsgeschichte der letzten Zeit ergeben hat - ohne substantielle Anleihen bei den Mysterienkulten auskam. ... Mithrasmahl und christliches Abendmahl bestehen unbeeinflusst nebeneinander als eindrucksvoller Beweis der Existenz großer religiöser Ideen, die in der Menschheitsgeschichte immer wieder auftauchen."[67]

**Macht Kaiser Konstantin Jesus zum Gott?**

„Bis zum Konzil von Nizäa, meine Liebe, wurde Jesus von seinen Anhängern als sterblicher Prophet betrachtet, als ein großer und mächtiger Mensch, aber eben als Mensch - ein sterblicher Mensch" (S. 320). Browns Bemerkung überrascht, **sprechen doch die weit verbreiteten und schon Jahrhunderte vor Nizäa (325) abgefassten Evangelien deutlich von der Gottheit Christi.** Jesus hat sich selbst mit Jahwe gleichgesetzt (Joh 8, 58); und Thomas sagt zum Auferstandenen: „Mein Herr und mein Gott!" (Joh 20, 28). Wie Gott kann er unmögliche Wunder vollbringen (Lk 14,1ff; 17,11ff), Sünden vergeben (Lk 5,20ff) oder den Naturgewalten befehlen (Mt 8,23ff). An mehr als 40 Stellen wird Jesus „Sohn Gottes" genannt (Lk 22,70f). Gerade hier liegt der Vorwurf, den die frommen Juden gegen Jesus hatten, dass sie meinten, er stelle sich Gott gleich (Mt 26,63ff; Lk 5,21ff).[68] Auf dem **Konzil von Nizäa** ging es um die Göttlichkeit Jesu, das stimmt. Die dort diskutierte Frage war aber nur, wie Jesus Mensch und Gott war - nicht, ob. Browns Angriff auf die Göttlichkeit Jesu verwundert um so mehr, als auch sämtliche der von ihm hochgeschätzten **apokryphen Evangelien Jesus als Gott bezeichnen**, zuweilen eher sogar seine Menschlichkeit zu leugnen scheinen.[69]
Wohlgemerkt: Es geht nicht darum, ob die Bibel glaubwürdiger ist als Dan Brown (diese Frage muss jeder für sich selbst beantworten). Es geht um die Frage, ob Brown recht hat, wenn er behauptet, vor dem Jahre 325 habe keiner daran geglaubt, dass Jesus Gott war.

Tatsächlich ging es in Nizäa auch nicht, wie Brown glauben machen will, um die Frage, ob Jesus wirklich Gott war, sondern nur darum, ob er, der Gottessohn, auf gleicher Ebene mit Gottvater stehe oder doch etwas darunter. **Seine grundsätzliche Göttlichkeit stand aber nie in Frage.**[70]

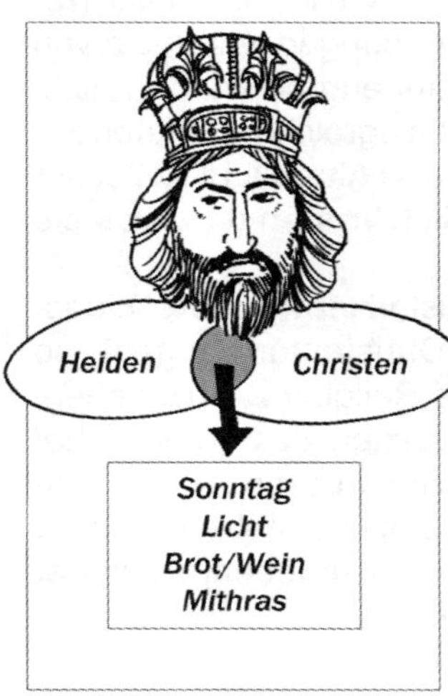


„Die Legende von der kirchlichen Zensur beruht auf dem Wissensstand des [vor]letzten Jahrhunderts. Die Archäologie hat inzwischen viele Textrollen und Fragmente aus der Zeit vor dem berühmten Konzil von Nizäa gefunden."[71] Dazu gehören u.a. die Chester-Beatty- und Bodmer-Papyri, die große Teile des Neuen Testaments enthalten. Irgendwelche Botschaften über einen „sterblichen" Jesus, der ein Kind gezeugt hätte, enthalten die Texte nun wirklich nicht. Aber wir finden hier dieselbe Botschaft, wie in den späteren neutestamentlichen Handschriften, dass Gott den Menschen so sehr liebt, dass sein Sohn für die Sünden der Welt am Kreuz starb (Joh 3,16-21).

## Unterdrückte Geheimpapiere aus Israel und Ägypten?

### Die Papyri aus Nag Hammadi[72]

Die Gralsgelehrten in „Sakrileg" bevorzugen gegenüber den vier neutestamentlichen Evangelien andere Quellen. Die Nag Hammadi-Papyri (nicht Schriftrollen, wie Brown schreibt) sorgen seit ihrer Entdeckung 1945/46 in Unterägypten immer wieder für wildeste Spekulationen (vgl. Sakrileg S. 322, 337f). Fast zeitgleich wie die Schriftrollen vom Toten Meer wurden hier 13 Papyrus-Codicies mit insgesamt 44 gnostischen Schriften entdeckt. Diese Schriften gehen auf eine frühchristliche Sekte zurück, die sog. **Gnostiker. Sie erstrebten eine spirituelle Weiterentwicklung durch besondere Erkenntnisse** (Gnosis griech. = Erkenntnis / Wissen). Vor allem die Menschwerdung des Gottessohnes lehnten sie ab. Für sie war Jesus nur in einem Scheinleib zur Welt gekommen. Im Neuen Testament aber lesen wir: „Und das Wort ist Fleisch geworden und hat unter uns gewohnt" (Joh 1,14). Alles materielle und leibliche wird negativ gewertet. Daher leugneten sie vehement die Erlösung am Kreuz.

Am bekanntesten wurde das sog. Thomas- Evangelium.[73] Es beginnt: „Dieses sind die **geheimen Worte**, welche Jesus der Lebendige gesprochen hat ..." In Wahrheit aber bestand Jesu Botschaft nie aus Geheimlehren für nur wenige „Eingeweihte". Jesus fordert ganz im Gegenteil auf: „Geht hin in die ganze Welt und predigt das Evangelium der ganzen Schöpfung" (Mk 16,15). Für die Gnostiker sind der Mensch bzw. sein Geist (seine Seele, sein Pneuma) göttlichen Ursprungs. Durch ein kosmisches Verhängnis sei dieser Lichtfunke in eine materielle Welt geraten, die von einem niederen Gott (Demiurg) geschaffen worden sei. Darin wird er von bösen Mächten gefangengehalten und der Mensch hat seinen göttlichen Ursprung vergessen. Seine Befreiung beginnt in dem Augenblick, in dem er sich seines Lichtwesens und seiner himmlischen Heimat bewusst wird und sich ihr zuwendet. Zu dieser Wiedergeburt verhilft ihm die Gnosis. **Das Durchschauen dieser Zusammenhänge und das Wiedererkennen der ursprünglichen göttlichen (Licht-)Heimat sei der erste Schritt zur Erlösung, aber nicht der Kreuzestod Jesu.** Allerdings gibt es diese Erkenntnis nur für die Pneumatiker, eine Elite von ausgewählten Geistmenschen. Für sie ist Gnosis ein Weg zur Selbst- und zur Gotteserkenntnis. Gnosis ist eine in **Konkurrenz zum Neuen Testament** stehende Heilslehre und ihr Heilsweg ist ein Weg der Selbsterlösung (ähnlich der heutigen Esoterik). Schon die alten Kirchenväter entlarvten diese Irrlehre, denn für sie ist die Erlösung allein ein Werk Gottes durch den Kreuzestod seines Sohnes Jesus Christus. Die Erlösung wird allein durch Glauben an Christus geschenkt (Röm 3) aber nicht durch Geheimwissen oder esoterische Erkenntnisse. Die Erlösung ist nicht Befreiung des „göttlichen Funkens" und die Einführung weniger Eingeweihter in das Geheimwissen, sondern in Jesus Christus gilt das Heilsangebot allen Menschen.[74]

**Die Schriftrollen von Qumran**

1947 entdeckte ein Beduine die erste Höhle bei Qumran. Sieben Schriftrollenbündel fielen in seine Hände. Darunter die ältesten Bibelhandschriften der Welt. Neben 10 mehr oder minder komplett erhaltenen Schriftrollen wurden im Laufe der nächsten Jahre die Reste von über 1000 antiken Rollen entdeckt, die in über 80.000 Fragmente zerfallen waren. Die Rekonstruktionsarbeiten haben z.T. ein ganzes Forscherleben gedauert. Der bedeutendste Fund aus Qumran waren zwei Abschriften des biblischen Prophetenbuches Jesaja, darunter eine komplett erhaltene Jesaja-Rolle (1QJesA) von 175 v.Chr. Die Handschrift enthält alle 66 Kapitel des alttestamentlichen Propheten ohne nennenswerte Abweichungen von den um Jahrhunderte jüngeren Handschriften. Diese Funde dokumentieren deutlich, dass **die als heilig angesehenen Texte zu jener Zeit nicht einfach verändert, gänzlich umgeschrieben oder vernichtet werden konnten**. Das wiederum spricht deutlich gegen Browns Verfälschungstheorie bezüglich der Aussprüche und des Lebens Jesu Christi.[75]

**Die „Unterdrückung" der Texte aus Qumran und Nag Hammadi**

Brown schreibt, dass neben den Schriften aus Nag Hammadi die „Schriftrollen ... vom Toten Meer die frühesten Dokumente des Christentums" seien (S. 337) und: „natürlich hat der Vatikan in Fortsetzung seiner Tradition der Verschleierung und Informationsunterdrückung mit allen Mitteln versucht, die Veröffentlichung dieser Schriften zu verhindern" (S. 323).
Browns Behauptung, nicht das Neue Testament, sondern unterdrückte Schriften aus Qumran und Nag Hammadi enthielten die wahre Geschichte Jesu, ist nicht ganz neu, wurden bisher aber nur von zweifelhaften Populärwissenschaftlern vertreten. So beispielsweise Browns Lieblingsautoren Baigent und Leigh in ihrem Buch **„Verschlusssache Jesus - Die Qumranrollen und die Wahrheit über das frühe Christentum"**.[76] Darin wollen sie nachweisen, dass die Qumranschriften neue umwälzende Erkenntnisse über Jesus Christus enthielten, weshalb sich die katholische Kirche bemüht habe, deren Herausgabe zu verhindern.
Niemals habe Jesus behauptet, der Sohn Gottes zu sein. Diese Identität habe ihm erst der Apostel Paulus verpasst. Durch seine Briefe und Predigten sei der Mythos des auferstandenen Jesus überhaupt erst entstanden. Begründet wird diese These u.a. mit einigen Begriffen aus den Qumran-Rollen, in denen von einem „Sohn des Lichtes" und einem „Lügenpriester" die Rede ist. **Der Lügenpriester soll hier Paulus sein.** Ihn habe die Gefolgschaft

Jesu der Lüge überführt. Dazu wird außerdem ein Brief von Paulus zitiert, in dem er versichert, „die Wahrheit zu sagen und nicht zu lügen".
Dabei bleibt unerwähnt, dass es sich bei den Essenern, den Verfassern der Qumranrollen, um eine religiöse Gruppierung handelte, die sich generell mit dem Kampf „Gut gegen Böse" (Licht gegen Finsternis / Wahrheit gegen Lüge) beschäftigte. Parallelen zu den historischen Personen Paulus und Jesus können den antiken Dokumenten nicht entnommen werden. Weiterhin können die Autoren nicht erklären, wieso die Aussagen der anderen sieben Verfasser des Neuen Testamentes über Jesus Christus mit denen des Paulus übereinstimmen. Darüber hinaus wird geflissentlich vergessen, dass die Hauptschriften von Qumran nach heutiger Expertenmeinung eindeutig aus der Zeit vor dem öffentlichen Auftreten Jesu stammt, also gar keine Berichte von Jesu Leben und Lehre enthalten können.[77]
Eine „Verschluss-Sache" im Auftrag des Vatikans hat es auch nie gegeben, denn die **Herausgabe der Qumranschriften erfolgte unter Aufsicht der jordanischen und israelischen Antikenverwaltung.** [78] Der Vatikan hatte mit der Edition der Texte nichts zu tun. Eine detaillierte Auseinandersetzung mit diesen Verschwörungsthesen findet sich in dem Sachbuch „Faszination Qumran".[79] Mit seltenem Bildmaterial aus den Archiven der direktbeteiligten Forscher werden alle Spekulationen um eine angebliche „Verschluss-Sache" widerlegt. Seit November 2001 sind alle Qumran-Texte wissenschaftlich ediert und jeder kann nun selber die Übersetzungen der Qumranschriften lesen und feststellen, dass dort keine Geheimbotschaften über Jesus und Maria enthalten sind. Ganz ähnlich verhält es sich mit den Schriften aus **Nag Hammadi**. Selbst wenn der Vatikan wollte, könnte er die Herausgabe dieser Schriften kaum verhindern, da sie sich außerhalb seines Einflussbereichs in den Händen ägyptischer Wissenschaftler des **Koptischen Museums zu Alt Kairo** befinden. Darüber hinaus sind zwischenzeitlich alle Nag-Hammadi-Texte als Faksimile- und Textausgabe frei erhältlich. Angesichts eines fremden und in sich geschlossenen Gedankenguts fallen allgemein akzeptierte und stringente Interpretationen derzeit allerdings noch schwer. Mit Sicherheit kann jedoch gesagt werden, dass die Texte kein vollkommen neues Jesusbild nach den Vorstellungen Dan Browns eröffnen.[80]

### Der Glaube der Gnostiker

Auch wenn der Begriff „Gnosis" im „Sakrileg" nur am Rande genannt wird, lassen sich die meisten seiner Ideen auf die von Brown zitierten gnostischen Schriften zurückführen. Deshalb soll hier ein kurzer Abriss über die Grundgedanken der Gnosis gegeben werden.
Die Gnosis ist eine Lehre, die sich nicht erst im Christentum entwickelt - aber in Kontakt mit den ersten Christen eine ganz eigene Prägung erhalten hat. Das Wort „gnosis" kommt aus dem Griechischen und kann mit „erkennen

/ Erkenntnis" übersetzt werden. Und damit ist sie zutreffend beschrieben: Erlöst wird, wer **Zugang zu bestimmten göttlichen und kosmischen Geheimnissen** hat. Dieses Wissen allein reicht angeblich, um den Menschen zu veredeln und ihn gottgleich werden zu lassen.
Diese Erkenntnis ist entweder geheim, weil sie geheim gehalten wird, oder sie ist verborgen, weil sie entdeckt werden muss.
Über geheimes Wissen verfügt im „Sakrileg" die Bruderschaft Prieuré de Sion: Das Geheimnis des Grals - seinen Ort und seine wahre Bedeutung. Das geheime Wissen erlangt nur der, der in den Kreis einer Geheimgesellschaft zugelassen wird; oder jemand kommt in den Besitz der geheimen Schriftdokumente.
**„Sakrileg" eröffnet aber auch das verborgene Wissen, das entdeckt werden muss.** Es wird nicht künstlich geheim gehalten, man muss nur die Augen eines geläuterten Menschen haben - und schon kann man die Wahrheit entdecken: Die wahre Bedeutung der Bilder Leonardos, die Hinweise der anderen Grals-Ritter - oder die Macht des Weiblichen, die Allgegenwart der Großen Göttin.
Rituale können helfen das Erkenntnisvermögen zu steigern, um offen zu werden für das bisher Unentdeckte oder Unerkennbare. Der „Hieros Gamos" - der **religiöse Geschlechtsverkehr** - wird von Brown auf diese Weise gnostisch erklärt: „Die körperliche Vereinigung war das einzige Mittel, durch das der Mann geistig heil werden und Gnosis erlangen konnte - Wissen vom Göttlichen ... durch die Vereinigung mit der Frau kann der Mann im Augenblick der Ekstase erleben, wie sein Geist sich völlig entleert und das Göttliche sichtbar wird ... Physiologisch betrachtet, setzt beim männlichen Orgasmus einen Sekundenbruchteil lange jede gedankliche Tätigkeit aus; es entsteht eine Art Vakuum, ein Moment der Klarheit, in dem der Geist eine Ahnung von Gott erhaschen konnte." (S. 421)
Andere gnostische Kreise predigen die Enthaltsamkeit, die Loslösung vom eigenen Körper durch Meditation oder Schlafentzug, Drogen oder Hyperventilation, um den Geist auf die rettende Erkenntnis vorzubereiten. Brown hat sich eine populäre Version der Gnosis herausgesucht - die sexuell-bejahende Variante. In der alten und jüngeren Geschichte ist die sexuell-feindliche Gnosis allerdings sehr viel häufiger anzutreffen.

**Inhalte des geheimen Wissens** sind beispielsweise Eigenschaften der Götter, die individuelle Geschichte des Menschen vor und nach seinem momentanen Leben, die Zusammenhänge zwischen Geist und Materie oder der Kampf der Götter um die Herrschaft des Universums.
Die Gnosis teilt die Wirklichkeit gerne in zwei Bereiche, die sich feindlich gegenüber stehen (man spricht vom „**Dualismus**"). Die Gnosis denkt in Gegensätzen (schwarz-weiß, Licht-Dunkel, Geist-Fleisch). Die eine Seite

ist die nicht-wissende Seite, die andere ist die wissende, erlöste Seite. Wer das Wissen erlangt, ist gut. Die Unwissenden sind demnach an die irdische Welt gebunden, sind in ihrer spirituellen Entwicklung behindert und werden letztlich mit der Materie vergehen.
In der Gnosis kommt es auf die Erkenntnis an, nicht so sehr auf den Weg, der dorthin geführt hat. Das ist nicht unproblematisch: Da das **„Heil" nur eine Frage des Wissens** ist, kommt es nicht auf ein persönliches Verhältnis zu einem Gott an - und auch nicht auf eine moralische Lebensführung.
Christen hingegen betonen das persönliche Verhältnis zu Gott und die daraus resultierende **Heiligung der Christen**, die ihren Niederschlag unter anderem in einer ethisch vorbildlichen Lebensführung findet. Wer in den Himmel kommen will, muss Gott lieben und braucht Vergebung seiner Schuld.

**Jesus und die Gnosis**
Jesus war kein Gnostiker, der für eine intellektuelle Elite geheimes Wissen parat hatte.

- „Als Jesus das sah, wurde er unwillig und sagte zu ihnen: Lasst die Kinder zu mir kommen; hindert sie nicht daran! Denn Menschen wie ihnen gehört das Reich Gottes. Amen, das sage ich euch: Wer das Reich Gottes nicht so annimmt, wie ein Kind, der wird nicht hineinkommen." (Mk 10,14-15; vgl. Mt 28,19f) - Und eben nicht nur die wissenden Spezialisten.
- „Von da an begann Jesus zu verkünden: Kehrt um! Denn das Himmelreich ist nahe." (Mt 4,17) - Glaube und Ethik gehören zusammen.
- „In jener Zeit sprach Jesus: Ich preise dich, Vater, Herr des Himmels und der Erde, weil du all das den Weisen und Klugen verborgen, den Unmündigen aber offenbart hast." (Mt 11,25) - Erlösung ist keine Frage geheimen religiösen Wissens.

**Schon in der Urgemeinde finden wir eine deutliche Abgrenzung gegenüber gnostischem Gedankengut:**
Erkenntnis (Gnosis) spielt auch im Neuen Testament eine wichtige Rolle (2Kor 6,6; 8,7; Phil 1,9). In 156 Versen wird dieser Begriff benutzt. Jesus und die Apostel fordern den Menschen auf, nach Erkenntnis zu streben, nicht nach intellektuellem Wissen, sondern nach Gnosis, die nur Gott vermitteln kann (2Kor 10,5; 1Tim 2,4). Jesus Christus wird als Ursprung und Hauptinhalt biblischer Gnosis bezeichnet (Eph 4,13; Kol 2,2f). Auch wenn der Begriff „Gnosis" immer wieder durchaus positiv im Neuen Testament benutzt wird, unterscheiden sich die Inhalte biblischer und außerbiblischer Gnosis deutlich. **So ist es nicht die Erkenntnis, die den Menschen rettet, sondern seine Anwendung und die persönliche Konsequenz daraus** (Hbr 10,26; 2Petr 1,8ff; 2,20). Auch gibt es in der Bibel keine zwei miteinander konkur-

rierenden Gottheiten (Dualismus). Die Materie und deren Schöpfer werden nicht als unerleuchtet abgelehnt. Jesus Christus wird sogar als Urheber der materiellen Welt vorgestellt (Joh 1,3.10; Kol 1,15ff), der selbst seinen rein geistigen Zustand verließ, um einen Körper (Materie) anzunehmen (Joh 1,14; 1Joh 4,2); unvorstellbar für einen der von Brown hofierten Gnostiker. Das Bekenntnis zu einem nicht nur geistigen, sondern auch körperlichen Jesus Christus wird im Neuen Testament sogar als Maßstab wahrer Offenbarungen und Lehren genannt: „Hieran erkennt ihr den Geist Gottes: Jeder Geist, der Jesus Christus, als im Fleisch [= mit einem materiellen Körper] gekommen, bekennt, ist aus Gott" (1Joh 4,2f; 2Joh 7). **Timotheus wird gewarnt, sich von der „fälschlich so genannten Erkenntnis (Gnosis) verführen zu lassen** (1Tim 6,20; vgl. Kol 2,8.23). Paulus warnt, dass auch göttliche Erkenntnis (Gnosis) zeitlich befristet ist und dass sie wertlos wird, wenn man sie von der Liebe (als Maßstab des Handelns) trennt (1Kor 13,2.8). Erst **100 Jahre nach dem Leben Jesu** beginnt die Gnosis regelrecht aufzublühen. Ihre erste Hochphase hat sie Ende des 3. Jahrhunderts. In diese Zeit fallen das Thomas- und Philippus-Evangelium, die Schriften von Nag Hammadi und - noch später - das Evangelium der Maria Magdalena.

**Gnosis im Originalton**

Die drei antiken Schriften, auf die Brown sich in seiner Argumentation stützt, sollen hier in aller Kürze vorgestellt werden:

**1. Maria Magdalena-Evangelium:** Die Schrift ist offensichtlich gnostisch geprägt und im 2. Jahrhundert verfasst worden. Der erste Teil enthält einen Dialog Jesu mit seinen Jüngern. Dabei geht es um das Schicksal der Materie und das Wesen der Sünde. In einem zweiten Teil berichtet Maria Magdalena auf die Bitte des Petrus hin von geheimen Offenbarungen, die der Erlöser nur ihr mitgeteilt habe. Insbesondere geht es darin um eine Vision über den Weg der Seele aus der Materie durch den Kosmos hin zu einem rein geistigen, lichterfüllten Zustand.[81]

**2. Pistis Sophia:** Der vermutlich zwischen 250 und 300 in Ägypten entstandene Text muss mit Hilfe der Sophia Jesu Christi als Bezeichnung der „Paargenossin" des Erlösers, die Sophia und Pistis genannt wird, gedeutet werden. Den Rahmen für die gnostischen Belehrungen bildet eine Fragestunde, die der Erlöser am Ende einer elfjährigen Schulungszeit mit den Jüngern abhält. 39 der 46 Fragen entfallen dabei auf die auch anwesende Maria Magdalena. Jesus berichtet nach seiner Reise durch die Äonen über das Schicksal der Sophia (Weisheit, auch weiblicher Teil der Gottheit), die aus dem 13. Äon in die Materie gefallen ist (weit entfernt von dem erstrebten rein geistigen Zustand), und die er aus Einsamkeit und Trauer zurückgeführt hat. Außerdem erläutert er die Mysterien des Lichts. Da Jesus den inneren „Lichtmenschen" erneuert, können auch die Jünger ihre Lichterkenntnisse beisteuern.[82]

**3. Philippus-Evangelium:** Die gnostisch geprägte Schrift wurde vermutlich während des 2. Jahrhunderts in Syrien abgefasst. Die nicht systematisierte Spruchsammlung enthält Lehrvorträge Jesu über Taufe, Salbung, Erlösung und das „Mysterium des Brautgemachs". Aussagen über diese Sakramente werden vergeistigt auf die Entwicklung der menschlichen Seele gedeutet, die sich nach und nach zur Vereinigung mit dem reinen Licht bzw. reinen Geist heraufarbeitet.[83]
In gnostischen Texten finden sich weniger die von Brown verbreiteten matriarchalen Aussagen als vielmehr kritische Kommentare zur Sexualität (die leiblich und damit schlecht ist) und zur Weiblichkeit. So heißt es im gnostischen Thomas-Evangelium: (Logion 114): „Simon Petrus sagte zu ihnen: „Mariham soll von uns gehen. **Denn die Frauen sind des Lebens nicht würdig!**" - Jesus sagte: „Siehe, ich werde sie ziehen, damit ich sie männlich mache, damit auch sie zu einem lebendigen Geist werden, der euch Männern gleicht. Denn jede Frau, wenn sie sich männlich machen wird, wird in das Königreich der Himmel eingehen."
Einen stellvertretenden Eindruck von der Sprache und dem Gedankengut jener apokryphen Evangelien soll hier ein Auszug aus der **Pistis Sophia** liefern, einer der Schriften, in denen Maria Magdalena als Gefährtin Jesu vorgestellt wird. Folgende Worte werden dabei Christus in den Mund gelegt: „Und es ist das Mysterium, das in diesen allen, und es ist das einzige Mysterium des Unaussprechlichen und die Erkenntnis von all diesen, die ich euch gesagt ... Diese werde ich euch alle sagen bei der Darlegung des Alls und ihre gesamte Erkenntnis beieinander, weshalb sie entstanden sind. Es ist das einzige Wort des Unaussprechlichen. ... Und die Seele, die das Mysterium des Unaussprechlichen empfängt, wird in die Höhe fliegen, seiend ein großer Lichtabfluss, und nicht werden sie die paralämptai erfassen können und nicht wissen, wie beschaffen der Weg ist ... denn sie wird ein großer Lichtabfluss und fliegt in die Höhe und keine Kraft ist imstande, sie überhaupt festzuhalten ... Sie durchwandert alle Örter der Archonten und alle Örter der Emanationen des Lichtes und nicht gibt sie an irgendeinem Orte Antworten ... noch gibt sie Geheimzeichen ... Jeder Mensch, der jenes Mysterium des Unaus-

sprechlichen empfangen und in allen seinen Typen und allen seinen Formen vollendet wird, ist ein Mensch, befindlich in der Welt, aber er überragt alle Engel ... Ich bin jenes Mysterium ... Alle Menschen, die das Mysterium des Unaussprechlichen empfangen werden, werden mit mir Mitkönige in meinem Reich sein, und ich bin sie und sie sind ich ..."[84] Irgendwelche Hinweise auf Ehefragen oder Erbstreitigkeiten Jesu müssen in dem ganzen Dokument vergeblich gesucht werden. **Sehr wortreich lediglich wird ein Mysterium beschrieben, das Menschen zum unaufhaltbaren Lichtstrom und zu einer Einheit mit Jesus Christus macht.** Eine wichtige Rolle spielt dabei auch die Seele, die auf ihrem Lichtflug durchs Universum intuitiv höhere Geisteswesen und göttliche Gesetze erkennt.
Nach Peter Sloterdijk benutzen freie Interpreten wie Dan Brown diese gnostischen Texte lediglich, um ihr **eigenes Weltbild in sie hinein zu projizieren**, ganz gleich, ob die Texte dazu passen oder nicht „Bei zunehmender Textkenntnis muss das Nag-Hammadi-Fieber fallen. Es stellt sich heraus, dass die alten Schriften unsere Projektion auf sie einen stummen Widerstand entgegensetzten. Sie bleiben beharrlich, was sie für uns sind - schwer leserliche Zeugen einer untergegangenen Welt, deren Fremdheit für uns wir kaum zu ermessen imstande sind."[85]

## Die Evangelien als historisch zuverlässige Quellen

Auch, wenn Langdon und Teabing anderes erzählen: Die Zusammenstellung des Neuen Testamentes (man spricht vom „neutestamentlichen Kanon") ist ein durch und durch **demokratischer Prozess** gewesen. Gerade in den ersten Jahren und Jahrzehnten gab es keine römische Machtzentrale, die das entschieden hätte. Vielmehr haben sich die Christen daran gemacht alle vorhandenen Informationen über das Leben Jesu für die Gemeinden zu sichten und zusammenzustellen. Die Evangelien sind zunächst **für Gottesdienste und Mission** entstanden.
Reisende Christen haben dafür gesorgt, dass die Gemeinden Evangelien austauschten und verglichen. Das geschah keineswegs über einen Zeitraum von Jahrhunderten, wie Brown glauben machen will, sondern in den ersten zwei Jahrzehnten. Der Apostel Lukas schreibt dazu:

> *„Schon viele haben es unternommen, einen Bericht über all das abzufassen, was sich unter uns ereignet und erfüllt hat. Dabei hielten sie sich an die Überlieferung derer, die von Anfang an* **Augenzeugen** *und Diener des Wortes waren. Nun habe auch ich mich entschlossen, allem von Grund auf* **sorgfältig** *nachzugehen, um es für dich, hochverehrter Theophilus,* **der Reihe nach** *aufzuschreiben. So kannst du dich von der Zuverlässigkeit der Lehre überzeugen, in der du unterwiesen wurdest." (Lk 1, 1-4)*

Da die Apostelgeschichte von **Lukas mit Sicherheit vor dem Jahre 67 n. Chr. abgeschlossen** wurde (sonst wäre der Tod des Paulus oder der Jüdische Krieg erwähnt worden), ist das Evangelium des Lukas noch früher anzusetzen. Ferner weisen zahlreiche Wissenschaftler darauf hin, dass die von Lukas ausführlich besprochenen Diskussionen um die Akzeptanz der Heidenchristen auf eine sehr frühe Abfassung des Evangeliums schließen lässt. Schon in den Schriften der zweiten Christengeneration spielt diese Frage praktisch keine Rolle mehr.[86]
In Qumran wurden Textfragmente aus dem **Markus-Evangelium** gefunden. Die Qumran-Höhlen wurden nachweislich 70. n. Chr. geschlossen und erst 1947 wiederentdeckt. Auf den Krügen, in denen diese Fragmente gefunden wurden, fand sich eine Aufschrift, die auf Rom als Entstehungsort des Markus-Evangeliums schließen lässt. Das Evangelium muss also einige Jahre **vor 70. n. Chr.** entstanden sein.
Die älteste Kunde vom Ursprung der Evangelien stammt von **Papias**, dem Bischof von Hierapolis in der heutigen Westtürkei. Papias, der um 50 n. Chr. geboren wurde und etwa 120 verstarb, war laut Irenäus von Lyon ein **Schüler des Jüngers Johannes**, der bis ins hohe Alter in Ephesus lebte. In einem seiner fünf Bücher, von denen uns leider nur einzelne Zitate erhalten sind, erklärte er, dass Matthäus „in hebräischer Sprache die Reden (des Herrn) zusammengestellt" hat. Weiter habe **Markus „die Worte und Taten des Herrn, an die er sich als Dolmetscher des Petrus erinnerte, genau,** allerdings nicht der Reihe nach, **aufgeschrieben**. Denn er hatte den Herrn nicht gehört und begleitet; wohl aber folgte er später, wie gesagt, dem Petrus, welcher seine Lehrvorträge nach den Bedürfnissen einrichtete ... Er trug dafür Sorge: nichts von dem, was er gehört hatte, auszulassen oder sich im Berichte keiner Lüge schuldig zu machen." Das war, wie er betonte, nicht etwa des Papias eigene Meinung, sondern quasi die Rezension des Markus-Evangeliums durch den Apostel Johannes, der in seiner Gemeinde ehrfurchtsvoll „der Presbyter" (der Älteste) genannt wurde.
Bischof Eusebius von Caesarea, der um 320 aus zahlreichen, heute teilweise verlorenen Quellen seine Kirchengeschichte zusammenstellte, erklärte: „Matthäus, der zunächst unter den Hebräern gepredigt hatte, schrieb, als er auch noch zu anderen Völkern gehen wollte, das von ihm verkündete Evangelium in seiner Muttersprache." **Da Matthäus im Jahre 42 Palästina verlassen haben soll, muss das Entstehungsjahr des Evangeliums davor liegen.** Außerdem spricht Matthäus viel über Bräuche, Funktion und Kult am Jerusalemer Tempel, ohne irgendeinen Hinweis auf dessen Zerstörung. Hätte er sein Evangelium nach dem Jahr 70 geschrieben, wäre er um eine Erklärung zum zerstörten Tempel nicht herumgekommen.[87]
Zu Markus wusste **Clemens von Alexandrien**, der um 215 verstarb: „Als Petrus in Rom das Wort öffentlich verkündete und die Heilsbotschaft ausrief,

sollen seine zahlreichen Zuhörer den Markus als einen Mann, der schon lange den Petrus begleitete und sich an seine Lehrvorträge erinnerte, gebeten haben, das gesprochene Wort aufzuzeichnen. ... Als Petrus davon erfahren hatte, hat er ihn weder mahnend gehindert noch dazu ermuntert."
Petrus war zwischen 42 und 64/67 mindestens zweimal in Rom. Eusebius datiert die Abfassung eindeutig in die Zeit unmittelbar nach dem ersten Besuch, was schon deshalb Sinn macht, weil Markus von Petrus im Jahre 62 als neuer Bischof nach Alexandrien geschickt wurde und kaum gleichzeitig in Rom sein Evangelium verfassen konnte. Dazu passt auch der Hinweis des Eusebius: „Nachdem Petrus ... von dem Vorfall (der Abfassung des Evangeliums) Kenntnis erhalten hatte, soll er sich über den Eifer der Leute gefreut und die Schrift für die Lesung in den Kirchen bestätigt haben." Das wäre nach seinem Martyrium in Rom wohl nicht mehr möglich gewesen.[88]
Auch ein anderer Hinweis spricht dafür, dass der **Verfasser des Markus-Evangeliums Augenzeugen gekannt hat**. So erwähnt der Verfasser als einziger Evangelist, dass jener Simon von Cyrene, der auf dem Weg nach Golgatha das Kreuz Christi trug, „der Vater des Alexander und des Rufus" (Mk 15, 21) sei. Ein solcher Hinweis macht nur dann einen Sinn, wenn die beiden Söhne dem Publikum bekannt sind. Tatsächlich entdeckten Archäologen im Jahre 1941 im Kidrontal zwischen Jerusalem und dem Ölberg ein Ossuarium, also eine steinerne Knochentruhe, mit den beiden Aufschriften: »Alexander aus Cyrene" und „Alexander, Bruder des Rufus". Sie stammt eindeutig aus der Zeit vor 70 n. Chr. und ist damit ein eindeutiger Hinweis, dass es tatsächlich im Jerusalem des 1. Jahrhunderts einen „Alexander, Sohn des Simon von Cyrene" gab. Sein Bruder Rufus wird unter anderem in der Grußliste des Römerbriefs genannt (Röm 16, 13).[89]
Ein weiterer Hinweis auf die sehr **frühe Abfassung des Markus-Evangeliums** ergibt sich durch ein griechisch abgefasstes Papyrusfragment aus Qumran (1947 gefunden). Ein zerbrochener Tonkrug, der direkt neben dem Fragment lag und einst zur Aufbewahrung von Schriftrollen diente, trug gleich zweimal die Aufschrift "rym" - die hebräische Schreibweise für „Rom". Damit war offenbar die Herkunft seines Inhalts angezeigt. Die Sensation war perfekt, als der Papyrologe José O'Callaghan den von den Archäologen als **7Q5** (Fünftes Fragment aus der Höhle 7 von Qumran) katalogisierten Papyrusfetzen entzifferte - und als Fragment des Markus-Evangeliums (nämlich Mk 6, 52-53) identifizierte! Die Schriftrollen vom Toten Meer wurden im Jahre 66, beim Ausbruch des jüdischen Krieges, in Sicherheit gebracht. Das Schriftbild des Fragmentes - der für das frühe 1. Jahrhundert typische Zierstil - deutete sogar auf eine noch frühere Entstehung hin. **„Nicht später als 50 n. Chr."**, erklärte der Experte, unterstützt durch den deutschen Papyrologen Carsten Peter Thiede.[90]

## Die Auswahl der Evangelien

Entgegen den Behauptungen von Dan Brown fanden sich in den Höhlen von Qumran fast aussließlich alttestamentliche Schriften und Ordensschriften der Essener, aber kein weiteres Evangelium (bspw. das des Thomas, des Philippus oder der Maria Magdalena). Anderswo gab es konkurrierende Evangelien; vermutlich sehr viel weniger als in „Sakrileg" behauptet. Die meisten alternativen Evangelien (je nach Zählung und Zeitraum können es bis zu 64 sein) entstanden viele Jahrhunderte später. Allerdings sind sie nicht vom Vatikan oder Konstantin vernichtet worden, sie liegen auch nicht in einem Geheimarchiv im Vatikan, sondern können in jeder Buchhandlung gekauft werden. Bezüglich der Anzahl der Evangelien war aber ziemlich schnell klar (spätestens um 150), dass es nur die vier uns bekannten Evangelien sein können. **Lediglich das Thomas- und das Petrus-Evangelium und die Paulusakten wurden in Betracht gezogen, aber von den Gemeinden nicht angenommen**. Es gab noch Meinungsverschiedenheiten darüber, ob die Evangelien wirklich alle und in dem uns heute bekannten Umfang aufgenommen werden sollten. Ganz sicher falsch ist die Auffassung, es hätten ernsthafte Alternativen zu den vier Evangelien bestanden.

Es gibt ein **Bündel von Motiven für die Aufnahme bestimmter Schriften in den Kanon** und die Ablehnung anderer Schriften, von denen aber keines allein völlig genügt. Zum einen ging es um die Wichtigkeit einer Schrift und um deren Alter. Außerdem hob die apostolische Verfasserschaft das Ansehen einer Schrift enorm (weshalb alle späteren Häretiker ihre Schriften einem Apostel zuschrieben). Auch war das Ansehen der Gemeinde, in der sich eine Schrift etabliert hatte, von Bedeutung; meist spielte es eine Rolle, ob die Gemeinde noch von den Aposteln selbst gegründet wurde und vielleicht sogar ein Apostelgrab in ihrer Mitte hatte.[91]

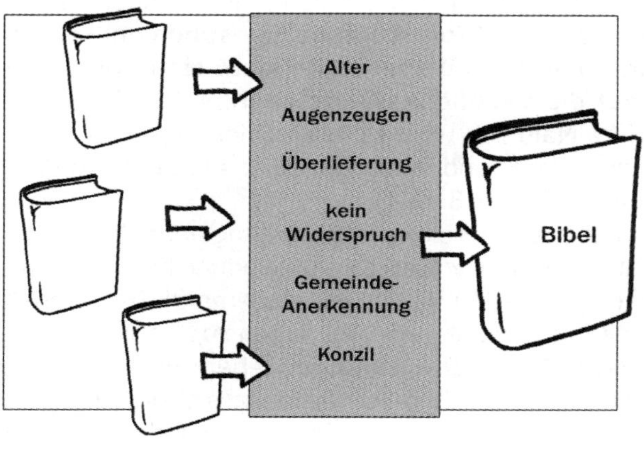


Eines allerdings kann mit Sicherheit ausgeschlossen werden: Das Neue Testament ist nicht durch Anordnung einer kirchlichen oder weltlichen Behörde entstanden. **Das Neue Testament hat seinen Ursprung in den Gottesdiensten der einfachen Christen.**[92]

# 9. Das Matriarchat und die Verschwörungen der Urchristenheit

Browns Religionsspezialist Langdon erläutert, „dass Kaiser Konstantin und seine männlichen Nachfolger den Übergang der Welt vom heidnisch matriarchalischen Mutterkult zum patriarchalischen Christentum mit einem Propagandafeldzug ohnegleichen durchgedrückt haben, der das göttlich Weibliche dämonisiert und die Göttinnen für immer aus der modernen Religionsausübung verdrängt hat." (S. 172) In der Geschichte der katholischen Kirche wimmelt es „von Betrug und Gewalttaten. **Der blutige Kreuzzug zur Bekehrung der Anhänger der alten heidnischen, das Weibliche verehrenden, Religionen währte drei Jahrhunderte**, wobei die Kirche mit ebenso wirksamen wie grausamen Methoden vorgegangen war. ... Die Tage der Göttinnen waren vorbei. Das Pendel hatte zur anderen Seite ausgeschlagen. Mutter Erde war zu einer Männerwelt gemacht worden. Die Götter der Zerstörung und des Krieges forderten ihren Tribut. Das männliche Ego hatte zwei Jahrtausende lang ohne den mäßigenden Einfluss seiner weiblichen Ergänzung über die Stränge schlagen können." (S. 173f) Folge davon war nach Brown „eine instabile Situation, die gekennzeichnet ist durch Kriege, eine Überfülle frauenfeindlicher Gesellschaftssysteme und einer wachsenden Misshandlung von Mutter Erde." (S. 174)

Jenseits von Maria Magdalena, den Merowingern und Tempelrittern geht es Brown um die **Neudeutung der gesamten Weltgeschichte, die sich bei ihm auf den Geschlechterkampf zwischen der göttlichen harmonischen Frau und dem irdisch gewalttätigen Mann reduzieren lässt.** In einer glücklichen Urgesellschaft herrschten die Frauen, die durch Neid und unsaubere Tricks von den Männern unterdrückt wurden. Diese Männerkultur wurde nach Brown durch das Christentum, insbesondere durch die katholische Kirche repräsentiert. **Die zukünftige Erlösung von Gewalt, Umweltzerstörung und gesellschaftlicher Kälte lässt sich nur durch eine Rückbesinnung auf die Weiblichkeit erreichen**, so die Botschaft von Langdon und Teabing. Natürlich würde dieses Erlösungswissen von einer unheiligen Allianz aus Kirche und Politik gnadenlos unterdrückt (36f, 54-57, 157, 172ff, 328, 396, 420ff, 568, 594).

Verschwörungstheorien sind auch hier eine praktische Angelegenheit. Nicht nur, dass sie ihre vermeintlichen Opfer von aller Verantwortung für das eigene Tun entlasten und dem so gebeutelten Verschwörer allerhand Gelegenheit geben, sich der Welt mit all ihren Zumutungen überlegen zu fühlen, sondern vor allem, weil sie von **klaren Schuldzuweisungen** leben: Es sind immer die Schurken, von denen man von vornherein wusste, dass sie es sind. Dan Brown hat sich für seine Verschwörungstheorie einen Schuldigen im großen

Format gesucht: die katholische Kirche und das Patriarchat (Männerherrschaft). Dann wird alles in Hinsicht auf diese große Geschlechterverschwörung hin neu interpretiert, Kunst, Wissenschaft, Politik und Religion. Denn zu einer veritablen Verschwörungstheorie gehört eine große intellektuelle Freiheit: Nichts ist vor Deutung sicher, alles kann interpretiert werden.[93]
**Das „Sakrileg" ist vom „Zorn über die Unterdrückung der Vorstellung vom göttlich Weiblichen durch die Kirche" geprägt**. Als Schlüsselfigur im Widerstand des „göttlich Weiblichen" im Laufe der Jahrhunderte benennt Brown den „Prieuré de Sion", einen Geheimbund, der bis heute für die ununterbrochene Fortführung der uralten Traditionen der Verehrung des göttlich Weiblichen gesorgt habe. Trotz aller verleumderischen Aktionen der katholischen Kirche haben die Prieurs das Geheimnis gehütet, „dass Christus Maria Magdalena zur Gemahlin genommen hatte, was der Grundlage der katholischen Lehre den Todesstoß versetzt hätte - der Doktrin vom göttlichen Messias, der nichts mit Frauen zu schaffen hatte ... oder gar sich mit einer Frau geschlechtlich vereinigt hätte." Für diese Verschleierungsaktion macht Brown Konstantin den Großen verantwortlich. **Jesus sei eigentlich Anhänger der großen Göttin gewesen**, was sich durch seine Hochzeit und die Übergabe seiner Amtsgeschäfte an Maria Magdalena deutlich zeige.
Der Roman ist ein Versuch, die „göttliche Weiblichkeit" im biblischen Kontext einzusetzen. Die Bibel soll dazu benutzt werden, der neuen Religiosität Autorität zu verleihen. Der Sündenfall wird als Abfall von der weiblichen Gottheit dargestellt. Das Menschenbild wird nicht mehr als Mann und Frau verstanden, sondern gefordert wird der androgyne Mensch. Durch die Erlangung der Ganzheit soll der Mensch durch Erleuchtung vergöttlicht werden. **Gott wird nicht mehr als männlich verstanden, sondern als weiblich**. Die Verehrung von Muttergottheiten wird gefordert.

## Ursprung der Religionen: die „Große Göttin"

„An dieser Stelle ist anzumerken, dass die Vorstellung von der Frau als Lebensspenderin den Ursprung sämtlicher alten Religionen bildet." (S. 328, vgl. 54f) - Tatsächlich lassen sich aber nur die wenigsten Religionen historisch auf ein Matriarchat oder einen weiblichen Fruchtbarkeitskult zurückführen.
Die Idee der großen Göttin, die am Anfang aller Religionen gestanden haben soll, wird heute insbesondere in feministischen Kreisen diskutiert. Aufgrund der mehr als dünnen Quellenlage gewinnen **zahlreiche Darstellungen des Matriarchats eher den Charakter eines Glaubensbekenntnisses.** Um ihre Thesen zu belegen, konzentrieren sich die Forscherinnen zumeist auf einzelne vorgeschichtliche Funde, die sich aufgrund fehlender schriftlicher Quellen leichter weltanschaulich interpretieren lassen. In keiner der bekann-

ten alten Kulturen lässt sich eine weiblich bestimmte Religion feststellen, weder in Indien, noch in China, Mesopotamien oder Ägypten. Selbstverständlich gab es in all diesen Ländern weibliche Gottheiten, deren Wurzeln zum Teil bis in die historisch erforschbare Frühzeit der entsprechenden Kulturen zurückreicht. Ausnahmslos waren ihnen jedoch auch männliche Gottheiten zur Seite gestellt. In der vorschriftlichen Epoche kann natürlich die Herrschaft der großen Mutter behauptet, nicht aber nachgewiesen werden. Befürworter des Matriarchats führen zur Begründung ihrer Theorie insbesondere vier Argumente ins Feld:

**1.** In verschiedenen Regionen der Welt wurden **weiblich aussehende Figuren aus frühgeschichtlicher Zeit** gefunden. Da archäologische Funde aus diesem Zeitraum nur sehr spärlich vorliegen und schriftliche Quellen vollkommen fehlen, kann über die religiösen Vorstellungen und das Geschlechterverhältnis jener Zeit wirklich nur spekuliert werden. Schon allein **die Annahme, dass es sich bei den weiblichen Figuren um Göttinnen handelt, ist nicht unumstritten.** Theoretisch könnte es sich auch um Puppen, Talismane, Abbildungen Verstorbener zu Erinnerungszwecken oder rein ästhetische Schmuckgegenstände handeln. Stellen die Figuren tatsächlich Göttinnen dar, kann über deren Stellenwert in der entsprechenden Kultur nichts gesagt werden. Die Funde ließen sich auch ohne ein weibliches Primat erklären. Vielleicht ermöglichte das benutzte Material oder der religiöse Gebrauch, die gute Konservierung dieser Figuren, während männliche Abbildungen weit weniger erhalten blieben. Im Hinblick auf die Frau als „Lebensspenderin" wäre beispielsweise denkbar, dass diese weiblichen Figuren als Grabbeilagen dem Toten eine Fortdauer des Lebens im Jenseits sichern sollten, während männliche Gottheiten eher für Kampf und Jagd zuständig waren. Im Schutz des Grabes konnten die Göttinnen lange Zeit überdauern, während ihre männlichen Pendants ohne diesen Schutz schneller zerstört oder verbraucht wurden. Natürlich ist auch diese Konstruktion nicht mehr als eine vage Hypothese. In welchem Verhältnis die „Göttinnen" zu männlichen Gottheiten oder zur männlichen Bevölkerung wirklich standen, kann aufgrund fehlender Quellen nicht gesagt werden, weshalb sich die betreffenden weiblichen Figuren nicht zur sachlichen Begründung eines dualistischen Weltbildes, zwischen Matriarchat und Patriarchat, eignen. Selbst die einer weiblichen Religiösität gegenüber offene Birgit Heller kommt zu dem Schluss: „Die Interpretation der zahlreichen weiblichen Statuetten in frühgeschichtlichen Kulturen ist umstritten. Obwohl die Kontinuität mancher Züge bis in die Zeit der Hochkulturen sowie ähnlich Phänomene in ethnischen Religionen die Vermutungen unterstützen, dass die Figuren zumindest teilweise als weibliche Gottheiten zu deuten sind, **lässt die Vielfalt der Formen und Fundorte weder eine pauschale**

**Deutung als „Mutter Erde" noch ein einheitliches Konzept einer Muttergöttin zu."**[94]

**2. Weibliche Symbole** in den bestehenden Religionen sind in einem tiefen Bewusstsein der Heiligkeit des Weiblichen verwurzelt. Außerdem finden sich diese Zeichen auch schon in frühesten Manifestationen der Religionen. Richtig ist, dass solche Symbole existieren, welche Bedeutungen ihnen in der Frühzeit zukamen, darüber wiederum kann nur spekuliert werden. Einige der weiblich gedeuteten Symbole können lediglich durch neuzeitlich psychoanalysierende Interpretationen zugeordnet werden, da sie in der praktizierten Religion nicht eindeutig weiblich verstanden werden. Außerdem **können Symbole ihren religiösen Inhalt im Laufe der Zeit durchaus ändern**, wie historische Untersuchungen der Religionsgeschichte deutlich belegen. So finden sich beispielsweise Kreuze, Hakenkreuze oder weiße Farbe als Symbole in einer durchaus unterschiedlichen Interpretation in Europa und Asien. In Europa entwickelte sich das Kreuz vom Zeichen der Folter zum Zeichen göttlicher Liebe. Zeichen, die heute weiblich gedeutet und verstanden werden, müssen deshalb nicht auch schon vor Jahrtausenden dieselbe Funktion erfüllt haben. Darüber hinaus finden sich sowohl in Indien als auch in Ägypten neben den als weiblich interpretierten Zeichen männliche Symbole, wodurch das Matriarchat wieder zur reinen Behauptung wird.

**3.** Verschiedene **Sagen** verweisen auf eine mythische **Zeit der Frauenherrschaft**. Tatsächlich gibt es beispielsweise in der griechischen Sagenwelt Hinweise auf Frauenherrschaft (z.B. der Amazonen) oder weibliche Gottheiten, die am Anfang der mythischen Weltgeschichte verortet werden. Aufgrund einer nachweisbaren, beständigen Veränderung religiöser Mythologie **kann schlechtweg nicht festgestellt werden, wo tatsächlich historische Spuren frühester Kulturstufen zu erkennen sind und wo lediglich spätere Interpretationen und Utopien verarbeitet wurden**. Gerade Erzählungen zur Weltentstehung wurden oftmals so umgeschrieben, dass sie zur aktuellen religiösen und politischen Lage passten. Gewann das ägyptische Theben an Einfluss, wurden dessen Götter an die Spitze der Weltgeschichte geschrieben, bis sich die politische Lage wieder veränderte. So existieren heute in fast jeder Kultur zahlreiche unterschiedliche Versionen der Urgeschichte, die fast ebenso viele Deutungen zulassen.

**4.** Angesichts weit verbreiteter und zeitlich weit zurückgehender **Fruchtbarkeitskulte** nehmen manche Forscher an, hier die früheste Form der Religiösität vor sich zu haben. „Die Stellung der Frauen in den Religionen war in der Vergangenheit eng mit dem Fortpflanzungszyklus verknüpft, sowohl dem der Menschen wie auch dem von Ernten und Herden. ... Religionen als die frühesten kulturellen Systeme ... haben starke Schutzmaßnahmen für Reproduktion und Aufzucht geschaffen ... Charakteristischerweise entwickelten Gesellschaften eine notwendige Arbeitsteilung, die auf der Biologie beruhte, aber symbolisch erweitert wurde, wobei Frauen für das Aufziehen der Familie und für verwandte Tätigkeiten bei der Zubereitung der Nahrung .... verantwortlich waren, während Männer ein größeres Umfeld hatten, z.B. bei der Jagd, dem Krieg und politischen Beziehungen. Das Weibliche wird daher in den Religionen häufig als Quelle des Lebens und Geberin der Fruchtbarkeit gefeiert. Es gibt einige (umstrittene) Hinweise, dass **das Weibliche als Muttergöttin ursprünglicher Mittelpunkt der Verehrung war** ..."[95] Diese Ableitung der Gottesvorstellung aus den gesellschaftlichen Rollen des damaligen Alltags könnte, zumindest aus religionssoziologischer Sicht, für zahlreiche Kulturen zutreffen. Dann allerdings wäre anzunehmen, dass der Fruchtbarkeitsgöttin auch adäquate männliche Kollegen an die Seite gestellt worden sind, die einen anderen Teil der Gesellschaft vertraten. Einschränkend muss jedoch darauf hingewiesen werden, dass schon in frühesten schriftlichen Aufzeichnungen auch männliche Gottheiten als Schöpfer verehrt wurden. **Statt lediger Powerfrauen finden wir unter den ersten wirklich erforschten Göttern eher ein Familiensystem mit Ehemann, Ehefrau und gelegentlichen Götterkindern.** Abgeschaut vom Alltagsleben kamen darin sowohl göttliche Männer als auch Frauen vor, doch mit unterschiedlichem Aufgabenbereich, wobei selbst diese vergröbernde Zuordnung der Zuständigkeiten immer wieder verschwimmt. Neben den weiblichen Fruchtbarkeitsgöttinnen stehen oft männliche Götter, die für Wohlergehen, Reichtum und Glück verantwortlich zeichneten, was im konkreten Fall durchaus deckungsgleich sein konnte. Auf ein Matriarchat im eigentlichen Sinne lässt auch diese Hypothese der Religionsentstehung nicht schließen.

**Die Große Göttin - die ersehnte Welterlöserin?**

Selbst wenn es, trotz erheblicher wissenschaftlicher Bedenken, einen ursprünglichen Kult der „Großen Göttin" gegeben haben sollte, ist damit noch nicht gesagt, dass dieser heute wiederbelebt werden sollte. **Bei Brown findet sich ein romantisierend utopischer Kult der „Großen Göttin".** Im Gegensatz zu einer selbstzerstörerischen und emotional erkalteten Gegenwart wird ein friedliebend, harmonisches Matriarchat aufgebaut, das so mit Sicherheit nie existiert hat. Brown pflegt hier den Mythos einer längst vergangenen goldenen Epoche der Menschheit, die bei konsequenter Rückorientierung möglicherweise wiedererweckt werden kann.

Psychologischen Erkenntnissen zufolge scheinen Frauen aber nicht prinzipiell friedlicher und selbstloser zu sein, häufig drücken sie ihre Aggressivität und Selbstsucht lediglich auf andere Art und Weise aus. Unabhängig von der real existierenden Frau zeigen uns die heute bekannten Göttinnen ein durchaus ambivalentes Bild, das sich nicht immer an geschlechtsspezifischen Stereotypen orientiert. **Weibliche Gottheiten finden sich regelmäßig nicht nur als friedfertige Mutter, sondern auch als harte Kriegerin.** Die kanaanäische Anat, die ägyptische Sekhmet, die babylonisch-assyrische Ishtar, die griechische Athene und die hinduistische Durga sind kriegerische Göttinnen, die sich als Herrin oder Himmelsherrscherin ansprechen lassen. Die hinduistische **Aditi** wird als Mutter aller Götter verehrt. Gleichzeitig sprechen die indischen Epen von ihr als der **Zerstörerin aller Dinge**. Die höchste japanische Göttin Amaterasu-o-Mikami unterwarf sich in ihrer Jugend zuerst den Götterhimmel und danach Japan, über das sie seitdem herrscht. Die griechische Göttin **Artemis** ist den Menschen nicht immer friedlich gesinnt. Den plötzlichen, unerwarteten **Tod von Frauen und Kindern** führte man auf ihre Pfeile zurück. Athene ist einerseits verantwortlich für den Frieden im Hause, andererseits ist sie die gut gerüstete Göttin des wohlgeplanten Krieges. Hekate wird als Herrin der Zauberer und Hexen angesehen, die fackeltragend und geißelschwingend mit ihrem wilden Heer nachts umherzieht, um die Menschen zu schrecken. Die tibetanische Heilungsgöttin Ritroma gilt auch als eine der zornvollen Gottheiten. Die indische Schöpfergöttin **Kali** hatte ehemals **Menschenopfer** gefordert. Gewöhnlich wird sie schwarz mit vier Armen dargestellt, von denen zwei abgeschlagene, bluttriefende Köpfe halten, während die anderen beiden einen Dolch und ein Schwert schwingen. Eine **Kette aus Schädeln** schmückt ihren Hals und ihre Zunge hängt aus ihrem Mund, von der das Blut jener tropft, die sie auf kannibalische Weise verzehrt hat.[96]

Abgesehen von dieser gewalttätigen Tendenz zahlreicher weiblicher Göttinnen, ist eine **eindeutige, geschlechtsspezifische Zuordnung verschiedener Zuständigkeiten oder Verantwortungsbereiche in der religiösen Weltgeschichte nicht zu finden.** Sonnengottheiten nehmen in vielen Kulturen den höchsten Platz in der Götterhierarchie ein. Darunter finden sich sowohl männliche als auch weibliche Vertreter: der ägyptische Re, der aztekische Huitzilopochtli wie auch die japanische Sonnengöttin Amaterasu. Unter den für Regeneration und **Fruchtbarkeit** stehenden Mondgottheiten stehen der ägyptische Thoth, der babylonisch-assyrische Nanna, die griechische Selene und die altamerikanische Ixchel. Auch die Domäne der **Erdgottheit** wird nicht immer weiblichen Kandidaten zugewiesen. In Griechenland wurde Dementer als „Mutter der Erde" verehrt, in Rom die Tellus Mater, in Ägypten hingegen der Erdgott Geb. Unter den **Meeresgöttern** findet sich der griechische Poseidon und die arktische Sedna. [97] Angesichts dieser Beispiele erscheint die von Browns „Religionsspezialisten" Langdon und Teabing vorgenommene Reduzierung der Religionsgeschichte auf den Kampf zwischen Frau und Mann mehr als fraglich. Auch die durchge-

hende Glorifizierung weiblicher Gottheiten deckt sich kaum mit dem tatsächlichen Befund der Religionsgeschichte. So muss der kritische Leser den Eindruck gewinnen, dass Brown sich unbeeindruckt von aller Realität sich seine Geschichte des Glaubens so zusammenzimmert, wie sie seiner Weltanschauung entsprechend sein sollte.

Brown irrt auch, wenn er die Geschlechterverhältnisse der Götter ohne weiteres auf die der Menschen überträgt. **Aus wissenschaftlicher Sicht gibt es nämlich keinen unmittelbar nachweisbaren Zusammenhang zwischen der religiösen Verehrung der „Großen Göttin" und der Geschlechterordnung in der menschlichen Gesellschaft.** „So greifen sowohl soziologische als auch psychologische Interpretationen, die die Verehrung von Göttinnen als Spiegel der gesellschaftlichen bzw. psychischen Realitäten betrachten, zu kurz. Ein universaler, linearer und kausaler Zusammenhang zwischen der Verehrung von Göttinnen und der politischen oder zumindest sozialen Dominanz von Frauen (etwa in einem Matriarchat) ist weder theoretisch wahrscheinlich noch lässt er sich empirisch verifizieren. ... Göttinnen können durchaus spiegeln, was Frauen einer bestimmten kulturellen Überzeugung nach sind und sein sollen. Sie können herrschende kulturelle Stereotype und Ideale modellhaft verstärken und autorisieren. Göttinnen können aber auch Gegenbilder zum kulturell normierten Frausein repräsentieren. Weiblich (und auch männlich) geprägte Gottesvorstellungen wirken sich ganz unterschiedlich auf das Leben von Frauen und Männern aus ... Sie können die traditionellen Geschlechterrollen legitimieren und zur Festschreibung bestehender Herrschaftsverhältnisse herangezogen werden. Sie können aber auch Rollenzuschreibungen in Frage stellen und neue Identifikationsmöglichkeiten anbieten."[98]

### Das „weibliche" Pentagramm

Seine These vom göttlichen Weiblichen versucht Brown mit verschiedenen Symbolspekulationen zu stützen. So sei auch das Pentagramm ein später verteufelter Hinweis auf die „Große Göttin". „Die römisch-katholische Kirche hat es in ihrer Anfangszeit geschafft, dem Pentagramm eine andere Bedeutung zu verleihen..." (S. 56) Sinngemäß geht es weiter: In einer Umbruchphase ist das normal, dass eine neue Macht die alten Symbole herabwürdigt - Genau das Gegenteil ist der Fall: Die Christen (von einer römisch-katholischen Kirche kann in den ersten Jahrhunderten wohl kaum die Rede sein) **haben heidnische Symbole z.T. neu interpretiert und auf diese Weise in Besitz genommen.** Dabei wurden die schon in den vorangegangenen Epochen der Religionsgeschichte unterschiedlich interpretierten Symbole bewusst mit christlichen Inhalten in Verbindung gebracht. Nur selten behielten oder erhielten solche Symbole einen für Christen negativen Beigeschmack. In der Antike war das Pentagramm keinesfalls, wie von Brown nahegelegt, ein heidnisch-matriarchales Zeichen, sondern ein durchaus bekanntes Heilssymbol von Pythagoräer[99] und hellenistischen Herrschern. **Mit der nach oben gerichteten Spitze (auch Pentalpha genannt) wurde es zum Feldzeichen des christlich-byzantinischen Heeres.** Darin sah man eine Verbindung von A und O, dem ersten und letzten Buchstaben des griechischen Alphabets, und damit einen christologischen Titel (Offb 1,8; 21,6). In dieser Form blieb das Pentagramm bis in die Neuzeit ein in vielen Kirchen anzutreffendes Symbol. Seine fünf Enden wurden auch als **Hinweis auf die fünf Wunden Jesu am Kreuz** verstanden, weshalb dem Pentagramm eine magisch apotropäische (böse Geister abwehrende) Funktion zugewiesen wurde. In späterer Zeit kam noch die medizinische Bedeutungsvariante des Pentagramms als Zeichen für den Menschen hinzu. Erst in relativ neuer Zeit wurde das Pentagramm mit nach unten gerichteter Spitze von okkulten Zirkeln für ihre Zwecke vereinnahmt.[100]

Die **Rose** ist bei Brown Symbol Maria Magdalenas und Symbol der weiblichen Sexualität (S. 348f; 374f). Häufig wird die Rose mit Liebe in Verbindung gebracht, nicht unbedingt jedoch mit Sexualität. Eine wichtige Rolle spielt in diesem Zusammenhang die Farbe der Rose: weiß stand für die unschuldige oder reine Liebe, rosa deutet auf die erste und rot auf die wahre Liebe. **In der Kunst findet sich die Rose weniger als Zeichen Maria Magdalenas als vielmehr im Umfeld der Mutter Jesu.** Außerbiblische Überlieferungen wollen wissen, dass Rosen im Garten Eden keine Dornen trugen. Ein in der Nähe Marias abgebildeter Rosenbusch wurde folglich als Zeichen des Paradieses verstanden. Nach katholischer Lehre begann mit Maria der Prozess des Wiedereinzugs der Menschen ins Paradies, eine Welt ohne Sünde, Krankheit und Schmerzen, worauf die dornenlosen Rosen ein Hinweis geben. Später sollten die Gebete des Rosenkranzes Maria, die Mutter Jesu, verherrlichen.[101]

## Hexen: Millonen Märtyrerinnen der „Großen Göttin"

„In den drei Jahrhunderten der Hexenjagd hatte die Kirche die erschütternde Zahl von fünf Millionen Frauen auf den Scheiterhaufen gebracht und grausam verbrannt" (S. 173). - Neben der Tatsache, dass eine große Anzahl der Hexenverbrennungen durch weltliche Gerichte veranlasst wurde, die zumeist auch das Urteil vollstreckten, bleibt die Zahl von fünf Millionen Opfern vollständig fiktiv: Nicht erst **neueste Forschungen gehen von einer Verbrennung von ungefähr 50.000 Hexen** (Männer und Frauen) **aus.**[102] Natürlich ist die Verfolgung und Ermordung jedes unschuldigen Menschen schrecklich, aber wenn Dan Brown von dem Hundertfachen spricht, so hat er sich nicht bloß verschätzt - dahinter scheint die Absicht zu stecken, mit möglichst skandalösen Schlagzeilen seine matriarchale Verschwörungstheorie zu stützen. **Wobei die Hexenverfolgung vor ihrem historischen Kontext eher als religiöser Wahn denn als Unterdrückungsaktion gegen Frauen interpretiert werden muss.** Schließlich wurden neben weiblichen Hexen auch männliche Zauberer und „vom Teufel besessene" Kinder getötet. Auch in den Urteilsbegründungen spielt das Geschlecht keine entscheidende Rolle. Statt dessen kommt die irrationale Angst vor einer umfassenden teuflischen Bedrohung zum Ausdruck, die sich sogar in säkularen Gesetzbüchern niederschlägt. **Denn letztlich hatten während 300 Jahren (1430-1780) staatliche Instanzen die Federführung bei der Durchführung der Hexenprozesse.** Kirchliche Vertreter wurden zumeist lediglich als Ankläger oder als Sachverständige hinzu gezogen. Hexerei war ein nach der allgemeinen Rechtsprechung zu ahnendes Verbrechen.

**Frauenfeindliche Christen?**

Brown hat zumindest eingeschränkt Recht, wenn er schreibt, die Kirchenväter und der erste zum Christentum übergetretene römische Kaiser Konstantin I. hätten eine wichtige Rolle der Frauen in der Kirche abgelehnt (S. 171ff, 328, 422ff ...). Ob das von Brown unterstellte Motiv, sie hätten ein Aufleben matriarchalischer Kulte befürchtet - stimmt, kann man bezweifeln; antike Götterwelt und jüdische Religion hatten hier schon männerfreundlich gewirkt. Frauen hatten auch vorher schon keinen größeren kultischen Einfluss. **Jüdische Frauen zur Zeit Jesu wurden offen benachteiligt.** Weder durften sie als Zeugen vor Gericht auftreten noch sich aktiv am Gottesdienst beteiligen. Frauen war nur erlaubt bis in den Frauenvorhof des Tempels zu gehen, in der Synagoge war ihre Teilname auf das Zuhören beschränkt. Bei Eheschließung und Ehescheidung spielten sie normalerweise die passive Rolle. In uns überlieferten Gebeten dankten damalige Rabbiner Gott, nicht als Frau geschaffen worden zu sein.[103] Im **antiken Griechenland** ist die Frau zwar Herrin des Hauses und genießt als solche hohe Achtung. Außerhalb desselben hat sie nichts zu sagen und ist vollkommen von dem Willen ihres Mannes abhängig. **In der klassischen Zeit lebte die bürgerliche Frau in der Abgeschiedenheit des Privathauses und verfügte über keinerlei politische Rechte. Frauen galten weitgehend als Eigentum des**

**Mannes**, selbstständig durften sie keine Geschäfte abschließen, Verträge unterzeichnen oder als Zeuge in einem Prozess auftreten. Sie hatte kein eigenes Vermögen und auch kein Anrecht auf einen Erbanteil. Lediglich ein paar griechische Stadtstaaten sprachen der Frau gewisse eigene Rechte zu. Auch für Philosophen wie Sokrates waren Frauen nur halbe Menschen, die zur Gewinnung von Nachkommen nötig, für den Mann darüber hinaus aber kein adäquater Gesprächspartner seien. In hellenistischer Zeit macht sich ein gewisser Individualisierungsprozess bemerkbar, der den Frauen einen größeren Bewegungsfreiraum zugestand. In Philosophie und Literatur kann man auf einzelne Frauennamen stoßen. Im griechisch geprägten Ägypten können Frauen erben, vererben und verhältnismäßig frei wirtschaftlich entscheiden. In Griechenland selbst werden diese Neuerungen nicht vollzogen. Politische Rechte bleiben den Frauen insgesamt verwehrt.
Auch **in Rom steht die Frau vorerst unter der Vormundschaft ihres Vaters, später unter der ihres Mannes.** Neben ihren häuslichen Aufgaben kann sie mit ihrem Mann an gesellschaftlichen Anlässen teilnehmen und als Zeugin vor Gericht auftreten. Im Laufe der Zeit gewannen Frauen begüterter Familien einen gewissen Einfluss auf Kunst und Politik. In Form jungfräulicher Vestalinnen gab es auch einen von Frauen vollzogenen Priesterdienst. Vor diesem Hintergrund entstanden Sagen über die römische Frühzeit, in der Frauen ein starker Einfluss auf das öffentliche Leben zugesprochen wurde. Aller Wahrscheinlichkeit nach beruhen diese matriarchalen Mythen aber nicht auf historischen Quellen, sondern spiegeln lediglich das Wunschbild jener Zeit, nach der man sich angesichts neu gewonnener Freiheit sehnte.
In der **Kaiserzeit** führte die **zunehmende Emanzipation der Frauen** in den oberen Schichten vermehrt zu Ehescheidungen, Geburtenrückgang und unehelichen Partnerschaften. Versuche, diese Tendenz durch Gesetze einzudämmen, scheitern. Schließlich fällt die männliche Vormundschaft über die Frau ganz. Bildung, Wirtschaftsleben und Religion stehen den freien Frauen nun offen. **An der Ausbreitung des Christentums haben auch Frauen aller Stände wesentlich Anteil.**[104] So frauenfeindlich, wie Brown glauben machen will, wirkt das antike Christentum nicht. Vielmehr scheint es, abgesehen von einer strengeren Sexualethik für beide Geschlechter, durchaus den Gepflogenheiten der damaligen Zeit entsprochen zu haben. Natürlich war das Christentum kein „Kult der Großen Göttin", die damals auch unter nichtchristlichen Römern nur geringen Zulauf hatte, eine gewisse „Sexualfeindschaft" tritt aber erst durch neuplatonische, germanische und gnostische Einflüsse zutage.
Ganz anders jedoch das Bild der **Frau im Neuen Testament**. Ungewöhnlich für die damalige jüdische Umwelt berücksichtigt Jesus in seinen Gleichnissen die Alltagswelt der Frauen (Mt 13,33; Lk 15,8ff; 18,1ff), wagt es mit ihnen über religiöse Angelegenheiten zu sprechen (Joh 4,27), lehrt sie (Lk 10,39)

und **nimmt sie in seine Anhängerschaft auf** (Lk 8,1-3). Im Gegensatz zu zahlreichen Rabbinern seiner Zeit interessiert er sich für das Leben und die Probleme der Frauen (Lk 7,12. 37-50; Mk 14,3-9). Selbst einer als „unrein" von der Gesellschaft gemiedenen Frau nimmt Jesus sich an (Mk 5,25-34). Auch offenbart sich der auferstandene Christus zuerst einigen Frauen, die er als seine Botinnen würdigt (Joh 20). Wurden Männer bei Ehebruch und Scheidung im damaligen Israel bevorzugt, stellt Jesus Männer und Frauen in diesen Fragen gleich (Mk 10,1-9; Joh 8,2-11). Ohne männliche Sonderrechte beruft Jesus alle, die seinen Willen tun, als Bruder, Schwester und Mutter in sein Reich (Mk 3,35). Nach Paulus spielen in der christlichen Gemeinde Geschlechtsunterschiede eine untergeordnete Rolle: **„Hier ist nicht mehr Mann noch Frau, denn ihr seid allesamt einer in Christus Jesus"** (Gal 3,28; vgl. 1Petr 3,7). Frauen wie Priscilla, Euodia, Syntyche oder Phöbe stehen im Dienst der Gemeinde (Apg 18,26; Röm 16,1; Phil 4,2f). **Auch unverheiratete Frauen werden als gleichberechtigte Mitglieder der Gemeinde betrachtet** (1Kor 7,32). Ihr Ansehen erhalten sie nicht mehr, wie damals üblich, nur über ihren Ehemann. Christliche Männer dürfen ihre Frauen nicht mehr wie einen persönlichen Besitz behandeln, sondern sollen sie lieben „wie Christus die Gemeinde" (Eph 5,25ff). **Trotz einer Aufwertung und Hochachtung der Frau kann von einer Vergöttlichung des Weiblichen im Neuen Testament keinerlei Spur entdeckt werden.**[105]
In der Kirchengeschichte finden wir tatsächlich Epochen, in denen Frauen benachteiligt und zurückgestellt wurden. Ursprung dieses Verhaltens war jedoch zumeist nicht der globale Kampf gegen die „Große Göttin", sondern die schlichte Anpassung der Kirche an die gesellschaftlichen Gepflogenheiten ihrer Umwelt. In der Bibel hingegen wird zwar zutreffend auf die Verschiedenartigkeit von Mann und Frau verwiesen, weshalb ihnen unterschiedliche religiöse Rollen zugeschrieben werden, in ihrer spirituellen Beziehung zu Gott allerdings sind Frauen vollkommen den Männern gleichgestellt (Gal 3,28; vgl. 1Petr 3,7).

Browns Matriarchatskonzept steht nun vor dem methodischen Dilemma, keine zuverlässige Auskunft über früheste religiöse Vorstellungen zu haben und in den heutigen Glaubenssystemen keine klaren Spuren auf eine ehemalige weibliche Dominanz nachweisen zu können. Dem entsprechend versuchen Matriarchatsvertreter weiblich geprägte Teilbereiche heutiger Religionen zu isolieren und mit Hilfe minimaler archäologischer Funde in die geschichtliche Frühzeit zu transferieren. Ein solches Vorgehen allerdings ist mit unwägbaren Gefahren verbunden, weil die Lebens- und Glaubenswelt damaliger Menschen schlechtweg zu wenig bekannt ist. Die Brownschen Geschichtsbastler aber pfeifen auf anerkannte Regeln und wissenschaftliche Schiedsrichter - sie halten sich für unwiderlegbar und wollen nur eins: ungestört unter sich bleiben und vor sich hin spinnen.[106]

# 10. Der Heilige Gral

„Der Heilige Gral ist vermutlich der meistgesuchte Schatz in der Geschichte der Menschheit. Er hat Legenden hervorgebracht, Kriege ausgelöst und zu lebenslangen Forschungen angespornt. Und der Grund für das alles soll ein schlichter Kelch sein? Wenn man das bejaht, müssten andere Reliquien ein ähnliches oder sogar noch größeres Interesse hervorgerufen haben - die Dornenkrone zum Beispiel, das wahre Kreuz oder die Kreuzesinschrift -, aber das ist nicht der Fall", schreibt Brown (S. 226). Zwar sind Menschen seit Jahrhunderten vom Gral fasziniert, die hier behauptete, über alle Reliquien herausragende Rolle aber hat er nicht gespielt. Denn **bis zum späten 12. Jahrhundert kannte man noch gar keine Suche nach dem Gral**, es gab keine Gralslegende und keine wie auch immer geartete Verfolgung von Gralsrittern. Ganz anders verhielt es sich mit anderen wichtigen Erinnerungsstücken aus der Geschichte des Christentums. War doch gerade das Mittelalter voll von der Jagd nach geheimnisvollen Reliquien, von denen sich einige bis in die Gegenwart gehalten haben (das Grabtuch Jesu, Splitter und Nägel vom Kreuz oder Knochenfragmente der Apostel). **In der Zeit vor dem Gral beschäftigte sich die Christenheit insbesondere mit der Suche, Auffindung und Verehrung des wahren Kreuzes.** Der Auffindung des Kreuzes durch die Kaiserin Helena (257-336) wurde immerhin ein eigenes Fest gewidmet, das die Kirche bis heute feiert („Kreuzerhöhung" - in der Westkirche der 18. August, in der Ostkirche der 21. Mai). Der Gral hingegen war aufgrund seiner spekulativen Romanherkunft nie Bestandteil von Gottesdienst oder Kirchenjahr. Die Kirche hat in der Gralslegende immer nur ein Symbol für die Eucharistie (Abendmahl) gesehen - **nicht der Gral wurde gesucht und gefunden** (durch Sir Galahad), **sondern Jesus Christus** im gewandelten Brot und Wein.[107]

Im Gegensatz zum Großteil der Historiker, Religions- und Literaturwissenschaftler wartet Dan Brown mit einer gänzlichen Außenseiterinterpretation bezüglich des Grals auf. Im „Sakrileg leitet Langdon Saint Gral (Heiliger Gral) von sang real ab (S. 222f), was er mit „königliches Blut" übersetzt (S. 343). „Der Heilige Gral ist kein Gegenstand. Er ist ein Mensch", doziert Teabing im Roman (S.325). „Der Gral ist das alte Symbol für das Weibliche und als Heiliger Gral repräsentiert er das göttlich Weibliche und die Heiligkeit der göttlichen Urmutter", präzisiert Langdon (S.327). Konkret manifestiert sich die Göttin in Maria Magdalena, die, aus königlichem Geschlecht stammend, zusammen mit dem Davidnachfolger Jesus Christus ein Kind zeugte, dessen Nachkommen bis heute den Anspruch auf den jüdischen Thron haben. „Die größte Verschleierungsaktion in der Geschichte der Menschheit. ... **Maria Magdalena war das heilige Gefäß, sie war der Kelch, der Christi kö-**

**nigliches Blut aufgefangen hat**, sie war der Schoß, der den Stammhalter geboren hat." (S. 342). Die Geschichte vom Gral sei somit die Geschichte der geheimen Überlieferung dieses Wissens von den irdischen Nachkommen Jesu. Neben den sterblichen Überresten Marias gebe es in geheimen Dokumenten einen vollständigen Stammbaum von Jesus Christus. Jesus, Maria samt ihren Nachkommen repräsentierten das „königliche Blut", den sang real.

Unbefriedigend ist diese Interpretation des Grals schon allein aus dem Grund, dass trotz des historischen Anspruchs die frühesten Erwähnungen des Grals aus dem Jahr 1180 stammen. **So klafft eine Lücke von mehr als 1100 Jahren zwischen dem vermeintlich dokumentierten Ereignis und dem Auftauchen der Gralslegende.** Außerdem wird jeder Leser der alten Gralsromane bestätigen, dass darin keine Hinweise auf eine solch abenteuerliche Geschichtskonstruktion zu finden sind. Sie beschreiben den Gral als Gefäß, insbesondere als Kelch des letzten Abendmahls Jesu oder als Stein der Weisen, nicht jedoch als Ehefrau Jesu einschließlich ihrer irdischen Nachkommen. Dazu kommt, dass die erst relativ späte **Ableitung des Grals von „sang real", also „königliches Blut", bereits um 1900 von dem Literaturwissenschaftler Professor Paul Pieper als spätmittelalterliche, nachträgliche Konstruktion identifiziert wurde**.[108]

## Die Gralslegende[109]

Seit über 800 Jahren wird mit Begeisterung über den Gral geschrieben: die Jagd nach jenem geheimnisvollen Gefäß, in dem einer außerbiblischen Überlieferung zufolge bei der Kreuzigung das Blut Christi aufgefangen worden sein soll. **Wundertätig, lebenspendend und strahlend hell soll es sein, seinem Besitzer winkt langes, wenn nicht gar ewiges Leben**. Wie der Gral jedoch aussieht, ob es ein Pokal oder eine Schüssel ist, aus Gold, Ton oder Edelstein bleibt allein der Phantasie des Dichters überlassen. Da gab es keltische Sagen, in denen der König Artus eine Tafelrunde edler Ritter um sich versammelt. Irgendwo im Süden Englands - Namen wie Tintagel oder Camelot sind bis heute in der Diskussion - könnte die vorbildliche Hofgesellschaft ihren Sitz gehabt haben; jeder der wehrhaften Sirs hatte vor seiner Aufnahme diverse Abenteuer zu bestehen. Der Hofdichter **Chrétien de Troyes** nutzte von etwa 1165 an das Material als unterhaltsamen Serienstoff: In gereimten Romanen ließ er kühne junge Recken durch die halbe Welt reisen, Monster erlegen und um edle Damen werben - und immer wieder kamen die Helden auch an den Hof von König Artus. Chrétiens Romane wurden mittelalterliche Bestseller. In seinem letzten Werk, entstanden irgendwann **um 1190**, sprengte Chrétien das Erfolgsschema: **Perceval**, der Titelheld, ist so unbedarft wie noch keiner seiner

Vorgänger, weil die Mutter ihn partout nicht Ritter werden lassen wollte. Statt dessen erzählt sie ihm von der Kirche und dem Sohn Gottes. Unbeeindruckt zieht Perceval los und bringt einen Herausforderer mit dem Wurfspieß um. Auf der Suche nach seiner Mutter zieht Perceval umher und kommt dabei an ein Flussufer. In einem verankerten Kahn sieht er zwei Männer; einer angelt. Von ihm hört Perceval, wo er nachts unterkommen könnte. Bald findet er das Steinhaus und es erweist sich als das **Schloss des Fischerkönigs**. Man bringt Perceval in einen riesigen Saal, wo ein Mann - offenbar der Angler von vorhin - ihn im Liegen empfängt: Aufstehen könne er nicht, sagt er. Perceval bekommt ein magisches Schwert geschenkt, aber nach dem Gebrechen seines Gastgebers erkundigt er sich nicht. Dann trägt ein Knappe eine weiße Lanze durch den Saal, von deren Eisenspitze Blut tropft. Andere Knappen kommen mit Leuchtern und dann geschieht noch seltsameres: „**Einen Gral mit beiden Händen hielt ein Edelfräulein ... er strahlte so hell, dass das Kerzenlicht dagegen verblasste ... Der Gral war aus purem Gold**, besetzt mit den kostbarsten Edelsteinen." Üppiges Essen wird serviert - aber noch immer stellt Perceval aus Angst, sich falsch zu benehmen, keine Fragen. Offenbar kommt die Speise auf wundersame Art vom Gral. Doch Perceval bleibt stumm. Erst am nächsten Morgen wird ihm klar, dass das wohl unklug war: Im Schloss findet er keine Menschenseele mehr und kaum reitet er verstört über die Zugbrücke ins Freie, rasselt diese wie von Geisterhand nach oben. Erst nach und nach erfährt Perceval, dass sein Schweigen ein Fehler war. Bei einem reichen Fischerkönig sei er gewesen, der „zwischen den Hüften" verwundet sei und dahinsieche. **Mit einer einzigen Frage nach Lanze und Gral hätte er den König retten können.** An einem Karfreitag schließlich klärt ein frommer Einsiedler ihn auch noch über den Gral auf: „Der, den man damit speist, ist mein Bruder ... Der Gral ist etwas so Heiliges, ... dass er mit seiner Hostie allein den heiligen Mann nährt - seit fünfzehn Jahren schon." **Was der Gral genau ist und wie er wirkt, bleibt offen**. Chrétien de Troyes hinterließ den „Conte du Graal" unvollendet. Gerade das aber lockte andere Dichter an: Sollten die Ereignisse Sinn haben, musste schließlich mehr auf dem Spiel stehen als die übliche Artusritter-Bewährung; verweisen doch schon Abendmahl und Heiligkeit auf Ewigkeitswerte - und erst die seltsamen Gegenstände: Erinnert zum Beispiel die blutende Lanze nicht an den römischen Soldaten Longinus, der nach alten Legenden Jesus am Kreuz mit der Lanze stach? Nach **Robert de Boron** ist der Gral, so erzählte er in Anlehnung an das spätantike „Nikodemus-Evangelium" und weitere Quellen, der **Kelch des letzten Abendmahls, in dem Josef von Arimathäa bei der Kreuzigung das Blut Christi aufgefangen habe.** Von den Juden wegen angeblichen Leichenraubs eingekerkert, habe Josef dank des wundertätigen Gefäßes überlebt, sei freigekom-

men - und habe prompt zum Schutz des Heiligtums eine Tafelrunde gegründet. Josefs Schwager Bron (oder Hebron), ein Fischer, und dessen Sohn Alain sollten laut Himmelsbotschaften den wundertätigen Gral samt dem mündlichen Segen Christi an ihre Nachkommen weitergeben. In göttlichem Auftrag sei er in ein unwirtliches Tal namens „Avaron" gelangt. So sei die Reliquie nach Europa geraten - vielleicht gar auf jene Insel Avalon, die in den Rittergeschichten von Artus vorkommt. Doch auch Robert de Boron hat seinen "Roman de l'estoire del Graal" nie vollendet.
In einer der nächsten Versionen der Erzählung wurde Perceval zum Sohn Alains, des Erben und Gralshüters. In **Wolfram von Eschenbachs** mittelhochdeutschem „Parzival" (um 1210) ist zu erfahren, dass **alljährlich am Karfreitag eine weiße Taube vom Himmel die heilende und speisende Kraft des Grals erneuert. Nur Auserwählte können ihn wahrnehmen.** Die Gralsburg, in deren Tempel das Heiligtum ruht, heißt nun Munsalvaesche (vielleicht eine französierte Version von „Wildenberg"). Bei Wolfram hüten priesterlich ehelose Templer und vornehme Damen das Kleinod, das hier nicht als Schale, sondern als Edelstein auftaucht. Nur der Gralskönig selbst darf heiraten - eine Frau, deren Name bei gegebener Zeit auf dem Gral erscheint. Der nun zur Familiengeschichte erweiterte **Gralsmythos spiegelt den wildbewegten Beginn des 13. Jahrhunderts**: Junge Männer suchen als Kreuzritter ihr Seelenheil, Daheimgebliebene stehen staunend vor den ersten gotischen Kirchenfenstern, sowohl der Artushof (dem in der Realität etwa die glanzvolle, aber auch gefährdete Herrschaft der Stauferkaiser entsprach) als auch die Glaubensinstanzen scheinen in ihren Grundfesten erschüttert.
**In einer Version rückte Lancelot ins Zentrum der Erzählung, der wie alle Ritter der Tafelrunde auf Befehl von König Artus den Gral sucht.** Weil aber Lancelot der heimliche Liebhaber von Guinevere, Artus' Frau, ist, kann der Sünder nur bis an die Schwelle des Grals gelangen; erst sein Sohn Galahad vollendet die Aufgabe - und wird dann auf unerklärliche Art der Welt entrückt. Bei Wolfram dagegen ist es Parzival, der sich erst zum noblen Artusritter und dann bis zum Heilshelden emporarbeitet - und schließlich in der Gralsburg die entscheidende Frage stellt, die den siechen Herrscher erlöst. Der weise Zauberer Merlin und der liebeskranke Tristan sind nur einige der vielen Helden, deren Erlebnisse sich rund um den wundertätigen Gral ranken, den nur sündenreine Übermenschen erreichen.

## Hintergrund und Entwicklung der Gralslegende[110]

Die bisherigen Forschungen der mediävistisch Gelehrten förderten folgende Entstehungsgeschichte zutage: Unbestritten sind zwei altfranzösische Dichtungen die ältesten überlieferten Zeugen der bekannten Geschichte des gralsuchenden Ritters, die hierbei im Vordergrund stehen. Der Grand

Saint Gral von Robert de Boron und der Perceval von Chrétien de Troyes; beide entstanden gegen Ende des 12. Jahrhunderts in Frankreich. Die Frage welcher der beiden Troubadoure zuerst seine Abhandlung verfasste, teilt die **Gralsforschung seit jeher in zwei Lager**. Nach außen hin zeichnen die beiden Werke aber deutlich eine Grundsteinlegung zweier Strömungen in der Gralsliteratur. **Robert beleuchtet in seinem Grand Saint Gral die Exegese der christlichen Liturgie** mit den Protagonisten Joseph von Arimathia, Bron und Alains, wohingegen Chrétien im Perceval, den Ritter Gawain, den Fischerkönig und seinen greisen Vater i**n die Sphäre des idealen als auch spirituellen Rittertums rückt**. Bei beiden ist aber der Gral zu einem mystischen Kultobjekt stilisiert. Besonders wird dies in der Erscheinung und Ableitung des Grals zum Ausdruck gebracht. Zum einem ist der Gral Roberts der Abendmahlskelch mit dem Blut Christi, der die Bewirtung der Gralsritter zum eucharistischen Mahl erklärt. Die erste Begegnung mit dem Gral in Chrétiens Perceval erscheint eher als ein ritterliches Festmahl, in dem der Gral zum kraftspendenden Mittelpunkt wird und lässt eine christliche Andeutung nur versteckt in der Lanzenreliquie erkennen. Aus diesen zwei Richtungen der frühmittelalterlichen Gralslegenden entstand eine Fülle von dichterischer Literatur über und um den Gral. Eines der schönsten und bedeutendsten Gedichte aus der Nachfolge Chrétiens ist der Parzival des deutschen Minnesängers Wolfram von Eschenbach. Wolfram vollendet in seiner Version des Parzival die unfertige Geschichte Chrétiens, der während der Niederschrift des Perceval verstarb. Bei allen Interpretationsversuchen der ersten Gralsromane **darf nie vergessen werden, dass sie in erster Linie an Adelshöfen begehrte Unterhaltungsliteratur waren**. Über den historischen Kern der Geschichten können nur Vermutungen angestellt werden.[111] Die Dichtkunst der damaligen Zeit verwendete viele kosmologische Vorstellungen aus dem arabischen Raum, die die Ritterorden, Händler und Pilger in den Okzident mitbrachten. So verwundert es kaum, dass sich auch die Gralsdichtungen dieser Zeit vor geheimnisvollen Bildern und Symbolen überfließen. **Einzelne Elemente der Geschichte verweisten sowohl auf christlich-apokryphe Überlieferungen als auch auf vorchristliches, keltisches Gedankengut**.

### König Arthus und der Gral

Seit Chrétien ist die Gralssage untrennbar mit der Figur des König Artus und seiner Tafelrunde verbunden. Das zentrale Thema des Grals ist in allen mittelalterlichen Romanen, die ihn zum Gegenstand haben, in das Reich der Tafelrunde eingebettet, was später im Lanzelot-Gral-Zyklus[112] seinen Höhepunkt erfährt. In seinen vier großen Romanen, die Chrétien vor dem Perceval verfasste, ist der Protagonist immer mit dem Artuskreis verbunden, wie beispielsweise in seinem ersten Roman Erec et Enide, in dem Erec, Mitglied der Tafelrunde, zwischen Minne und Aventüre wandert.[113] **In seinen Erzählungen schildert Chrétien historische Tatsachen, die er mit dem Stilmittel der Fiktion zu einer mythischen Sagenwelt webt.**[114] Diese mythischen Sagenwelten, auf die Chrétien in der Mehrzahl seiner Werke zurückgreift, basieren nach Loomis zumeist auf einer irisch-keltischer Provenienz.[115] Aus dieser Tradition heraus versteht sich der Aufbau seines letzten Werkes Perceval. So finden wir in diesem grundlegenden Gralsroman zwei Themen miteinander verwoben, den soteriologischen Elementen des Grals und dem legendenumwogenden König Artus. **Der historische Artus soll als König von Britannien zu Beginn des 6. Jahrhunderts die Einfälle der Sachsen und Pikten erfolgreich abgewehrt haben.** Als älteste bekannten Quelle ist hier die Historia Britonum (entstanden um 700) zu nennen, welche im 9. Jahrhundert von dem Gelehrten Nennius überarbeitet und in seine uns überlieferte Fassung gebracht wurde.[116] Aus der Historia sowie weiteren schriftlichen Erwähnungen, vor allem aber auch aus mündlichen Überlieferungen der Artuszeit, schuf der Waliser Geoffrey von Monmouth (1100-1155) ein Werk, das König Arthur in die Scheinwerfer der Geschichte heben sollte. Fast die Hälfte seiner Erzählung widmet er dem Werdegang des König Arthur, der Britannien zur Weltherrschaft führt, aber am Ende, im Waffengang mit seinem abgefallenen Stellvertreter tödlich verwundet, nach Avalon, der Insel der Seligen, gebracht wird. Geoffrey löst die Figur des Arthur aus seinem historischen Kontext heraus. Die Ausführungen seiner Historia regum Britanniae stehen einer Heldengeschichte näher als einer faktenorientierten Historie. Der mythische Arthur, der seinerzeit schon die Sagen der Bevölkerung beherrschte, erhält durch Geoffrey erstmals eine literarisch greifbare

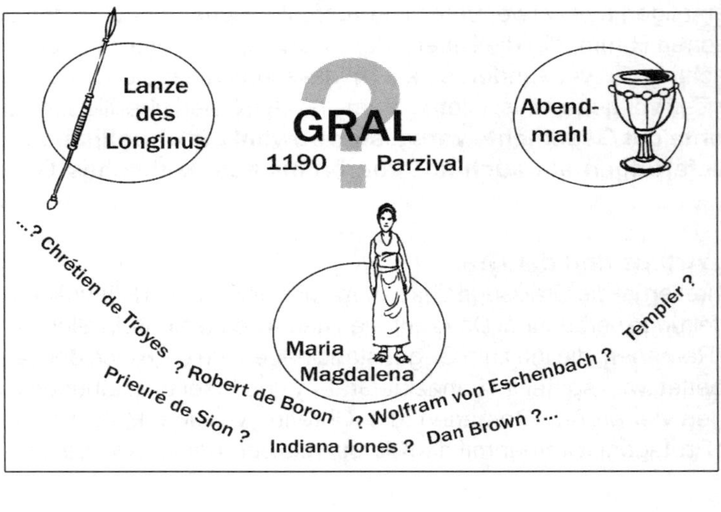

Form. Die vollkommene Abtrennung der mythischen von der historischen Figur werden folgend durch Wace und Chrétien in Frankreich vollzogen, die die Tafelrunde und Artus zu einem subjektiven Gebilde formen - Arthur ist tot, aber Artus lebt zugleich als Wahrer und Erneuerer der alten Ordnung im Bewusstsein des 12. Jahrhunderts auf. Spätestens ab diesem Zeitpunkt kann keine geschichtswissenschaftliche Untersuchung bezüglich dem historischen König das Bild der Tafelrunde entschleiern. **Wir stehen vor einem Schmelztiegel aus keltisch-germanischen, früh- und spätchristlichen Sagengut sowie okkulten Wissen** aus Einweihungsriten der Druiden- und Ritterorden, welches die Barden dieser Zeit zusammentrugen.

**Zwei Welten des Grals**

Die Gralserzählungen begegnen uns als ein Zusammenspiel von zwei Welten. Da ist zum einem die Welt der Artusrunde, mit ihr verwoben die der Menschen außerhalb des Artusreiches und konträr die Welt des Grals. Beide Reiche, sowohl das der Tafelrunde als auch das des Gralskönigs, leiden unter einem sukzessiven Machtverlust, hervorgerufen durch die Sorge über die Nachfolge. **Die Tafelrunde am Artushof bedeutet die weltliche Herrschaft, die der Gralsgemeinde die Transzendente als den Willen des Göttlichen.** Beide Welten suchen nach dem Heilsbringer, den Erneuerer des Reiches, ohne den ein Zerfall die Folge wäre. Der schwindende Einfluss König Artus' entsteht vorrangig aus der Abfolge von Chrétien de Troyes Protagonisten Artus, der in seinem Frühwerk noch als junger tatenreicher Ritter gerühmt wird, später jedoch immer mehr an Agilität einbüßt.
Anders als mit Artus, verhält es sich jedoch mit dem Herrscher des Gralsreiches. Wir erfahren vom verwundeten Gralskönig Anfortas, der auf seine Erlösung durch seinen vorbestimmten Nachfolger wartet. Auch wenn seine Gebrechen sich als fleischliche Verwundung zeigt, ist sie doch Ausdruck seiner Missachtung der Gralsgesetze. Mit seiner Begierde nach fleischlichen Gelüsten stellte er sich gegen die Transzendenz des Grals und hatte daher als Konsequenz die Tragik des Leidens zu tragen. Die britische Artussage wird an diesem Punkt auch offenbar auf den Gralskönig übertragen. Tödlich verwundet, wird der König an einen geheimnisvollen Ort gebracht. Artus bringt man nach Avalon, den Gralskönig auf seine abgeschottete Burg fern weltlichen Zugriffs. Beide Herrscher sind zwar noch am Leben, doch können sie ihre Führungsansprüche nicht mehr behaupten. **Das gesamte Reich wartet auf die Wiederkehr des Königs und auf die Erneuerung seiner Macht.** Diese Legende vom schlafenden König findet sich in mannigfaltigen Formen in vielen Sagen des indogermanischen Sprachraumes.[117]
In Wolframs Gralssage tritt nun der junge Held Parzival an die Stelle des Erneuerers und Heilsbringers. So wird er nach langer Suche und Prüfung an den Gralshof gerufen, um die Krone entgegenzunehmen.

## Der christliche Gral

Nun zu den christlichen Aspekten der Gralssage.[118] **Robert de Boron weist offen auf Christus hin.** Das christliche Gedankengut wird auch bei Chrétien und Eschenbach in der Karfreitagsbegegnung mit dem Eremiten Trevizent deutlich, bei dem Parzival seinen Glauben wiederfindet. Weiterhin ist die Lanze, die den Gralskönig Anfortas verwundete und in seiner Nähe aufbewahrt wird, eine unübersehbare Paralelle zum **Speer des Longinus**, der mit dem Gral als **Abendmahlkelch** in die Kette der Passionsreliquien zu passen scheint. Dies und viele weiteren Einzelheiten lassen uns zu dem Ergebnis gelangen, dass es sich hierbei um die Botschaft des christlichen Glaubens handelt, abgesehen von keltischen/britischen Ursprüngen, auf welchen sich der Artusstoff aufbaut. Ohne Frage vermengen sich hier viele Glaubensrichtungen der damaligen Zeit, zumal die verschiedensten Autoren zu unterschiedlichen Zeiten Romane und Erzählungen verfassten. Sehen wir bei Robert noch den klaren Bezug zum Christentum, so wird er im ketzerischen Frankreich Chrétiens undurchsichtig. Oft wurde das Fehlen christlicher Äußerlichkeiten gerade als Beweis für die Abstammung aus keltischen Sagen in Feld geführt, doch **welches Interesse sollte ein französischer Dichter, der selbst zuvor an einem Kreuzzug ins heilige Land teilnahm, an einer ihm nicht zugänglichen Sagenwelt haben, sie verschlüsseln und mit den Reliquien seiner Kirche verbinden.** Auch wenn einige Forscher Entsprechungen wie den Kessel des Bran oder die magischen Waffen des Lug in der keltischen Mythologie entdeckten, wird man diese nach minutiöser Suche auch in anderen Mythologien finden, was somit wenig Aussagewert besitzt, **zumal viele keltischen Elemente im Gralmythos erst in den späteren zahlreichen, teilweise eklektischen Neufassungen erschienen** oder kaum in historischer Verbindung zu den Originalen von Chrétien und Robert standen. Betrachten wir im Einzelnen die verwendeten Symbole der Gralswelt. Noch bevor der Gral in Chrétiens Erzählung an Perceval vorbeigetragen wird, erblickt er die blutende blanke Lanze. Die Lanze als Status und Heilssymbol war seinerzeit im Abendland stark verbreitet und galt als ein Zeichen der kaiserlichen Macht. Der Ursprung dieser Machtsymbolik beginnt am Kreuz des Heilands, als einer der Soldaten des römischen Statthalters Pilatus **mit seinem Speer des toten Jesus Leib durchsticht**. Die Soldaten sehen, dass Jesus schon tot ist und verzichten deshalb auf die Zertrümmerung der Beine. Zur Überprüfung des Todes stoßen sie eine Lanze in seine Seite, worauf Blut und Wasser aus der Wunde des Toten floss (Joh 18-19). Der ausführende Soldat wird in Quellen ab dem 5. Jahrhundert mit dem Namen Longinus bezeichnet und wird im Hochmittelalter zum ersten christlichen Ritter.[119] Noch im 6. Jahrhundert in der Zionskirche zu Jerusalem und hundert Jahre später in der Konstantin Basilika gesichtet, wird die Lanze spätestens ab dem 7. Jahrhundert zu einem religiösen Symbol, dessen reale Existenz nicht mehr nachzuweisen ist.[120] Später wird das Lanzensymbol in Folge der Kreuzzüge zu einem wichtigen Relikt, das nach einer norwegischen Überlieferung (Karlamagnussaga) in den Besitz Kaiser Karl wechselt. Somit gelangt die Macht von Byzanz ins fränkische Reich und findet sich in vielen mittelalterlichen Erzählungen und Dichtungen. **Die Vorstellung von mystischen Kräften des Speeres gewinnt im 12. Jahrhundert an Bedeutung,** so schreibt zum Beispiel ein armenischer Bericht der Lanze wundersame, lebensverlängernde Kräfte zu. 1227 fordert Papst Gregor IV Kaiser Friedrich auf, sich mehr den himmlischen Angelegenheiten zu widmen. Der Papst hält dem Kaiser vor Augen, dass das Reichssymbol der Lanze wie das des Kreuzes aus dem Märtyrertod Jesus gekommen seien und setzt damit die Lanze der Herrscherinsignien mit der Lanze des Longinus gleich, die die Seite des Herrn geöffnet habe.[121] 1354 erlässt Papst Innozenz VI eine Bulle über die sich mittlerweile im Besitz des Kaisers Karl IV befindliche Lanze. **Die Tat des Lanzenstichs am toten Heiland sei das Werkzeug der Erlösung sowie Bad der Sühne und Erneuerung des Menschengeschlechts.** Im ähnlichen Kontext steht auch der Gral selbst. Bei Robert und Chrétiens Werken ist der Gral einem Kelch gleichgesetzt. Auch hier lassen sich klare eucharistische Hinweise finden. Im Perceval Chrétiens erhält der greise Vater des Fischerkönigs mit einer einzigen Hostie aus dem Gral seine ganze Mahlzeit. Bei Wolfram wird der zum Stein (lapis) gedeutete Gral sogar zum Spender üppiger Speisen und Getränke. Doch schon wie bei Robert offenbart, ist der Gral die Abendmahlsschüssel, aus der Jesus seinen Jüngern sein Blut darbot und in welche bei seiner Kreuzigung Blut und Wasser aufgefangen wurde.

**Angesichts der für das Mittelalter typischen Verbindung zwischen Glauben und Alltag, Diesseits und Jenseits lässt sich der Gral am ehesten als ein geistlich moralischer Appell an die Herrschenden verstehen.** Lebt der König ohne Verbindung zu Gott, ohne die Sündenvergebung durch den Tod Jesu an sich selbst zu erfahren, leidet das ganze Land. Diese Partizipation am Tod Jesu und seiner sühnenden Kraft wird zeitgemäß durch die Teilnahme des Gralskönigs an der Eucharistie (Abendmahl) ausgedrückt. **In Übereinstimmung mit dem ausgedehnten Reliquienkult jener Jahrhunderte bleibt der in der historischen Heilsgeschichte benutzte Gegenstand (Kelch) nicht nur Symbol des stellvertretenden Leidens Gottes (Jesu), sondern avanciert selber zum quasi magischen Heilsvermittler.** Dieser Gedanke entspricht durchaus der Sakramentsfrömmigkeit jener Tage.

Auch noch einen anderen heilsgeschichtlichen Aspekt beinhalten die mittelalterlichen Gralsgeschichten. **Darin gleicht das in weiter Vergangen-**

**heit liegende Reich des Gralskönigs dem biblischen Paradies**, in dem der Mensch in Harmonie und vollkommenem Glück, in der unmittelbaren Gemeinschaft mit Gott selber leben konnte. Diese Zeit ist in der Bibel wie im Gralsmythos nur noch vage Erinnerung. Im Vergleich dazu ist der augenblickliche Zustand der Welt gekennzeichnet von Leid, Verfall und Tod. Ausweg daraus bieten nur das Leiden und der Tod Jesu Christi. Wer sich vor Gott auf diese stellvertretende Bestrafung beruft, dessen himmlisches Schuldenkonto wird ausgeglichen, sodass der Rückweg in das glückliche, von Gottes Gegenwart bestimmte Leben möglich wird. **Viele Menschen des 12. und 13. Jahrhunderts erwarteten über das individuelle Heil hinaus das unmittelbare Anbrechen des universalen Gottesreiches.** Vorbereitend dazu sollte ein letzter christlicher Herrscher die europäischen Länder vereinen, die Muslime besiegen und schließlich in Jerusalem dem Gottessohn selbst die Herrschaft übergeben.[122] Eine solche, die Kraft des Gottesreiches freisetzende Erlöserfigur ist der geläuterte Perceval. Der Inbegriff des christlichen Ritters, der in Rückbesinnung auf den erlösenden Tod Jesu (Gral = Abendmahlkelch) in der Lage ist, die Menschen (stellvertretend den König) aus der bedrückenden Gottferne zu befreien.

## Der Gral und kein Ende

Zahlreiche Bücher und Filme wecken bis in die Gegenwart durch ihre Spekulationen oder ihre Ironie das Interesse des Publikums. **Wie schon vor 800 Jahren dient der Gral vor allem aber als Spiegel eigener Wünsche und Weltentwürfe.** Dass sich diese als falsch erweisen, wenn ein Gral, am Ende gar der echte, gefunden wird, ist nicht zu befürchten. Das Geheimnis seines Erfolgs, quer durch die Kulturgeschichte der vergangenen Jahrhunderte, ist ja gerade, dass das Rätselding auf ewig im Nebel von Vermutungen und Andeutungen, Tatsachen und Halbwahrheiten verborgen bleibt. Brown hat diese Erkenntnis denn auch einer seiner Romanfiguren in den Mund gelegt: „**Das Geheimnis des Grals, sein Rätsel und die Mythen, die sich um ihn ranken, dienen unseren Zielen besser, als seine Enthüllung es je könnte.** Der Reiz des Grals liegt in seiner Unfassbarkeit." Am Ende der Schnitzeljagd durch die Geschichte darf bei Brown jeder seine Version der Legende weiterglauben: "Für manche ist der Gral ein Kelch, der ewiges Leben verspricht. Für andere bedeutet er die Suche nach verlorenen Dokumenten und nach einem Geheimnis der Geschichte. Und für die meisten ist der Gral lediglich eine faszinierende Idee, wie ich vermute ... ein wundervoller, phantastischer, aber unerreichbarer Schatz, der uns sogar in der heutigen modernen, chaotischen Welt noch zu inspirieren vermag."[123]

# 11. Die Templer

Eine wichtige Rolle in Dan Browns Verschwörungstheorie spielt der mittelalterliche Kreuzritterorden der Templer. Auf dem Jerusalemer Tempelberg sollen sie jene geheimnisvollen Dokumente zur „Großen Göttin“, zur Ehe Jesu und zu seinen französischen Nachkommen gefunden und wie einen Schatz gehütet haben. Der materielle Reichtum des Ordens soll nach Brown in den kirchlichen Schweigegeldern wurzeln, die der Vatikan zu zahlen bereit war, um eine für ihn katastrophale Veröffentlichung der Unterlagen zu verhindern (S. 218-222, 224, 351, 429f, 457f, 468f, 477).
Selbst wenn man, ohne jeden historischen Hinweis, von der Existenz und **Wiederauffindung jener Heiratsurkunde Jesu** ausginge, machen die geschichtlichen Ereignisse um den Templerorden in diesem Zusammenhang keinen Sinn. Nach seiner Recherche sollte Brown bekannt sein, dass Fälschungen in mittelalterlichen Schreibstuben durchaus keinen Seltenheitswert hatten. Warum sollte die Kirche, statt Unsummen auszugeben, nicht einfach die Authentizität der Schriften bestreiten oder, weit billiger, eigene anders lautende Dokumente erstellen und verbreiten lassen. Sollte der **Vatikan** sich nicht zu diesem Schritt entschließen können, warum hat er dann nicht mit dem Orden Schluss gemacht, als er noch klein und unbedeutend war, **warum sollte er ihn durch sein Geld erst aufbauen, um ihn danach mit ungleich größerem Aufwand wieder zu zerstören.** Viel leichter wäre es, die kleine Gruppe gleich zu Beginn unter Verdacht auf Häresie der Inquisition zuzuführen. Gerüchte über die „Große Göttin“ und die Nachkommenschaft Jesu hätten vermutlich zu einer Verurteilung ausgereicht.
Da aber keinerlei historische Quellen aus jener Zeit existieren, die Browns Geschichtskonstruktion stützen und andererseits die Templerhistorie aufgrund vorhandener Unterlagen viel sinnvoller erklärt werden kann, sollte der untergegangene Ritterorden getrost aus der Brownschen Verschwörungsgeschichte gestrichen werden.

### Die mittelalterlichen Templer

Gehen wir jedoch zuerst der echten und der mythologisch-esoterischen Geschichte der Templer ein Stück weit nach:
„Die Bruderschaft von Sion wurde im Jahr 1099 von einem französischen König von Jerusalem gegründet, Gottfried von Bouillon“, sagt Brown (S. 218). - **Gottfried von Bouillon** war aber weder Franzose (er kam aus dem Herzogtum Niederlothringen, das zum deutschen Kaiserreich gehörte), noch war er König von Jerusalem, sondern nur „Advocatus Sancti Sepulcri“. Brown schreibt weiter: „In den Jahren, als Gottfried König von Jerusalem war...“ - Gottfried starb im Juli 1100, er war also nur ein knappes Jahr in Jerusalem Anwalt des Heiligen Grabes - mehr nicht. „Eben jener Mann (Gottfried von

Boullion), der den Tempelrittern aufgetragen hat..." (S. 353) Gottfried von Boullion starb im Juli 1100; der Templerorden wurde 1120 gegründet. Ein toter Mann kann schwerlich einem Orden, der noch nicht existiert, etwas auftragen.

Auch bei seiner weiteren Beschreibung der Templergeschichte nimmt es Brown mit den historischen Fakten nicht so genau: „Während des Zweiten Kreuzzuges waren die Tempelritter bei **König Balduin I. von Jerusalem** vorstellig geworden und hatten ihn gebeten, in den königlichen Stallungen in den Ruinen des alten herodischen Tempels Unterkunft nehmen zu dürfen... (S. 219) - Der Bruder von Gottfried von Boullion, Balduin de la Boulogne, regiert als Balduin I. Er konnte von den Templern nicht während des zweiten Kreuzzuges (1146) aufgesucht werden, da er schon 1118 starb. Die Übereignung des Tempels von Jerusalem erfolgte 1120 durch König Balduin II. du Bourg.

Gegründet wurde der Templerorden **1120 in Jerusalem** durch Hugo von Payns. Zuerst nannte sich der Orden **„Miliz der armen Ritter Christi"**. König Balduin beherbergte die Ritter zuerst in einem Flügel seines Palastes „nahe dem Tempel des Herrn". Obwohl sie ja antraten, die heiligen Stätten zu bewachen, wagten sie nicht in der Grabeskirche selbst zu wohnen, so wurde ihnen schließlich die säkularisierte **al-Aqsa- Moschee** auf dem Tempelberg zugewiesen. Da man damals an dieser Stelle den Salomonischen Tempel vermutete, nannte sich der Orden fortan nach seinem Jerusalemer Hauptsitz: Templer. Nach 1187 verlegten die Templer ihr Hauptquartier nach Akkon, dann auf die Burg Chastel Pélerin. **Aufgabe des Ordens war der Schutz der nun zahlreich nach Israel strömenden Pilger.** Dabei beteiligten sich die Templer aktiv an der Verteidigung der lateinischen Fürstentümer in Palästina. Auf dem Konzil von Troyes (1129) wurde eine neue Ordensregel

**Templer**

| **Brown** | **Geschichte** |
| --- | --- |
| - verehren Große Göttin? | - kämpften für christliche Kirche! |
| - reich durch Bestechungsgeld? | - innovative Wirtschaftspraxis! |
| - Angst vor Enthüllung? | - vernichtet aus Geldgier! |

verabschiedet. Darin verbanden sie **Gebet und Kampf** als Schwerpunkte ihrer Tätigkeit. Hintergrund dieser Festlegung war die Übernahme der Idee des „gerechten Krieges“ durch Gesellschaft und Kirche des lateinischen Westens.[124] Religiös überhöht, eröffnete der Kreuzzug dem westlichen Rittertum auf diese Weise **einen eigenen Heilsweg**. Wer für das Heilige Land und den richtigen Glauben kämpfte, konnte mit der ewigen Gnade Gottes rechnen. Infolge der Werbung des einflussreichen Bernhard von Clairvaux auf dem Konzil von Troyes häuften sich die Schenkungen von Land und Immobilien. Ihre **kirchlichen Privilegien** erhielten die Templer 1139. Unter anderem wurden sie von der Zahlung des kirchlichen Zehnten befreit, erhielten die Autonomität von kirchlichen und weltlichen Würdenträgern und wurden unmittelbar dem Papst unterstellt. Der nicht gerade erfolgreiche zweite Kreuzzug stand unter der militärischen Leitung der Templer (1147). Zahlreiche Burgen und Kontrollpunkte unterhielten die Tempelritter im Heiligen Land, um es gegen Ansprüche muslimischer Fürsten zu verteidigen. Ihr Mut und ihre Disziplin wurden allgemein geschätzt, wenn auch ihr Verhalten gelegentlich durch Arroganz geprägt war. Die **maßlose Rivalität zwischen Templern und Johannitern** erwies sich im Krieg für beide Orden als hinderlich und rufschädigend. In Westeuropa fanden die Templer zahlreiche Adlige und wohlhabende Bürger, die den Kampf des Ordens im Osten finanzieren halfen, in der Hoffnung, durch diese gute Tat Ansehen bei Gott zu erlangen. Darüber hinaus galten die Templer als Männer des Gebets, deren Fürsprache als besonders wirksam galt, da sie die durch das Leben und Leiden des Erlösers geheiligten Stätten bewachten. Die spanischen und portugiesischen Herrscher setzten die Templer auch bei der Rückeroberung und Neubesiedlung ihrer muslimisch besetzten Länder ein (**Reconquista**). Die zahlreichen Niederlassungen der Templer in Westeuropa waren zumeist einfache rechtwinklige Kapellen. Die bekannten runden bzw. achteckigen **Templerkirchen** waren eher die Ausnahme. Übrigens wurden sie nicht, wie Brown spekuliert, unter heidnischem Einfluss entworfen (S. 458), nach eigenen Angaben sollten diese Gebäude dem heiligen Grab Jesu in Jerusalem nachempfunden sein, das eben in jener Form gebaut war. Darüber hinaus waren die Templer nicht der einzige Orden, der solche Rundbauten erstellten. **Schenkungen** zahlreicher Grundbesitzer ermöglichten es den Templern, eigene landwirtschaftliche Betriebe zu unterhalten, deren Gewinn der kämpfenden Truppe in Palästina zugute kam. Ihren Reichtum verdanken die Templer nicht, wie Brown meint, ominösen Schweigegeldern des Vatikan (218-222, 224), sondern dem **effektiven Einsatz neuer ökonomischer Konzepte**. Sie installierten ein modernes Bewässerungssystem in Aragon, errichteten ein System von Mühlen an der Aude, führten in der Normandie den vierjährigen Fruchtwechsel ein, bauten auf die Arbeitskraft von muslimischen Sklaven in Spanien und nutzten Handelsmessen effektiv zur Vermarktung ihrer Produkte. Neben weiter fließenden Spenden, die den Templern mit Hoffnung auf himmlische Verzinsung anvertraut wurden, entwickelte der Orden ein gut funktionierendes und äußerst einträgliches **Banksystem**. Ihre Verbindungen zwischen den verschiedenen Ordenshäusern in Europa und den Niederlassungen im Nahen Osten boten sie auch Adligen und Kaufleuten für deren Geldtransfers an. Darüber hinaus bewachten sie Schätze von Königen und Fürsten in ihren Mauern oder liehen ihnen bei Bedarf entsprechende Summen, gegen gute Bezahlung versteht sich.[125]

Nach ihrer **Zerschlagung durch Philipp IV** von Frankreich und den aufsehenerregenden Prozessen gegen ihre führenden Köpfe, wurde es in den folgenden Jahrhunderten still um die Templer. Ebenso erging es dem mittelalterlichen Gralsmythos, der schon fast vergessen war, als im 18. Jahrhundert Geheimbünde und Ritterdecknamen wieder in Mode kamen. Der renommierte Orientalist **Joseph von Hammer-Purgstall** erweckte die Geschichte mit einer neuen Interpretation wieder zum Leben. Die Sage vom Heiligen Gral, so der Wiener Forscher, sei nichts anderes als ein finsterer Ketzerkult, wie auch die Tempelritter ihn gepflegt hätten. Anfang des 16. Jahrhunderts berichtete Heinrich Cornelius Agrippa von Nettesheim, die **Ritter hätten „üble Ketzerei" betrieben**. In der Tat hatte 200 Jahre zuvor, am Freitag, dem 13. Oktober 1307, Frankreichs Staatsführung zum Vernichtungsschlag gegen den Templerorden ausgeholt. Reihenweise waren Ritter eingekerkert, gefoltert und zu Geständnissen gezwungen worden; das stattliche Vermögen der Organisation blieb beschlagnahmt. Eine beispiellose Razzia - offiziell begründet mit dem Vorwurf verschwörerischer Ketzerei. Bald kursierten Gerüchte, beim verblüffend raschen Aufstieg der mönchischen Soldaten sei ein Geheimnis im Spiel gewesen. Die Rede war etwa von grässlich-blasphemischen Aufnahmeriten: Ordensneulinge hätten auf Christusbilder spucken oder die Geschlechtsteile ihrer Oberen küssen müssen. Auch Homosexualität und Abgötterei wurde den Templern vorgeworfen. Weder damals noch heute haben sich diese Vorwürfe bestätigen lassen. Wahrscheinlich **waren diese theologischen Vorwürfe jedoch lediglich bequeme Vorwände für die eigentlichen Beweggründe.** Zum einen rief der Orden schon längere Zeit wegen seiner Privilegien und seines arroganten Auftretens öffentliche Kritik hervor. Zum anderen konnte sich der französische König durch sein konsequentes Vorgehen gegen die Templer gegenüber dem Vatikan profilieren und außerdem eine unangenehme machtpolitische Konkurrenz im eigenen Land beseitigen. Nebenher konnte sich Philipp bei der Zerschlagung des Ordens selber bereichern, wenn auch der Großteil des Besitzes den Konkurrenten der Templer, dem Johanniterorden zugeschlagen wurde. Tatsächlich wurden die in Frankreich gegen die Templer erhobenen Vorwürfe in England, Spanien und Deutschland vorerst sehr skeptisch aufgenommen. **Der Vatikan weigerte sich bis 1308 überhaupt, etwas gegen die Templer zu unternehmen.** Papst Clemens protestierte sogar öffentlich gegen die unter französischer Folter erhaltenen Geständnisse. Philipp aber wollte seine Macht gegenüber der Kirche, stellvertretend an einem ihrer bedeutendsten Orden demonstrieren und trieb die Prozesse bis 1314 offensiv voran. Aufgrund der zwar erzwungenen, doch aber vorhandenen Geständnisse der Templer über Gotteslästerung und Götzendienst, beteiligten sich Vertreter Roms schließlich am Prozess und der nachfolgenden Verurteilung führender Templer. Außer den erzwungenen Geständnissen fand und findet sich nicht der geringste Hinweis auf die Rechtmäßigkeit der erhobenen Vorwürfe. Heidnische Kulte, die Verehrung der „Großen Göttin" oder die Bewachung geheimer Jesus-Dokumente haben mit den historischen Templern jedenfalls nichts zu tun.[126]

**Die neuzeitlichen Tempelverschwörer**

Fünfhundert Jahre später brachten verschiedene Mythenfans und Verschwörungsliebhaber Gerüchte über den Untergang der Templer in Umlauf, die den „geheimnisvollen" Ursprung der eigenen Organisationen stützen sollten. Deutsche **Freimaurer** verbreiteten, sie hätten alte Reliquien und Dokumente gefunden, die durch ein paar vorgewarnte Templer über die Razzia von 1307 und den Feuertod des letzten Großmeisters 1314 hinaus weitergegeben worden seien, möglicherweise nach Schottland. Wer sie finde, werde auch den sagenhaften Schätzen des Ordens auf die Spur kommen. Wenig später gründeten Geheimniskrämer in Deutschland, England und den USA eigene Templerlogen mit Rittergraden und besonderen Zeremonien. Das geistig-politische Fieber der Französischen Revolution heizte die **Neugier aufs Okkulte** weiter an. In dieser kirchenkritischen Zeit argwöhnten katholische Denker eine Kontinuität zwischen ketzerischen Katharern, Templern und jakobinischen Freimaurern. Kurz darauf **erfand ein geschäftstüchtiger französischer Arzt namens Ledru eine Templerordensregel**, die von 1324 stammen sollte, also aus einer Zeit lange nach der amtlichen Vernichtung und päpstlichen Verurteilung der Organisation. Mittelalterlich kostümiert zogen 1808 die Ritter eines neugegründeten Templerordens in der Pariser Kirche St. Paul auf, zum Gedenken an den einst als „Märtyrer" ermordeten Großmeister. Auch Reliquien wie Knochenreste und Waffen gab es zu sehen. Selbst Fachleute ließen sich von der Show beeindrucken - darunter auch Joseph von Hammer-Purgstall. In einer langen Studie über den **„Baphomet"**, ein dubioses Götzenbild, das angeblich von den Templern verehrt worden war, baute er seinen Verdacht noch aus, bis Gralsritter und Templer zu Gliedern einer langen Kette „heidnischen-gnostisch" inspirierter Sektierer geworden waren. Die scheinbare Entdeckung, verkündet von einem anerkannten Wissenschaftler, wurde in der Folge zum Nährboden weiterer Geschichtsspekulationen. Um 1860 verbreitete sich die Überzeugung, dass Grals- und Tempelritter die Bannerträger einer nie erloschenen, urheidnischen Opposition gegen kirchliche Denkzwänge und staatliche Tyrannei gewesen waren. Weitere „**Vordenker**" der im „**Sakrileg**" gepflegten Weltverschwörung unter Beteiligung der Templer und Prieuré de Sion bastelten auch noch im 20. Jahrhundert an diesem Mythos:

- Der britische Volkskundler **Alfred Nutt** und seine Schülerin Jessie Weston verfochten seit 1902 die These, dass die „Gralskirche" mit ihrer „Ritter-Priesterschaft" Hüterin eines wahren, von Rom unterdrückten Glaubens gewesen sei;
- Der Schriftsteller **Otto Rahn** fahndete nach dem Gralsschatz in Ruinen alter Katharerburgen. Nach der Lektüre von Rahns Buch „Kreuzzug gegen den Gral" (1933) holte Heinrich Himmler ihn 1936 zur Ketzerforschung in die SS, doch schon im März 1939 fand man Rahn erfroren am Bergmassiv Wilder Kaiser in Tirol - der perfekte Tod für Verschwörungsgläubige.
- **Louis Charpentier** und sein Landsmann Gérard de Sède machten etwa seit dem Ende des Zweiten Weltkriegs aus den Geheimnissen der angeblich weiter existierenden Templerbruderschaft eine Schatzsuche kreuz und quer durch Frankreich („Die Templer sind unter uns oder das Rätsel von Gisors").
- Der Franzose **Pierre Plantard**, ein vorbestrafter Sympathisant des Nazifreundlichen Vichy-Regimes, der sich mit pseudohistorischen Verschwörungstheorien auskannte, fabrizierte seit den fünfziger Jahren ein Dossier aus angeblichen Dokumenten. Demnach sei der Kreuzfahrer Gottfried von Bouillon Nachfahre der merowingischen Könige und zudem Gründer einer Bruderschaft namens „Prieuré de Sion" (Priorat von Zion) gewesen.[127]

## 12. Leonardo da Vinci

Bindeglied zwischen Gnostikern, Templern und den gegenwärtigen Hütern jener „Geheim-Dossiers“ soll nach Brown das Universalgenie Leonardo da Vinci als Oberhaupt einer hochgeheimen Verschwörergruppe gewesen sein. Leonardo habe unbemerkt von seinen Zeitgenossen **dem Kult der „Großen Göttin“ gefrönt und deren Symbole heimlich in seine Kunstwerke eingebaut.** Natürlich wusste er auch von der Ehe und den Kindern Jesu, glaubt zumindest Dan Brown (S. 157f, 317). Leonardo da Vinci habe beispielsweise in seinem berühmten Gemälde „Das letzte Abendmahl“ an der Seite Jesu in Wirklichkeit nicht Johannes, sondern Maria Magdalena gemalt (S. 232, 333). So habe Da Vinci codiert dieses Geheimnis der Nachwelt mitgeteilt (daher der Originaltitel von "Sakrileg" in den USA: der „Da Vinci Code“).

### Leonardos Ausschweifungen

Ständig spricht „Professor“ Langdon von **da Vinci** (S. 165). Der korrekte Name des Künstlers jedoch ist Leonardo di sehr Piero aus der Stadt Vinci. In der gesamten Kunstwelt lautet sein Kurzname Leonardo.
Leonardo soll Mitglied, sogar Chef der Prieuré de Sion gewesen sein (S. 157f). Die Kunsthistorikerin Denise Budd kommentiert dazu: „Es gibt keinerlei stichhaltigen Beweis, dass Leonardo da Vinci Mitglied des Prieuré de Sion oder eines ähnlichen Geheimbunds gewesen sei. Die Dokumente, auf die sich Dan Brown überwiegend bezieht ... scheinen **Fälschungen des 20. Jahrhunderts** zu sein.“[128]
„Dieses visionäre Genie war zugleich ein **ausschweifender Homosexueller**.“ (S. 67; vgl. 165f). - Dokumentiert ist nur ein zweifelhafter Vorfall aus dem Jahr 1476. Leonardo und drei andere junge Männer wurden der Sodomie (damals Synonym für sexuelle Perversion) angeklagt - woran auch noch ein 17-jähriger männlicher Prostituierter beteiligt gewesen sein sollte. Mit Leonardo wurde ein Mitglied der Familie Medici angeklagt, was möglicherweise auf ein **politisches Motiv** schließen lässt. Die Anklage wurde nach zwei Anhörungen fallen gelassen - aus Mangel an Beweisen. Von diesem unsicheren Punkt einmal abgesehen, gibt es keinen einzigen Hinweis darauf, dass Leonardo homosexuell gewesen sein soll. Alle seine Tagebücher sind erhalten, mit vielen persönlichen Bemerkungen - und keinem noch so vagen Hinweis auf seine angebliche sexuelle Neigung. Zwar war Leonardo nicht verheiratet, das trifft aber auch auf zahlreiche seiner zeitgenössischen Künstlerkollegen wie Michelangelo, Donatello oder Brunelleschi zu. Die **Gerüchte über Leonardos angebliche Homosexualität entstanden erst Ende des 16. Jahrhunderts**, also erst hundert Jahre nach den betreffenden Ereignissen. Leonardo war ein „Verehrer der göttlichen Ordnung der Natur gewesen,

was ihn zum notorischen Sünder gegen Gott und der katholischen Kirche gemacht hatte“ (S. 67). - Sicher, wie so mancher Künstler war auch Leonardo tief beeindruckt von der Natur, ihrer Harmonie und Schönheit. Aber er war praktizierender Katholik und die Natur war nichts Göttliches für ihn, sondern Gottes herrliche Schöpfung.
Zwei Zitate führt Brown an, um nachzuweisen, wie kritisch der Künstler gegenüber der Kirche war. „Viele haben **aus Täuschungen und falschen Wundern ein Geschäft gemacht** und führen die törichte Menge hinters Licht“ (S. 317). Wer den Zusammenhang der Aussage liesst, stellt allerdings rasch fest, dass Leonardo hier gar nicht über den Glauben spricht, sondern die geheimniskrämerischen Alchimisten geißelt. Auch die zweite Aussage Leonardos richtet sich nicht gegen das Neue Testament, sondern kritisiert ganz allgemein jeden, der zu faul ist, seinen eigenen Verstand zu gebrauchen.[129]
Leonardo „glaubte sich im Besitz des **alchemistischen Wissens**, mit dem man Blei in Gold verwandeln und sogar durch die Herstellung eines Lebenselixiers Gott um den Tod betrügen konnte” (S.67). - Leonardo hat eine Zeitlang versucht, Gold herzustellen, nicht anders als zahllose andere Gelehrte bis ins 18. Jahrhundert hinein. Schnell aber erkannte er die Unmöglichkeit dieses Vorhabens und wandte sich anderen Projekten zu (vgl. Leonardos Notizbücher, pars. 1207-8).

**Leonardos Bilder**
Leonardo „malte Hunderte von lukrativen Auftragswerken für den Vatikan” (S. 68). Brown, der damit wirbt, dass seine Frau als Kunsthistorikerin ihn zuverlässig fachlich beraten habe, sollte wissen, dass **Leonardo nur 17 Bilder gemalt hat** (4 davon unvollendet) - nicht Hunderte! Und vom Vatikan hat Leonardo nur einen einzigen Mal-Auftrag erhalten. In seinen begeisterten Bildmeditationen scheint Brown gelegentlich auch vergessen zu haben, dass Leonardos religiöse Auftragswerke, wie damals üblich, mit **strengen Auflagen über Form und Inhalt** verknüpft waren, die dem Maler wenig Freiraum gelassen haben dürften, heidnisch-matriarchale Inhalte zu vermitteln.

**Mona Lisa**
Die Mona Lisa von Leonardo da Vinci versetzte schon zu Lebzeiten des italienischen Künstlers (1452-1519) die Menschen in Entzücken und Erstaunen. Daran hat sich auch heute nichts geändert. Das geheimnisvolle Lächeln und der verführerische und zugleich abweisende Blick des Stars des Pariser **Louvre**-Museums zieht jährlich Millionen von Besuchern an - und gehört Jahrhunderte später immer noch zu den meist kopierten Gemälden und zu den größten Rätseln der Kunstgeschichte. Seit jüngster Zeit nun besuchen auch eingeweihte Sakrileg-Kenner Leonardo da Vincis Mona Lisa, die hinter schusssicherem Glas im Pariser Louvre

hängt. Die Bewunderer mit dem Fahnderblick haben ganz anderes im Kopf als die Geheimnisse der Kunst.
Das Buch hat aus den Lesern Mittelalter-Verehrer, Buchstabenenträtsler, Bibelforscher und Verschwörungstheoretiker gemacht. Wenn die Mona Lisa bisher keinen handfesten Grund zu lächeln gehabt hätte, spätestens jetzt hat sie einen. Denn als Dan Brown-Leser lugt man angestrengt auf die wilden Landschaften hinter der Lächelnden. Die linke Landschaft, so wissen die Grals-Forscher, ist niedriger als die rechte. Auch würden die neuen Kunstdetektive gern mal die Rückseite des berühmten Gemäldes inspizieren und das Glas vor dem Bild: Finden sich da vielleicht irgendwo aufgekritzelte mysteriöse Zahlenreihen?[130] Durch das verstärkte Interesse Sakrileg lesender Touristen herausgefordert, führt der Louvre seit einigen Monaten gesonderte **Führungen auf den Spuren Dan Browns** durch.[131]
Kunstkenner Langdon enthüllt seinen Lesern den heimlichen Zusammenhang von Männlichem und Weiblichem durch Leonardo in der Mona Lisa, indem er die Buchstaben des Namens so umstellt, dass daraus **AMON L' ISA** wird, eine angeblich androgyne Vereinigung zwischen der ägyptischen Göttin Isis und dem Gott Amon (S. 167). **Diese Theorie ist insofern absurd, da das Bild zu Leonardos Lebzeiten noch gar keinen Titel trug.** Erst dreißig Jahre nach dem Tod des Meisters benutzt der Leonardo-Biograph Giorgio Vasari erstmals den Namen „Mona Lisa" für das Gemälde.
Über die **Identität der berühmtesten Schönheit** des Louvre gibt es zahlreiche Spekulationen, denn das Frauenporträt ist weder signiert noch datiert. So wird behauptet, dass es sich bei der Frau im schwarzen Kleid um die Gemahlin des florentinischen Edelmannes Francesco del Giocondo handelt, weshalb das Gemälde auch „Joconda" oder „Gioconda" genannt wird. Der reiche Kaufmann soll die „Mona Lisa" 1503 in Auftrag gegeben haben. Spekuliert wird auch, dass das Bild Leonardo so sehr gefallen habe, dass er die Fertigstellung hinauszögerte und schließlich von einem seiner Schüler eine Kopie anfertigen und aushändigen ließ.
Diese Entstehungsgeschichte geht auf den Kunsthistoriker Giorgio Vasari zurück, einen bedeutenden Biografen der Kunstgeschichte des 16. Jahrhunderts - und der einzige, der den Namen Mona Lisa erwähnte. Brown hält es für durchaus möglich, dass es sich bei dem Bild um ein **Selbstporträt Leonardos** handelt (S. 166). Sachverständige aber halten diese Idee „für die am weitesten hergeholte Theorie".[132] Einige Historiker behaupten, es könnte sich um die Favoritin von Giuliano de Medici handeln, eine gewisse Pacificia Brandano oder eine Signora Gualanda. Andere wiederum sehen in dem weltberühmten Frauenporträt eine der Mätressen des französischen Statthalters Charles d`Amboise. Manche Experten behaupten auch, dass es überhaupt kein Modell gegeben habe, sondern Leonardo einfach nur das **Bild einer idealen Frau** gemalt habe.

Für Leonardos Interpret Dan Brown ist zumindest eins sicher: „Was immer da Vinci im Schild führte - seine Mona Lisa ist weder eindeutig männlich noch eindeutig weiblich. Sie hat Merkmale von beidem, etwas Androgynes, wie man es nennt" (S. 166). - Da die junge Dame, die für das Porträt der Mona Lisa Modell gestanden hat, züchtig bekleidet ist, lassen sich keine primären und sekundären Geschlechtsmerkmale feststellen. Abgesehen davon lassen sich aber **eindeutig weibliche Züge** erkennen und keinerlei Hinweise auf männliche Merkmale. Brown macht diesbezüglich leider keine konkreten, überprüfbaren Angaben. Fest steht, dass es sich bei der Mona Lisa um eines der Meisterwerke Leonardos handelt, das er an König Franz I verkaufte. In der Folgezeit wechselte das Ölgemälde seine Besitzer, kam schließlich in die Sammlung von Ludwig XIV und nach der französischen Revolution in den Louvre. Napoléon entdeckte das Bild und hängte es in sein Schlafzimmer. Nach seiner Verbannung auf die Insel Helena kam es wieder zurück in den Louvre.[133]

**Die Felsengrotten-Madonna**

Während im englischen Original Brown davon spricht, dass „the nuns" (die Nonnen) der Bruderschaft der Unbefleckten Empfängnis die „Felsengrotten-Madonna" in Auftrag gegeben haben (S. 190), und dann noch mal betont, dass „the nuns" entsprechende Maßangaben und das gewünschte Thema festgelegt hatten, hat der Übersetzer schon korrigierend eingegriffen, denn **in dieser Bruderschaft gab es gar keine Frauen**.

Brown meint, das Bild zeige „die sitzende Jungfrau Maria ... den ausgestreckten Arm um ein Kleinkind gelegt, vermutlich Jesus" (S. 190) - Eigentlich sollte das keine Frage sein, denn **Leonardo wählte für sein Gemälde die damals übliche Symbolik** (Ikonographie). Am Propheten-Stab in der Hand des Kindes (Londoner Version) kann man erkennen, dass das Kind im Arm Marias Johannes darstellen soll. Browns unkundige Spekulation verführt ihn zu einer weiteren irrigen Annahme: „Dem Kind gegenüber sitzt Uriel, ebenfalls mit einem Kleinkind, vermutlich Johannes der Täufer. Im Gegensatz zu den üblichen Szensrien, in denen Jesus den Johannes segnet, scheint hier seltsamerweise Johannes Jesus zu segnen - und Jesus lässt es geschehen." (S. 190f) Alle aus dieser Missinterpretation gezogenen Schlussfolgerungen Browns, wie der Konkurrenzkampf zwischen Jesus und Johannes oder der angedeutete Mordversuch Marias an Johannes, müssen damit natürlich auch ins Reich der Fabeln verwiesen werden. „Das Werk zeigt Maria, die ihre Hand über ihren Sohn hält - dadurch wird eine Hauptachse gebildet - und dessen Cousin Johannes umarmt, der ehrfürchtig kniet. **Johannes der Täufer ist der Erste, der Christi Göttlichkeit anerkannt hat**, und zwar schon im Mutterleib. Der "Segen" des Johannes ist in Wirklichkeit dessen

Hinweis auf den bedeutenderen Jesus, der nach ihm auftreten wird. Insofern hält sich dieser Bildaufbau völlig an die traditionellen Normen."[134]
Browns Interpretationsversuche des Bildes sind wohl weniger Ergebnis einer eigenen kunsthistorischen Auseinandersetzung als eine ungeprüfte Übernahme der Information aus dem Buch „The Templar Revelation".[135]

**Das letzte Abendmahl**
Browns Bestseller treibt die Gralssucher auch in die auf der anderen Seine-Seite gelegene Kirche Saint-Sulpice; nach London in die Westminster Abbey oder in das Mailänder Refektorium von Santa Maria delle Grazie, wo Leonardos „Abendmahl" zu besichtigen ist.
Natürlich meint der begeisterte Sakrileg-Leser sofort **Maria Magdalena neben Jesus** zu erkennen (S. 232; 335f, 340f). Der Kunsthistoriker und Leonardo-Spezialist Frank Zöllner kann über solche Thesen nur den Kopf schütteln. „Ich verstehe nicht, warum sich so viele Leute mit diesem Unsinn befassen", so Zöllner, Professor an der Uni Leipzig. Im umfangreichen schriftlichen Nachlass von Da Vinci existiere „nicht der geringste Hinweis auf solches Zeug." Diese Thesen seien so „absurd wie die Behauptung, dass die Erde eine Scheibe sei und die Amerikaner nie auf dem Mond gelandet seien."[136] Tatsächlich lassen sich Browns Beobachtungen viel einfacher und historisch zutreffender erklären. Vergleicht man beispielsweise Leonardos Bild mit anderen Darstellungen aus jener Zeit, die Johannes darstellen sollen, fällt sofort auf, **dass dieser Jünger fast immer bartlos und schön abgebildet wurde**. Schaut man sich Leonardos Bild genauer an, wird man übrigens auch noch andere bartlose Jünger entdecken können, was unter anderem daran liegt, dass sich das kulturelle Empfinden, was als maskulin oder feminin zu verstehen sei seit dem 15. Jahrhundert durchaus verändert hat. Auch die auf Leonardos Bildern dargestellten **Engel** sind trotz ihres traditionell männlichen Geschlechts **langhaarig und bartlos**.[137] Darüber hinaus ist es äußerst unseriös, von den Gesichtszügen der Personen auf Leonardos Abendmahlbild irgendetwas ableiten zu wollen, da schon Zeitgenossen Leonardos monierten, das Gemälde sei so ruiniert, dass kaum noch etwas zu erkennen sei. Mehrfach wurde das Bild in den folgenden Jahrhunderten durch Hochwasser und unsachgemäße Behandlung stark beschädigt. Seit dem 19. Jahrhundert gab es sieben Restaurationen, die letzte in den 1990-er Jahren. **Von keinem Gesicht ist seither noch genug historische Substanz übrig**, um seriöse Schlüsse ziehen zu können. Jesu Gesicht zum Beispiel ist eine moderne Rekonstruktion.

**Petrus** hat auf Leonardos Bild tatsächlich ein **Messer** in der Hand, nicht aber um damit Maria Magdalena zu bedrohen, die gar nicht anwesend ist, sondern, ganz im Einklang mit den Berichten des Neuen Testaments, um bei der bald bevorstehenden Gefangennahme Jesu ihn mit Waffengewalt zu verteidigen (Mt 26,51ff).

„Brown nimmt das **Fehlen eines Kelches** zum Anlass, Maria Magdalena ins Bild zu bringen. Doch bei näherer Betrachtung sieht man, dass Christi Hände ausgestreckt auf dem Tisch liegen. Die Linke greift nach einem Stück Brot, die Rechte ... nach einem Weinglas. ... Nur ist es kein richtiger Kelch, wie im Gottesdienst, sondern ein Weinglas. Und genau das darf man im Abendmahl auch erwarten"[138] (vgl. Mk 14,17-26).

# 13. Dan Browns Verschwörungstheorie des Prieuré de Sion

**Die Geheimdokumente des Prieuré de Sion**
Nach dem Auftakt mit „Der Heilige Gral und seine Erben“ erfährt der Leser in „Das Vermächtnis des Messias“ von Lincoln, Baigent und Leigh weiteres über den Prieuré de Sion und ihre Hintermänner.[139] Noch einmal wird auf die **der französischen Nationalbibliothek unterschobenen „Geheimpapiere“** eingegangen, einem angeblich von dem Prieuré überliefertem Dokument, welches die Nachkommenschaft Jesu bis in die Gegenwart nachweisen soll. Diese durchaus zweifelhaften Bücher bilden Browns Informationsgrundlage bei seinen Ausführungen zu der Geheimgesellschaft.
„Die unter der Katalognummer 4° Im 1 249 geführten und von vielen Sachverständigen als echt eingestuften Dokumente hatten eindeutig bestätigt, was viele Historiker schon lange vermuteten: Leonardo da Vinci, Sandro Botticelli, Sir Isaac Newton, Victor Hugo und in jüngerer Zeit der berühmte Pariser Künstler Jean Cocteau waren Großmeister des Geheimordens gewesen“ (S. 285, vgl. 218). - Die Sachverständigen sind sich einig: Die „Dossiers Secrets“ sind eine Fälschung zur Selbstbestätigung. Die „geheimen Dokumente“ wurden der Bibliothek bewusst untergeschoben, um sie später „wiederfinden“ zu können.
Bei diesen „Geheimen Akten” handelt es sich nicht um Originaldokumente, sondern lediglich um angebliche Auswertungen, Abschriften oder Zusammenfassungen historischer Quellen. Fast alle stammen aus dem Umfeld von **Pierre Plantard**. Dieser esoterisch gefärbte und im Jahr 2000 verstorbene Gelegenheitsschriftsteller **bezeichnete sich selbst als letzten Großmeister des „Prieuré de Sion” und zwischendurch auch als Abkömmling der Merowinger, sprich von Jesus Christus.** Hingegen gibt es durchaus Originaldokumente von 1953, die belegen, dass Plantard in seiner Jugend wegen Betrug und Unterschlagung zu einer Gefängnisstrafe verurteilt worden war. Als alter Mann gestand er 1993 unter Eid bei der richterlichen Untersuchung des Selbstmords von Roger-Patrice Pelat, einem engen Freund von Francois Mitterand, er habe Pelat ohne dessen Wissen fälschlich auf die Großmeister-Liste des „Prieuré de Sion” gesetzt. Der Richter ließ Plantard als harmlosen Spinner laufen mit der Auflage, in Zukunft „keine Mätzchen zu machen.”
Zu Plantard möchte er sich nicht äußern, sagt **Brown**. Und über die geheimen Akten und ihren Wahrheitsgehalt solle sich jeder Leser selbst seine Meinung bilden. „Ich habe vor drei Jahren meine Recherchen mit höchster Skepsis begonnen. Aber **heute glaube ich, dass die Geschichte im Kern stimmt**. Schauen Sie das „Abendmahl” genau an. Der Johannes dort ist in Wahrheit eine Frau und sollte es auch sein. Wenn das Genie Leonardo einen bartlosen jungen Mann

hätte malen wollen, glauben Sie, er wäre dazu nicht in der Lage gewesen?" Außerdem habe der skeptische Brown während seiner Recherche in Frankreich zwei Schlüsselerlebnisse gehabt. Sie hätten ihn zum Gläubigen in Sachen Sion gemacht. „Keine religiöse Erweckung. Nichts Mystisches. Sondern zwei ganz diesseitige Zusammentreffen. Doch darüber kann und will ich jetzt nicht sprechen. Vielleicht in einem späteren Buch." Die letzte sachlich nachprüfbare Argumentationsgrundlage für die ominöse Ehe und den Stammbaum Jesu fällt mit der Enttarnung der französischen „Geheimpapiere". **Nach seinem eigenen Eingeständnis wird dadurch die von Brown neuerzählte Geschichte Jesu von der historischen These zur reinen Glaubensangelegenheit**, die sich auf nichts als vage Gefühle und noch unsicherere Vermutungen stützen kann.[140]

**Der Mythos von Rennes-le-Château**

Ohne dieses Dorf je zu erwähnen, verweist doch der Name des Großmeisters des Priorats von Sion, Jacques Saunier, auf die wahren Quellen Dan Browns, die ihm wohl als Vorlage seines Buches gedient haben. Rennes-le-Château, das im 13. Jahrhundert inmitten eines von der katharischen Lehre geprägten Gebietes lag, wurde im 20. Jahrhundert zum Ursprung aller modernen Legenden über Maria Magdalena und den Gralsschatz. Der damalige Pfarrer **Berenger Saunière** (1852-1917), der sich trotz der 1910 erfolgten Suspendierung weigerte, seine Gemeinde zu verlassen, ist eine außerordentlich merkwürdige und bizarre Gestalt, dem der kleine Ort im Departement l'Aude nicht nur den spektakulären Bau eines „Turmes von Magdala" verdankt, sondern die bis heute Scharen von Esoterik-Pilgern anlockende Mär, **dass in Rennes-le-Château der legendäre Schatz der Katharer, vielleicht sogar jener der Templer, versteckt sei**. Der für einen Landpfarrer ungewöhnliche Reichtum und die mittelalterlichen Dokumente, die Saunière in der Krypta der Kirche entdeckt habe – neuere Forschungen haben herausgestellt, dass es sich um Fälschungen aus dem 19. Jahrhundert handelt - haben den Gerüchten um geheime Schätze und der Idee eines bis heute fortlebenden Geheimbundes zum Schutz des Grals neuen Auftrieb verliehen. Saunières Reichtum soll sich laut Verschwörungstheorie in erster Linie aus den Schweigegeldzahlungen der Kirche gespeist haben, die damit eine skandalöse Veröffentlichung der Hochzeitsurkunde Jesu verhindern wollte. **Zwischenzeitlich gilt es jedoch als sicher, dass Saunière sein Geld durch einen religiösen Versandhandel scheffelte.** Der Abbé verkaufte nämlich in ganz Europa Messen an Hinterbliebene, die ihm per Post Geld schickten, damit er dem Verstorbenen die Messe las. Saunière wurde daraufhin seiner Pfarrstelle enthoben, vor Gericht gestellt und verurteilt.[141] Vielleicht wären diese Geschichten nach dem Tod des Pfarrers rasch verklungen, wenn nicht seine Haushälterin und Erbin Marie Denarnaud (1912-1968) die Legende weiter aufrecht erhalten hätte, um den Bischof, der Saunière suspendiert hatte, der Habgier zu bezichtigen und Forderungen nach Immobilien und Grundstücken zurückzuweisen. So kam es, dass Rennes-le-Château in den 60-er Jahren zu einem **Mekka esoterischer Buchautoren**, darunter z. B. Pierre Plantar, Gérard de Sède, Michael Baigent, Richard Leigh und Henry Lincoln geworden ist, die das kleine Dorf international bekannt und zu einem wahren Wallfahrtsort gemacht haben. Den Höhepunkt der Popularität erreichte Rennes-le-Château und sein ehemaliger Pfarrer Saunière, der mittlerweile als einer der letzten Hüter des sang real gehandelt wurde, mit einer BBC-Reportage im Jahr 1979 über den Heiligen Gral. Gérard de Sède verbreitete seine Überzeugung, dass Saunière nicht nur einen gewaltigen Schatz, sondern auch die Wahrheit über Jesus Christus gefunden habe. Die von ihm entdeckten Dokumente sollten beweisen, dass dieser mit Maria von Magdala Kinder gezeugt habe, deren Nachkommen – obgleich göttlicher Herkunft – von der Kirche bis heute verfolgt würden. **Gérard de Sède ist es, der die These vom sang real, vom wahren Blut Christi, das in Wirklichkeit der Gral sei, erfunden hat.**

Dan Browns „Da Vinci Code" wiederholt also nur, was vor Jahrzehnten die Schlagzeilen über einen kleinen französischen Ort füllte. Auf der ersten Seite seines Buches behauptet Dan Brown zwar, er stütze sich auf unumstößliches Beweismaterial, das 1975 in der Nationalbibliothek von Paris aufgefunden worden sei, doch dabei handelt es sich, wie Massimo Introvigne nachweisen kann, um Fälschungen des 19. Jahrhunderts, die wohl Plantard und seine Freunde dort hinterlegt haben.[142] Im Jahr **1956** wurde in Annemasse, Haute-Savoire, ein kleiner Freizeitclub mit Namen **Prieuré de Sion** gegründet - anscheinend nach einem nahen Berg, dem Col du Mont Sion. Schon im Jahr darauf wurde der Verein wieder aufgelöst, entstand aber bald unter der Leitung von Pierre Plantard neu. Sich auf die **neoritterlichen, utopischen, nationalistischen und antisemitischen Prinzipien von Paul LeCour** stützend, der in den 30-er und 40-er Jahren großen Einfluss auf Pierre Plantard ausgeübt hatte, begann der Prieuré de Sion mit der unregelmäßigen Herausgabe der Zeitschrift "Circuit". Verschiedene andere nationalistische Initiativen Plantards aus dieser Zeit schlugen fehl. Unter anderem engagierte er sich im **Großorden der Alphagalater**, einer Gesellschaft vom rechten Rand, die starkes Gewicht auf Traditionen, Ritterlichkeit, Katholizismus, Spiritualismus und okkulten Nationalismus legten. Während dieser Zeit scheint Plantard keiner beruflichen Tätigkeit nachgegangen zu sein. Wegen Betrugs und Unterschlagung verurteilt, saß er Anfang der 1950-er Jahre für vier Monate im Gefängnis. Zu Beginn der 60-er Jahre startete Plantard dann einen entschlossenen Versuch, eine Spur „dokumentarischer" Nachweise zu legen, um erstens seinen falschen Anspruch zu untermauern, er sei ein Nachfahre der merowingischen Könige und zweitens die „uralte" Herkunft des Prieuré de Sion zu belegen. Mit seinem Komplizen Philippe de Chérisey **schleuste er fingierte Stammtafeln der Merowinger und Mitgliedslisten des Prieuré de Sion in die Pariser Nationalbibliothek.**[143] Dann wurde Gérard de Sède auf die „Dossiers Secrets" angesetzt, der 1967 und 68 zwei Bücher über Rennes le Chateau und die Stammtafeln Jesu veröffentlichte. Interviews und weitere Bücher folgten. 1973 schrieb Jean-Luc Chaumeil, der inzwischen mit Plantard verstrittene Journalist, einen Artikel, in dem er aufdeckte, dass die „Dossiers Secrets" ein Schwindel waren. In seinem Buch „Mythologie du trésor de Rennes" (1974) enthüllte der seriöse Historiker René Descadeillas die rein diesseitigen Finanzquellen des Abbé Saunièr. **In dieser Zeit (1979) entdeckte Henry Lincoln die Rennes le Chateau Story** und drehte für die BBC drei Dokumentationen zu diesem Thema. Mit seinen Coautoren Baigent und Leigh spann er den mythologischen Faden für seine Bestseller „Der Heilige Gral und seine Erben". Darin finden sich nun alle Zutaten zu Browns „Sakrileg": Jesus und Maria Magdalena, die Merowinger und die Templer, der Prieuré de Sion und die Dossiers Secrets. **Nicht erwähnt wird natürlich, das Geständnis Chériseys, dass er seine Pergament- Fälschungen von einem alten Text abgeschrieben hatte**, den er im Dictionaire d'archéologie chrétienne et de liturgie (1907-53) gefunden hatte. Dabei findet sich dieses Bekenntnis schon in Jean Luc Chaumeils Buch La Trésor de Rennes le Chateau von 1979. Zum gleichen Ergebnis kommt Pierre Jarnac in seiner 1985 veröffentlichten Untersuchung. Dort zitiert er einen Brief Chériseys aus dem Jahr 1974, in dem dieser einräumt, die ominösen Pergamente gefälscht zu haben.[144] Lange nach der Aufdeckung des Schwindels kam im Jahr 1988 auch Gérard de Sède mit einem Buch heraus, in dem er zugab, dass die Dossiers Secrets gefälscht wurden und die merowingische Linie der Nachkommen Jesu bis in die Gegenwart nicht real existiert.[145] Während Gerard de Sede sich in seinem letzten Buch bei den Lesern für die Verbreitung der „Dossiers Secrets" entschuldigte (wobei de Sede wahrscheinlich selbst ein Opfer dieses Betruges war), haben die Autoren Lincoln, Baigent und Leigh keine ihrer längst widerlegten Thesen widerrufen. Lincoln, der noch im September 1989 in der Midi Libre äußerte: „Sauniere fand die Heiratspapiere Jesus mit Maria Magdalena ... What a scoop" (= was für ein Knüller), bezeichnet er heute die Leser seiner beiden ersten Bücher „Der Heilige Gral und seine Erben" und „Das Erbe des Messias" amüsiert herablassend als „Schatzsucher".[146]

**Die BBC hingegen räumte 1997 in einer weiteren Dokumentation ein, dass die zuvor verbreitete Geschichte nicht stimme.** Doch bewirkt hat das nur wenig, denn das Einzige, was noch mächtiger ist als eine Verschwörung, ist anscheinend der Wunsch, an eine zu glauben.

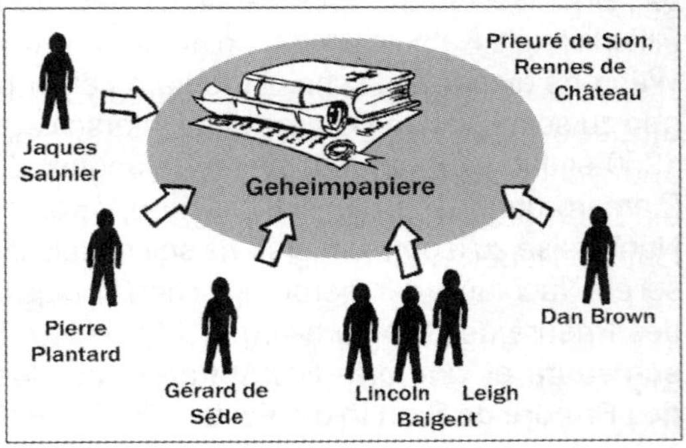

# 14. Das wahre Leben Jesu

Die Geschichtsbastler á la Dan Brown oder Henry Lincoln pfeifen auf anerkannte Regeln und wissenschaftliche Schiedsrichter - sie halten sich für unwiderlegbar und wollen nur eins: ungestört unter sich bleiben und vor sich hin spinnen.
Die wirkliche Geschichte Jesu hat mit Browns Version wenig gemein. **In weitgehendem Einklang mit zeitgenössischen Historikern wie Flavius Josephus, Sueton und Tacitus berichten die Evangelien von einem weitaus beeindruckenderen Jesus.** Dessen Geschichte beginnt eigentlich schon Jahrtausende vor seiner Geburt. Propheten des alten Israels kündigten ihn an, um den Menschen Hoffnung zu geben, mit dem Problem ihrer Schuld fertig zu werden. Wie ein staatlicher Gesetzgeber hat Gott im Alten Testament Regeln aufgestellt, nach denen die Menschen sich richten sollen. Wer die irdische Probezeit besteht und die Gesetze Gottes befolgt, ist eingeladen, ewig mit Gott zusammen zu leben. Diese in leuchtenden Farben beschriebene Zukunft ist aber für die unzugänglich, die im Laufe ihres Lebens Schuld angesammelt haben, indem sie Gottes Ordnungen zeitweise links liegen ließen (Röm 3,10f). Wie im Straßenverkehr hilft es dann auch nichts, sich in anderen Lebenslagen nach den göttlichen Gesetzen zu richten. Schließlich kann eine bei rot überfahrene Ampel bei der Polizei auch nur schwer mit dem Hinweis auf zehn korrekte Stopps entschuldigt werden. Problematisch wird die Sache, weil Gott nur zwei Urteile zu kennen scheint: Freispruch oder Todesstrafe (Offb 20,10-15). **Damit Menschen überhaupt die Reise zu Gott antreten können, kommt Jesus Christus ins Spiel.** Er wurde von Gott geschickt, um den Erdlingen zu sagen, was Gott über sie denkt (Joh 3,16; Gal 4,4). Damit seine Zeitgenossen ihn nicht nur als überspannten Heiligen abtun, heilte er einige Menschen und tat durch Gottes Kraft noch andere beeindruckende Wunder. Auch konnte er Menschen in den Kopf schauen, ihnen sagen, was sie dachten, sich wünschten oder Übles planten. Nachdem sich die Leute aus seiner Umgebung durch das Gehörte und Erlebte im Klaren waren, dass Jesus von Gott kommen musste, erklärte ihnen Jesus seine Liebe. „Niemand hat größere Liebe als der, der für seine Freunde stirbt“ (Joh 15,13), sagte er. **Zeitgenossen bot er an, sich stellvertretend für sie von Gott bestrafen zu lassen, damit Menschen, die sich darauf einließen, Zugang zum Himmel bekämen** (Röm 5,10, Phil 3,7ff). Deshalb, und nicht aufgrund falscher Planung, ließ er sich kreuzigen. Gott statuierte ein Exempel, indem er Jesus von den Toten auferweckte, damit alle, die als Christen leben wollen, sicher sein konnten, was sie nach ihrem irdischen Tod zu erwarten haben. Hunderte sahen, dass Jesus wieder lebte, wenn auch in einem neuen, jenseitigem Körper (1Kor 15,3-6). **Sie verließen sich auf die Versprechungen von Jesus Christus und führten ein erfülltes, ein total verändertes Leben** (2Kor 5,17). Wer die Reden von Jesus Christus

heute liest, der steht plötzlich in einem Gespräch mit Gott. Wer heute einsieht, dass er, wenn auch nur gelegentlich, gegen Gottes Gebote gedacht, geredet oder gelebt hat und wer das bereut, der sieht sich auch heute noch mit dem Angebot von Jesus Christus konfrontiert: „Bitte Gott um Vergebung für deine Fehler und berufe dich darauf, dass ich schon dafür bestraft worden bin. Wenn du dann noch bereit bist, der Rest deines Lebens in Gemeinschaft mit mir und nach meinen Ordnungen zu leben, kannst du sicher sein, nach dem Tod ewig bei Gott zu bleiben (1Joh 1,9; Joh 1,12).[147]

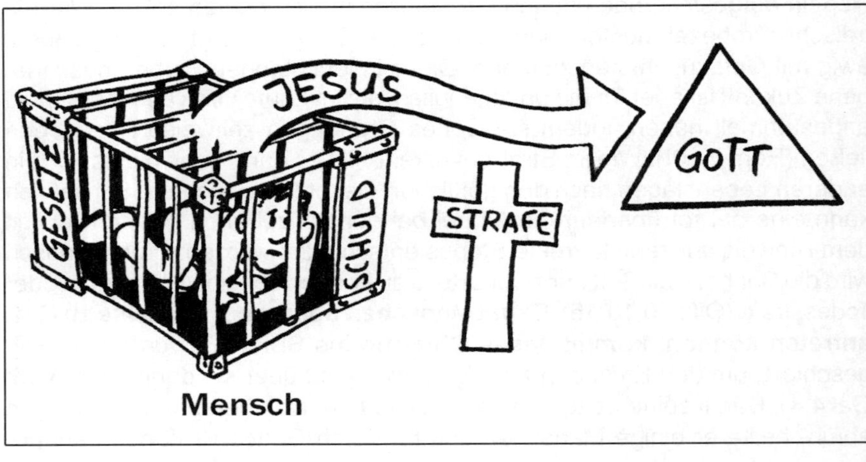

## Literaturverzeichnis

- Arasse, Daniel: Leonardo da Vinci,Dumont, Köln 2002
- Baigent, Michael / Richard Leigh: Verschlußsache Jesus Droemer Knaur, München 1999
- Baigent, Michael, Richard Leigh: Als die Kirche Gott verriet, Gustav H. Lübbe 2002
- Bock, Darell L. : Breaking The Da Vinci Code, Nashville (USA), 2004
- Bowker, John Hrsg.: Das Oxford-Lexikon der Weltreligionen, Patmos, Düsseldorf 1999
- Baigent, Michael / Richard Leigh: Der Tempel und die Loge, Tosa, 2005
- Barber, Richard: Der Heilige Gral, Düsseldorf 2005
- Berger, Klaus: Qumran, Reclam, Ditzingen 1998
- Bergner, H.: Art. Graal, in: Lexikon des Mittelalters, Robert- Henri Bautier u.a. Hrsg., dtv, München 2002, Bd.1, Sp. 1616-1620
- Bernstein, Amy: Französische Luftschlösser. Dichtung und Wahrheit im Da Vinci Code, in: Dan Burstein: Die Wahrheit über den Da- Vinci- Code, Goldmann, München 2004, S. 480-488
- Briel, Peter van: Anmerkungen zu Dan Browns „Sakrileg" („The Da Vinci Code"), Http: //www.karl-leisner-jugend.de/Sakrileg.htm, 15.6.2005
- Brown, Dan: Illuminati, Lübbe, 18. Aufl. Bergisch-Gladbach 2004
- Brown, Dan: Sakrileg, Lübbe, Bergisch-Gladbach 2004
- Burdach, Konrad: Der Gral - Forschungen über seinen Ursprung und seinen Zusammenhang mit der Longinuslegende, Kohlhammer, Stuttgart 1974
- Burrichter, Brigitte: Wahrheit und Fiktion, München 1996
- Burstein, Dan: Die Wahrheit über den Da- Vinci- Code. Das Sakrileg entschlüsselt, Goldmann, München 2004
- Buschinger, Danielle / Wolfgang Spiewok, Hrsg: König Artus und der Heilige Graal (Reprint), Greifswald 1994
- Carson, D.A. / Douglas J. Moo, / Leon Morris: An Introduction to the New Testament, Zondervan, Grand Rapids 1992
- Ceming, Katharina / Jürgen Werlitz: Die verbotenen Evangelien, Pattloch, München 2001
- Cox, Simon: Sakrileg entschlüsselt. Dan Browns Bestseller von A bis Z, Heyne, München 2005
- Davies, Philip R., u.a.: Qumran, Theiss, Stuttgart 2002
- Dassmann, Ernst: Kirchengeschichte I. Ausbreitung, Leben und Lehre der Kirche in den ersten drei Jahrhunderten, Kohlhammer, Stuttgart 1991
- Demurger, Alain: Die Templer. Aufstieg und Untergang 1120-1314, C.H. Beck, München 1991
- Demurger, Alain: Art. Templer, in: Lexikon des Mittelalters, Robert- Henri Bautier u.a. Hrsg., dtv, München 2002, Bd.8, Sp. 534-537
- Demurger, Alain: Die Ritter des Herrn, C.H. Beck, München 2003
- Demurger, Alain: Die letzten Templer, C.H. Beck, München 2004
- Dictionary of New Testament Background, Craig A. Evans / Stanley E.Porter Ed., Inter Varsity Press, Leicester 2000, p. 414-418
- Dippel, Andreas: Die Kirchengeschichte des Dan Brown, Christliches Medienmagazin pro 1/2005, S.12f
- Erlemann / Noethlichs / Scherberich / Zangenberg Hrsg.: Neues Testament und Antike Kultur, Bd.2 Familie. Gesellschaft. Wirtschaft, Neuenkirchener, Neukirchen 2005
- Festenberg, Nikolaus von / Johannes Saltzwedel / Martin Wolf: Die letzte Lebensglut, DER SPIEGEL 52/2004
- Gamble, H. : Canonical Formation of the New Testament, Dictionary of New Testament Background, Craig A. Evans / Stanley E.Porter Ed., Inter Varsity Press, Leicester 2000, p. 183-195

- Giebel, Marion: Das Geheimnis der Mysterien. Antike Kulte in Griechenland, Rom und Ägypten, Artemis, München 1990
- Godwin, Malcolm: Der Heilige Gral. Ursprung, Geheimnis und Deutung einer Legende, Heyne, München 1994
- Green, Joel B. / Scot McKnight / I.Howard Marshall ed., Dictionary of Jesus and the Gospels, Inter Varsity Press, Leicester, 1992
- Guthrie, Donald: The New Testament Itroduction, Inter Varsity Press, 3. Aufl. Leicester 1978
- Hauf, Monika: Der Templer und die große Göttin, Patmos 2000
- Hauf, Monika: Die Geheimen Manuskripte, Schätze und Botschaften der Templer aus Rennes - le - Chateau , Jahrhundertschwindel oder Knotenpunkt des Schicksals?, Bohmeier Verlag 2004
- Hauf, Monika: Der Mythos der Freimaurer, Bohmeier 2004
- Birgit Heller: Art. Götter / Göttinnen, in: Handbuch Religionswissenschaft. Religionen und ihre zentralen Themen, Johannes Figl Hrsg., Tyrolia, Innsbruck 2003, S.530-544
- Birgit Heller: Art. Gender und Religion, in: Handbuch Religionswissenschaft. Religionen und ihre zentralen Themen, Johannes Figl Hrsg., Tyrolia, Innsbruck 2003, S.758-769
- Hesemann, Michael: Die Entdeckung des Heiligen Grals, Pattloch 2003
- Hillefeld, Marc: Ein Code wird geknackt. Dan Browns Roman „Sakrileg“ entschlüsselt, Köln 2004
- Heise, Karl: Parsifal, Rotterdam 1991
- Heydecker, Joe J.: Die Schwestern der Venus. Die Frau in den Mythen und Religionen, Herbig, München 1991
- Hofer, Stefan: Chrétien de Troyes, Graz-Köln 1954
- Kroll, Gerhard: Auf den Spuren Jesu, St.Benno, Leipzig 11.Aufl 1990
- Langbein, Walter-Jörg: Das Sakrileg und die Heiligen Frauen. Das Geheimnis um die Nachkommen Jesu, Rütten & Loening, Berlin 2004
- Langosch, Karl Hrsg. : König Artus und seine Tafelrunde, Stuttgart 1980
- Lehmann, Johannes: Jesus - Report. Protokoll einer Verfälschung, Econ, München 1985
- Lexikon der christlichen Ikonographie, Engelbert Kirschbaum Hrsg., 8 Bde, Herder, Freiburg 1968-76 (Ausg. 1994)
- Lexikon der Alten Welt, Carl Andresen u.a. Hrsg., Patmos, Düsseldorf 1990
- Lexikon der antiken christlichen Literatur, Siegmar Döpp / Wilhelm Geerlings Hrsg., Herder, Freiburg 1998
- Lincoln, Henry / Michael Baigent / Richard Leigh: Das Vermächtnis des Messias, Lübbe, Bergisch Gladbach 1987
- Lincoln, Henry / Michael Baigent / Richard Leigh: Der Heilige Gral und seine Erben. Ursprung und Gegenwart eines geheimen Ordens. Sein Wissen und seine Macht,Lübbe Bergisch-Gladbach 2004
- Lincoln, Henry / Michael Baigent / Richard Leigh: Der Gral, Tosa, 2004
- Marineo, Sabina: Die Templer, der Gral und der Mann mit der eisernen Maske, Bohmeier 2005
- Oslo, Allan: Die Freimaurer, Patmos, Düsseldorf 2002
- Pinero, Antonio: Jesus in den geheimen Evangelien, Patmos, Düsseldorf 2004
- Pratelidis, Konstantin: Tafelrunde und Gral, Würzburg 1994
- Ranieri, Luigi: Die Loge, Macht und Geheimnis der Freimauerer, Lübbe 2000
- Retyi, Andreas von: Macht und Geheimnis der Illuminaten, Kopp 2004
- Roché, Déodat: Katharerbewegung, Stuttgart 1992
- Rudolph, Kurt: Gnosis, Göttingen 1994
- Schick, Alexander: Sakrileg - Die grösste Verschwörung der letzten 2000 Jahre?. Jesus, Maria, Da Vinci und der „heilige“ Gral - Die Wahrheit hinter dem Weltbestseller, Http://www.bibelausstellung.de/artikel_4.htm, 15.6.2005

- Rudolph, Kurt: Gnosis und spätantike Religionsgeschichte, Brill 1996
- Schmitt, Eugen Heinrich: Gnosis des Altertums, Aalen 1968
- Schuster, Georg: Geheime Gesellschaften, Verbindungen und Orden, Komet, Frechen 2003
- Sloterdijk, Peter / Thomas.H.Macho: Die Weltrevolution der Seele. Ein Lese- und Arbeitsbuch der Gnosis, Artemis & Winkler, Zürich 1993, S.865f
- Theologisches Handwörterbuch zum Alten Testament, E.Jenni / C.Westermann Hrsg., Chr. Kaiser, Gütersloh 2004 6.Aufl., Bd.1, Art. Jahwe, Bd.2, Art. Nächster / Gefährte
- Thiede, Carsten Peter / Matthew DAncona: Der Jesus - Papyrus, Luchterhand, München 1996
- Thiede, Carsten Peter: Die Messias- Sucher, Signa 2002
- Troyes, Chrétien de: Perceval oder die Geschichte vom Gral Stuttgart 1957
- Troyes, Chrétien de: Gauwain sucht den Gral Stuttgart 1959
- Troyes, Chrétien de: Perceval der Gralskönig Stuttgart 1964
- Urban, Christa: Die Rolle der Familienmitglieder, in: Neues Testament und Antike Kultur, Kurt Erlemann u.a. Hrsg., Neukirchener, Neukirchen 2005, S.17-21
- Urban, Christa: Hochzeit, Ehe und Witwenschaft, in: Neues Testament und Antike Kultur, Kurt Erlemann u.a. Hrsg., Neukirchener, Neukirchen 2005, S.25-30
- Vankin, Jonathan / John Whalen: Die 50 größten Verschwörungen aller Zeiten, Heel, Königswinter 1999
- Vasari, Giorgio / Roland Kanz: Das Leben von Lionardo da Vinci, Raffael von Urbino und Michelagnolo Buonarroti, Reclam, Ditzingen 1996
- Weeber, Karl- Wilhelm: Alltag im Alten Rom. Das Leben in der Stadt, Artemis, Zürich 2000
- Weidinger, Erich: Die Apokryphen. Verborgene Bücher der Bibel, Pattloch, Aschaffenburg 1989
- Werner, Roland / Guido Baltes: Faszination Jesus. Was wir wirklich von Jesus wissen können, Brunnen, Giessen 2005
- Wise, Michael / Martin Abegg / Edwin Cook: Die Schriftrollen von Qumran. Übersetzung und Kommentar, Augsburg 1997
- Witherington, Ben: The Gospel Code, InterVarsity Press 2004
- Zöllner, Frank: Leonardo da Vinci 1452-1519, Taschen Verlag 2003

## Internetseiten

- Als Ausgangspunkt für Internet-Recherchen eignet sich: http://de.wikipedia.org/wiki/Sakrileg_(Buch)
- Vortragsreihe über Sakrileg / DaVinci Code in den USA u.a. mit Professor Dr. Darrell Bock mit Audio-Mediafiles sowie Powerpoint-Präsentationen, http://www.nbctexas.org
- Amerikanische Seite von RBC-Ministries, die über die „Fakten" in Sakrileg / Da Vinci Code aufklärt, http://www.rbc.org/davinci/
- Ausgezeichnete Buchbesprechung von Laura Miller „The Last Word: The Da Vinci Code" (The New York Times, February 22, 2004), http://www.cesnur.org/2004/davinci_nyt.htm
- Zusammenfassende Kritik an Sakrileg / Da Vinci Code von Sandra Miesel „Dismantling The Da Vinci Code", http://www.crisismagazine.com/september2003/feature1.htm
- Ronald Nash „Was the New Testament influenced by Pagan Religions?" aus Christian Research Journal, Vol. 16 (No. 2). http://www.equip.org/free/DB109.pdf (PDF-Datei)
- THE DA VINCI CODE: Separating Fact From Fiction http://www.rbc.org/davinci/pdf/q1117.pdf (PDF-Datei)
- Übersicht und kurze Besprechung zu 11 amerikanischen Antwortbüchern zu Sakrileg / Da Vinci Code, http://www.faithfulreader.com/features/0405-da_vinci_debunkers.asp
- Interviews mit den Gegenautoren von Sakrileg / Da Vinci Code: http://www.faithfulreader.com/features/0405davinci/davinci_code-q01.asp http://www.faithfulreader.com/features/

0405davinci/davinci_code-q02.asp http://www.faithfulreader.com/features/0405davinci/davinci_code-q03.asp
- Codex Bezae and the Da Vinci Code (englisch) http://www-user.uni-bremen.de/~wie/Rennes/
- War Jesus mit Maria Magdalena verheiratet? Ausgezeichneter Artikel (englisch) von dem Neutestamentler Prof. Darrell L. Bock (Dallas Theological Seminary) http://www.beliefnet.com/story/135/story_13520_1.html#cont
- War Jesus verheiratet? (engl.) von Professor Darrell L. Bock Ph.D. http://www.leaderu.com/theology/wasjesusmarried.html
- Die außergewöhnliche Maria (engl.) von Professor Ben Witherington III http://www.leaderu.com/theology/maryandjesus.html
- STERN-Artikel über Sakrileg http://www.stern.de/unterhaltung/buecher/index.html?id=520364&q=sakrileg
- Katholische Stimmen zu Sakrileg, http://kath.net/detail.php?id=8036
- Katholische Kirche: Sakrileg - Verbot oder nicht?
  Für Verbot: http://www.dw-world.de/dw/article/0,1564,1522731,00.html
  Gegen Verbot: http://www.kreuz.net/article.854.html
- Dokumentation oder Werbefilm? Kritik zu „Sakrileg oder Legende". Pro7 strahlte die amerikanische Dokumentation über Dan Browns Roman an Karfreitag aus / N24 am Pfingstsonntag, http://www.dergral.de/specials/doku-sakrileg.htm

## Endnoten

1 Http://www.filmstarts.de/kritiken/The%20Da%20Vinci%20Code%20-%20Sakrileg.html, 20.8.2005

2 Das Sakrileg. Jesus war auch nur ein Mann, Http://stern.de/unterhaltung/buecher/index.html?eid=520432&id=520364, 17.02.2004

3 Nikolaus von Festenberg / Johannes Saltzwedel / Martin Wolf: Die letzte Lebensglut, DER SPIEGEL 52/2004

4 Das Sakrileg. Jesus war auch nur ein Mann

5 Vgl. www.danbrown.com oder www.dan-brown.de

6 Peter van Briel, Anmerkungen zu Dan Browns „Sakrileg" („The Da Vinci Code"), Http://www.karl-leisner-jugend.de/Sakrileg.htm, 15.6.2005

7 Wo nicht anders angegeben, wurden alle Rezensionen im Frühjahr 2005 den Internetseiten www.amazon.de und www.krimi-couch.de/krimis/dan-brown-sakrileg entnommen

8 Ulrich Deurer: Rezension, http://www.siebenbuerger.de/webshop/Dan-Brown-Sakrileg,-illustrierte-Ausgabe/detail_pID-3785722273,qmode-1.html; 15.7.2005

9 Das Sakrileg. Jesus war auch nur ein Mann

10 Kardinal kritisiert Besteller-Roman „Sakrileg", Http://www.dw-world.de/dw/briefs/0,,1517842,00.html?maca=de-rss-reader-nachrichten-370-rdf , 14.03.2005

11 Alexander Schick: Sakrileg - Die größte Verschwörung der letzten 2000 Jahre?. Jesus, Maria, Da Vinci und der „heilige" Gral - Die Wahrheit hinter dem Weltbestseller, Http://www.bibelausstellung.de/artikel_4.htm, 15.6.2005

12 Das Sakrileg. Jesus war auch nur ein Mann

13 Biografie Dan Brown: Http://www.buchtips.net/bio19.htm , 10.1.2005 / vgl. Http://www.dan-brown.de/kunden/luebbe/brown/www.nsf/index?ReadForm&cartid=219-180716, 10.1.2005

14 Dan Brown, in: www.danbrown.com, 15.1.2005 / vgl. Peter Schmid: Unzählige Fehler": Katholische Kirche gegen „Da-Vinci-Code", Http://www.jesus.ch/index.php/D/article/153/22533

15 Http://www.karl-leisner-jugend.de/Sakrileg.htm, 15.6.2005

16 Vgl. Rezensionen in: www.buchtips.net/rez1147-meteor, 15.9.2004 / www.amazon.de, 10.2.2005

17 Vgl. Rezensionen in: www.buchtips.net, 20.7.2005 / www.amazon.de, 25.7.2005

18 Vgl. Rezensionen in: www.krimi-couch.de/krimis/dan-brown-illuminati.html, 10.7.2005 www.buchtips.net, 20.6.2005 / www.amazon.de, 25.6.2005

19 Claudia Fudeus: „Illuminati". Explosive Wissenschaft gegen den Vatikan, Http://stern.de/unterhaltung/buecher/520367.html?eid=520432&nv=ex_L3_ct, 19.2.2004

[20] Entnommen aus: Http://www.prosieben.de/lifestyle_magazine/galileo/specials/wissen/12968/, 23.5.2005

[21] Peter van Briel, Anmerkungen zu Dan Browns „Sakrileg"

[22] Http://www.literaturschock.de/buecher/3404148665.htm, 20.6.2005

[23] Vgl. Maria Santo, in: www.literaturschock.de/buecher/, 29.8.2005

[24] Harald Lamprecht: Spannende Volksverdummung. Die Thriller von Dan Brown „Sakrileg" und „Illuminati", Http://www.confessio.de/cf/052/Conf052-4.html, 15.7.05

[25] Auf der Flucht - Zur Story. Sakrileg (Brown, Dan), Http://www.buchwurm.info/book/anzeigen.php?id_book=184, 15.6.2005

[26] Der Vatikan in Panik: Der Siegel 13/2004, Http://www.spiegel.de/kultur/rezensionen/0,1518,REZshow-53384,00.html

[27] Florian Kolfhaus: Ein kodiertes Vorurteil über die katholische Kirche, Http://kath.net/detail.php?id=8036, 7.7.2004

[28] Thomas Steinfeld: Abschied von Europa, Süddeutsche Zeitung, in: Http://sz-mediathek.sueddeutsche.de/mediathek, 20.8.2004

[29] Http://stern.de/unterhaltung/buecher/index.html?eid=520432&id=520364

[30] Das Sakrileg. Jesus war auch nur ein Mann

[31] Das Sakrileg. Jesus war auch nur ein Mann

[32] Die schwierige Brautschau Jesu: FAZ, 27.9.1984, S. 28

[33] Alexander Schick: Sakrileg - Die grösste Verschwörung der letzten 2000 Jahre?

[34] Die meisten Angaben aus David A.Shugarts: Der Da Vinci Code entschlüsselt. Schwachstellen und faszinierende Details, in: Dan Burstein: Die Wahrheit über den Da-Vinci- Code. Das Sakrileg entschlüsselt, München 2004, S. 413-457

[35] Vgl. A. Lipinsky: Art. Pentagramm, in: Lexikon der christlichen Ikonographie, Bd.3, Sp. 392f / Diane Apostolos-Cappodona: Sehnsucht nach spiritueller Erlösung, in: Dan Burstein: Die Wahrheit über den Da- Vinci- Code, Goldmann, München 2004, S. 396

[36] Glenn W. Erickson: Neue Morgenröte: Sophie und das Geschenk des Seins, in: Burstein, S.495

[37] Vgl. David Downie: Paris. In den Fußstapfen des Da Vinci Codes, in: Dan Burstein: Die Wahrheit über den Da-Vinci-Code, Goldmann, München 2004, S. 395

[38] Vgl. Ulrich Rausch: Die verborgene Welt der Geheimbünde, Pattloch, München 1999, S. 270ff

[39] Vgl. Ernst Jenni: Art. Jahwe, in: Theologisches Handwörterbuch zum Alten Testament, E.Jenni / C.Westermann Hrsg., Chr.Kaiser, Gütersloh 2004 6.Aufl., Bd.1, Sp. 701-707 / Walter-Jörg Langbein: Das Sakrileg und die Heiligen Frauen. Das Geheimnis um die Nachkommen Jesu, Rütten & Loening, Berlin 2004, S.34f

[40] Vgl. David Downie: Paris. In den Fußstapfen des Da Vinci Codes, S. 395

[41] Florian Kolfhaus: Ein kodiertes Vorurteil über die katholische Kirche

[42] Harald Lamprecht: Spannende Volksverdummung. Die Thriller von Dan Brown „Sakrileg" und „Illuminati", Http://www.confessio.de/cf/052/Conf052-4.html, 15.7.05

[43] Harald Lamprecht: Spannende Volksverdummung

[44] Expertenstreit: Waren Jesus und Maria Magdalena ein Liebespaar?, Http://www.prosiebensat1.de/pressezentrum/prosieben/2005/03/21/16190/

[45] Vgl. Urban, Christa: Hochzeit, Ehe und Witwenschaft, in: Neues Testament und Antike Kultur, Kurt Erlemann u.a. Hrsg., Neukirchener, Neukirchen 2005, S.25-30

[46] Vgl. Gerhard Kroll: Auf den Spuren Jesu, St.Benno, Leipzig 11.Aufl 1990, S.159; 161 / Christa Urban: Hochzeit, Ehe und Witwenschaft, in: Neues Testament und Antike Kultur, Kurt Erlemann u.a. Hrsg., Bd.2, Neukirchener, Neukirchen 2005, S.25f / Hartmut Stegemann: Die Essener, Qumran, Johannes der Täufer und Jesus, Herder, Freiburg $1994^4$, S. 267-274

[47] Vgl. Pistis Sophia, in: P.Sloterdijk / T.H.Macho: Die Weltrevolution der Seele, Artemis & Winkler, Zürich 1993, S.867

[48] Das Sakrileg. Jesus war auch nur ein Mann

[49] Vgl. J.Kühlewein: Art. Nächster / Gefährte, in: Theologisches Handwörterbuch zum Alten Testament, E.Jenni / C.Westermann Hrsg., Chr.Kaiser, Gütersloh 2004 6.Aufl., Bd.2, Sp. 786-791 / Peter van Briel, Anmerkungen zu Dan Browns „Sakrileg"

[50] Vgl. Amy Bernstein: Französische Luftschlösser. Dichtung und Wahrheit im Da Vinci Code, in: Dan Burstein: Die Wahrheit über den Da-Vinci-Code, Goldmann, München 2004, S. 480-488

[51] Vgl. Kap. 14.: Dan Browns Verschwörungstheorie der Prieur de Sion

[52] Mt 27,61; 28,1; Mk 15,40.47; 16,1.9; Lk 8,2; 24,10; Joh 19,25; 20,1.11.18

[53] Darell L. Bock: Breaking The Da Vinci Code, Nashville 2004, p. 29

[54] Darell L. Bock: Breaking The Da Vinci Code, Nashville 2004, p. 154

[55] Peter van Briel, Anmerkungen zu Dan Browns „Sakrileg"

[56] David Watson / Simon Jenkins: Jesus Then and Now, Tring, UK: Lion Publishing 1986

[57] Vgl. Armin Siersyn: 2000 Jahre Kirchengeschichte, Bd.1, Hänssler, Holzgerlingen 2000, S.108-117

[58] Vgl. Thomas Schleich: Konstantin der Große, in: Gestalten der Kirchengeschichte. Alte Kirche I, Martin Greschat Hrsg., Kohlhammer, Stuttgart 1984, S. 189-214

[59] Vgl. Armin Siersyn: 2000 Jahre Kirchengeschichte, Bd.1, Hänssler, Holzgerlingen 2000, S.193-225

[60] Peter van Briel, Anmerkungen zu Dan Browns „Sakrileg"

[61] Vgl. Ernst Dassmann: Kirchengeschichte

[62] Vgl. Did 14,1; Barn 15,9; IgnMag 9,1; EvPetr 35,58

[63] Ernst Dassmann: Kirchengeschichte I. Ausbreitung, Leben und Lehre der Kirche in den ersten drei Jahrhunderten, Kohlhammer, Stuttgart 1991, S.220f

[64] Karl- Heinrich Bieritz: Art. Sonntag, in: RGG[4], Bd. 7, S.1446f

[65] Marion Giebel: Das Geheimnis der Mysterien. Antike Kulte in Griechenland, Rom und Ägypten, Artemis, München 1990, S.195-217

[66] Vgl. Das Oxford-Lexikon der Weltreligionen, John Bowker Hrsg., Patmos, Düsseldorf 1999, S.669

[67] Marion Giebel: Das Geheimnis der Mysterien, S.214f

[68] Vgl. Michael Kotsch: Jesus Christus der ewige Herr, in: Bibel und Gemeinde 4/2005

[69] Vgl. Pistis Sophia, in: P.Sloterdijk / T.H.Macho: Die Weltrevolution der Seele, Artemis & Winkler, Zürich 1993, S.865f

[70] Vgl. Carl Andresen/Adolf Martin Ritter: Geschichte des Christentums I/1. Altertum, Kohlhammer, Stuttgart 1993, S. 73f

[71] Joachim Finger: Jesus - Essener, Guru, Esoteriker, Quell-Verlag, Stuttgart 1993

[72] Harold W. Attridge: Art. Neutestamentliche Apokryphen aus Nag Hammadi, in: RGG[4], Bd.1, Sp. 603f / E.M. Yamauchi: Gnosticism, Dictionary of New Testament Background, Craig A. Evans / Stanley E.Porter Ed., Inter Varsity Press, Leicester 2000, p. 414-418

[73] Vgl. Erich Weidinger: Die Apokryphen. Verborgene Bücher der Bibel, Pattloch, Aschaffenburg 1989

[74] Alexander Schick: Sakrileg - Die grösste Verschwörung der letzten 2000 Jahre?

[75] Alexander Schick: Sakrileg - Hintergrundbericht über den Weltbestseller, http://www.sakrilegbetrug.de/sakrileg/, 15.07.05

[76] Michael Baigent / Richard Leigh: Verschlußsache Jesus, Droemer Knaur, München 199

[77] Vgl. Gerhard Kroll: Auf den Spuren Jesu, St.Benno, Leipzig 11.Aufl 1990, S.167f

[78] Vgl. Michael Wise / Martin Abegg / Edwin Cook: Die Schriftrollen von Qumran. Übersetzung und Kommentar, Augsburg 1997

[79] Alexander Schick: Faszination Qumran - Wissenschaftskrimi, Forscherstreit und wahre Bedeutung der Schriftrollen vom Toten Meer, Berneck / Bielefeld 2. Auflage 1999

[80] Vgl. Hans Gebhard Bethge: Art. Nag Hammadi, in: RGG[4], Bd.6, Sp. 20-26

[81] G. Röwekamp: Art. Maria Magdalena (Evangelium), in: Lexikon der antiken christlichen Literatur, Siegmar Döpp / Wilhelm Geerlings Hrsg., Herder, Freiburg 1998, S. 425

[82] G. Röwekamp: Art. Pistis Sophia, in: Lexikon der antiken christlichen Literatur, Siegmar Döpp / Wilhelm Geerlings Hrsg., Herder, Freiburg 1998, S.510

[83] G. Röwekamp: Art. Philippus Evangelium, in: Lexikon der antiken christlichen Literatur, Siegmar Döpp / Wilhelm Geerlings Hrsg., Herder, Freiburg 1998, S.502

[84] Vgl. Pistis Sophia, in: P.Sloterdijk / T.H.Macho: Die Weltrevolution der Seele, Artemis & Winkler, Zürich 1993, S.863-867

[85] Peter Sloterdijk: Die wahre Irrlehre. Über die Weltreligion der Weltlosigkeit, in:.Sloterdijk / T.H.Macho: Die Weltrevolution der Seele, Artemis & Winkler, Zürich 1993, S.20

[86] D.L. Bock: Luce, Gospel of, in: Dictionary of Jesus and the Gospels, Joel Green / Scot McKnight ed., Inter Varsity Press, Leicester, 1992, p. 498ff

[87] Vgl. Zur Datierung: Carson / Moo / Morris: An Introduction to the New Testament, Zondervan, Grand Rapids 1992, p. 76-79 / Donald Guthrie: The New Testament Introduction, Inter Varsity Press, Leicester 1978, p.45f

[88] Vgl. Zur Datierung: Carson / Moo / Morris: An Introduction to the New Testament, Zondervan, Grand Rapids 1992, p. 96-99 / Donald Guthrie: The New Testament Introduction, Inter Varsity Press, Leicester 1978, p.72ff

[89] Vgl. Michael Hesemann: Der erste Papst, Pattloch 2003, S. 95ff

[90] Vgl. Carsten Peter Thiede / Matthew DAncona: Der Jesus - Papyrus, Luchterhand, München 1996

[91] Vgl. H. Gamble: Canonical Formation of the New Testament, Dictionary of New Testament Background, Craig A. Evans / Stanley E.Porter Ed., Inter Varsity Press, Leicester 2000, p. 183-195

[92] Peter van Briel, Anmerkungen zu Dan Browns „Sakrileg"

[93] Thomas Steinfeld:Die Maria Magdalena-Story, Http://sz-mediathek.sueddeutsche.de/mediathek/, 15.6.2005

[94] Birgit Heller: Art. Götter / Göttinnen, in: Handbuch Religionswissenschaft. Religionen und ihre zentralen Themen, Johannes Figl Hrsg., Tyrolia, Innsbruck 2003, S.538

[95] John Bowker Hrsg.: Das Oxford-Lexikon der Weltreligionen, S. 318

[96] Vgl. John Bowker Hrsg.: Das Oxford-Lexikon der Weltreligionen, S. 20, 49, 514, 882 / Lexikon der Alten Welt, Carl Andresen u.a. Hrsg., Patmos, Düsseldorf 1990, Sp. 336f, 383, 1103ff, 1230

[97] Vgl. Birgit Heller: Art. Götter / Göttinnen, in: Handbuch Religionswissenschaft. Religionen und ihre zentralen Themen, Johannes Figl Hrsg., Tyrolia, Innsbruck 2003, S. 536, 538, 540

[98] Birgit Heller: Art. Götter / Göttinnen, S.542f

[99] Die pythagoräische Schule in Süditalien ist bekannt geworden durch verschiedene logisch-mathematischen Spekulationen (z.B. den Pythagoräischen Lehrsatz) und durch das Erforschen der Saitenlänge eines Instruments für die Höhe des Tons, betrieb aber ebenso viele zahlenmystische Spekulationen, die offensichtlich aus Babylonien importiert waren. Da die Pythagoräer an die Wiedergeburt auch als Tier glaubten, war der Fleischverzehr verboten.

[100] Vgl. A. Lipinsky: Art. Pentagramm, in: Lexikon der christlichen Ikonographie, Bd.3, Sp. 392f / Diane Apostolos-Cappodona: Sehnsucht nach spiritueller Erlösung, in: Dan Burstein: Die Wahrheit über den Da- Vinci- Code, Goldmann, München 2004, S. 396

[101] Vgl. R. Schumacher- Wolfgarten: Art. Rose, in: Lexikon der christlichen Ikonographie, Herder, Freiburg 1994, Bd.3, Sp. 563-568 / Diane Apostolos- Cappadona: Sehnsucht nach spiritueller Erlösung, in: Dan Burstein: Die Wahrheit über den Da-Vinci-Code, Goldmann, München 2004, S. 399f

[102] Hans Ottomeyer / Rosmarie Beier-de Haan: Hexenwahn. Ängste der Neuzeit, http://www.dhm.de/ausstellungen/hexenwahn/vorwort.htm, 3.5.2002 / Vgl. Http://www.hexenforschung.historicum.net/, 15.2.2005

[103] Vgl. Eduard Lohse: Umwelt des Neuen Testaments, Vandenhoeck & Ruprecht, Göttingen $1989^{8}$, S.108

[104] Vgl. H. Temporini: Art. Frau, in: Lexikon der Alten Welt, Carl Andresen u.a. Hrsg., Patmos, Düsseldorf 1990, Sp. 998ff / Karl- Wilhelm Weeber: Alltag im Alten Rom. Das Leben in der Stadt, Artemis, Zürich 2000, S. 92-95

[105] Vgl. K. Brandt: Art. Frau, in: Das große Bibellexikon, H.Burkhardt u.a. Hrsg., R.Brockhaus, Wuppertal 1987, Bd.1, S.385f / Christa Urban: Die Rolle der Familienmitglieder, in: Neues Testament und Antike Kultur, Kurt Erlemann u.a. Hrsg., Neukirchener, Neukirchen 2005, S.17-21

[106] Nikolaus von Festenberg / Johannes Saltzwedel / Martin Wolf: Die letzte Lebensglut

[107] Peter van Briel, Anmerkungen zu Dan Browns „Sakrileg"

[108] Stefan Hofer, Chrétien de Troyes, zitiert in: Fiebag / Gruber / Holbe: Mysterien des Westens. Religiöse Wunder. Geheime Wissenschaften. Unerklärliche Phänomene, Knaur, München 2002, S.23

[109] Vor allem aus: Nikolaus von Festenberg / Johannes Saltzwedel / Martin Wolf: Die letzte Lebensglut, DER SPIEGEL 52/2004 / H.Bergner: Art. Graal, in: Lexikon des Mittelalters, Robert- Henri Bautier u.a. Hrsg., dtv, München 2002, Bd.1, Sp. 1616-1620 / Malcolm Godwin: Der Heilige Gral. Ursprung, Geheimnis und Deutung einer Legende, Heyne, München 1994

[110] Im Wesentlichen nach: Malcolm Godwin: Der Heilige Gral. Ursprung, Geheimnis und Deutung einer Legende, Heyne, München 1994 / H.Bergner: Art. Graal, in: Lexikon des Mittelalters, Robert- Henri Bautier u.a. Hrsg., dtv, München 2002, Bd.1, Sp. 1616-1620

[111] Vgl. Brigitte Burrichter, Wahrheit und Fiktion / Baldur: Bemerkungen zum Heiligen Gral, http://www.eiwatz.de/_176787935_-311918575_-1521056031.html

[112] Fünf Romane entstanden um 1230; Estoire del Saint Graal, Estoire de Merlin, Lancelot del Lac, Queste del Saint Graal, La mort le roi Artus

[113] "Erec et Enide" (entstanden 1170), „ Cliges „ (entstanden 1176), „ Le chevalier de la charrete „ (Lancelot; entstanden um 1177-81), „ Le chevalier au lion „(entstanden zwischen 1177-1181), „ Le chevalier del graal „ (Perceval; entstanden 1181-1188), verloren ist seine Erzählung „ Von König Marke und der blonden Isolde"

[114] Vgl. Karl Langosch, König Artus und seine Tafelrunde (Nachwort); Brigitte Burrichter, Wahrheit und Fiktion

[115] Vgl. R.S. Loomis, Arthurian tradition and Chrétien de Troyes und R.S. Loomis, Celtic myth and Arthurian romance

[116] hrsg. Th. Mommsen: Historia Britonum cum additamentis Nennii

[117] Vgl. Julius Evola: Das Mysterium des Grals, S. 53

[118] Vgl. Konrad Burdach: Der Gral. Forschungen über seinen Ursprung und seinen Zusammenhang mit der Longinuslegende. Kohlhammer, Stuttgart 1974

[119] Vgl. Walther von der Vogelweide

[120] Konrad Burdach, Der Gral S. 166 ff

[121] Konrad Burdach, Der Gral S. 390 ff

[122] Vgl. Georges Minois: Geschichte der Zukunft. Prophezeiungen, Utopien, Prognosen, Patmos, Düsseldorf 1998, S.175- 189 / Vgl. Kurt- Victor Selge: Vom frühchristlichen Chiliasmus zur säkularen Welterneuerung, in: H.Gasper / F.Valentin, Endzeitfieber. Apokalyptiker, Untergangspropheten, Endzeitsekten, Freiburg 1997

[123] Nikolaus von Festenberg / Johannes Saltzwedel / Martin Wolf: Die letzte Lebensglut

[124] Alain Demurger: Die Templer. Aufstieg und Untergang 1120-1314, C.H. Beck, München 1991, S. 27-36

[125] Vgl. A.Demurger: Art. Templer, in: Lexikon des Mittelalters, Robert- Henri Bautier u.a. Hrsg., dtv, München 2002, Bd.8, Sp. 534-537 / Demurger, Alain: Die Templer. Aufstieg und Untergang 1120-1314, C.H. Beck, München 1991, S. 143-152

[126] Vgl. E.Lalou: Art. Templerprozeß, in: Lexikon des Mittelalters, Robert- Henri Bautier u.a. Hrsg., dtv, München 2002, Bd.8, Sp. 537ff / Demurger, Alain: Die Templer. Aufstieg und Untergang 1120-1314, C.H. Beck, München 1991, S. 239-261, 267-279

[127] Nikolaus von Festenberg / Johannes Saltzwedel / Martin Wolf: Die letzte Lebensglut

[128] Denise Budd: Jesu Gesicht ist eine moderne Rekonstruktion, in: Dan Burstein: Die Wahrheit über den Da- Vinci- Code, Goldmann, München 2004, S. 380

[129] Vgl. Leonardo da Vinci: Notzizen zu Polemik und Mutmaßungen, Notiz Nr 1208 / Walter-Jörg Langbein: Das Sakrileg und die Heiligen Frauen. Das Geheimnis um die Nachkommen Jesu, Rütten & Loening, Berlin 2004, S.17f

[130] Nikolaus von Festenberg / Johannes Saltzwedel / Martin Wolf: Die letzte Lebensglut

[131] Http://www.parismuse.com/seminars/louvre.shtml#DaVinci, 15.8.2005

[132] Vgl. Serge Bramley: The Artist and the Man, New York 1991, S.387

[133] Sabine Glaubitz: Mona Lisa. Das größtes Rätsel der Kunstgeschichte, Http://stern.de/unterhaltung/buecher/520367.html?eid=520432&nv=ex_L3_ct, 19.2.2004

[134] Denise Budd: Jesu Gesicht ist eine moderne Rekonstruktion, in: Dan Burstein: Die Wahrheit über den Da- Vinci- Code, Goldmann, München 2004, S. 381

[135] Peter van Briel, Anmerkungen zu Dan Browns „Sakrileg"

[136] Alexander Schick: Sakrileg - Die grösste Verschwörung der letzten 2000 Jahre?

[137] Diane Apostolos- Cappodona: Ich glaube nicht, dass auf dem Abendmahl eine Frau abgebildet ist, in: Dan Burstein: Die Wahrheit über den Da-Vinci-Code, Goldmann, München 2004, S. 388

[138] Denise Budd: Jesu Gesicht ist eine moderne Rekonstruktion, in: Dan Burstein: Die Wahrheit über den Da-Vinci-Code, Goldmann, München 2004, S. 383

[139] Lincoln, Henry / Michael Baigent / Richard Leigh: Das Vermächtnis des Messias, Lübbe 2000

[140] Das Sakrileg. Jesus war auch nur ein Mann, Http://stern.de/unterhaltung/buecher/index.html?eid=520432&id=520364, 17.02.2004

[141] Vgl. Amy Bernstein: Französische Luftschlösser. Dichtung und Wahrheit im Da Vinci Code, in: Dan Burstein: Die Wahrheit über den Da-Vinci- Code, Goldmann, München 2004, S. 481ff

[142] Florian Kolfhaus: Ein kodiertes Vorurteil über die katholische Kirche, Http://kath.net/detail.php?id=8036, 7.7.2004

[143] Vgl. Laura Miller: Alle üblichen Verdächtigen. Seemannsgarn und Preudohistorie, in: Dan Burstein: Die Wahrheit über den Da- Vinci-Code, Goldmann, München 2004, S. 479f

[144] Zur Geschichte der Dossiers Secrets vgl. Vgl. Amy Bernstein: Französische Luftschlösser. Dichtung und Wahrheit im Da-Vinci-Code, in: Dan Burstein: Die Wahrheit über den Da-Vinci- Code, Goldmann, München 2004, S. 480-488

[145] Gérard de Sède: Rennes le Chateau: Les dossier, les impostures, les phantasmes, les hypothèses, Paris 1988

[146] Anonyme Rezension aus Frankreich, in: www.amazon.de, 10.4.2000

[147] Vgl. z.B. Roland Werner / Guido Baltes: Faszination Jesus. Was wir wirklich von Jesus wissen können, Brunnen, Giessen 2005